NINA SCHMIDT

Abgebrezelt

ROMAN

FISCHER
TASCHENBUCH
VERLAG

Originalausgabe
Veröffentlicht im Fischer Taschenbuch Verlag,
einem Unternehmen der S. Fischer Verlag GmbH,
Frankfurt am Main, Januar 2010

© Fischer Taschenbuch Verlag in der S. Fischer Verlag GmbH,
Frankfurt am Main 2010
Satz: Pinkuin Satz und Datentechnik, Berlin
Druck und Bindung: Druckerei C. H. Beck, Nördlingen
Printed in Germany
ISBN 978-3-596-18474-3

Für Tommy

EINS
Fett und alt

Ich stehe nackt im Bad und drücke die Haut an meinen Oberschenkeln fest zusammen, um mir anzuschauen, wie meine Beine mal aussehen, wenn ich 50 bin. Als ich meinen Oberschenkel wieder loslasse, beschließe ich mit 49 zu sterben.

Ich befinde mich »noch« in Cellulite-Stadium 1, die Dellen sind also nur dann zu sehen, wenn ich – so wie jetzt – die Haut zusammendrücke oder in zu kurzen Hosen auf zu engen Plastikstühlen sitze. Also trage ich lange Hosen oder stehe im Sommer. Wer keine Lust hat, sich zu Testzwecken in die Oberschenkel zu kneifen, kann auch einfach mal in einer Umkleidekabine bei H&M vorbeischauen. Hier leidet jede Frau, die älter ist als acht, an Cellulite im Endstadium.

Aber auch ohne H&M-Spiegel und trotz eines unveränderten Gewichts von 60 Kilo hab ich heute das Gefühl, dass meine Schenkel ein wenig zugelegt haben. Ich nehme das Maßband aus meinem Apothekerschrank und messe den Umfang meiner Schenkel, von dem dann auch meistens meine Laune abhängt: Dünne Beine – Spitzenlaune, dicke Beine – Kacklaune. Sie messen beide heute exakt 50,2 Zentimeter, das sind 0,1 Zentimeter mehr als gestern und bedeutet gemäßigte Kacklaune am Montagmorgen.

Ich messe noch meine Taille, die mit 69 Zentimetern Gott sei Dank den gleichen Umfang hat wie gestern und frage mich, wie es sein kann, dass man nur an den Oberschenkeln zunimmt. Gibt es Lebensmittel, die die Taille und den Bauch einfach ignorieren um dann direkt auf die Oberschenkel zu rutschen? Ist Fett denn so eitel, dass es sich nur Plätze aussucht, an denen es auch gleich gesehen wird? Ich sollte nur noch Sport treiben, nichts mehr essen und keinen Alkohol mehr trinken. Frustriert werfe ich einen Blick auf meine gelben Post-its, die an der Waschmaschine kleben. Auf Zettel 7 und 11 steht: »4-mal die Woche Joggen« und »2 Kilo abnehmen«. Ich nehme die beiden Zettel ab, hänge sie an Platz 1 und 2 und verweise damit »Steuererklärung« und »Kosmetikerin« auf die Plätze.

Danach packe ich mir eine Pflegekur großzügig in die Haare und wickle mir einen riesigen Handtuchturban um den Kopf. Haarkuren gibt es bei mir immer an einem S-Tag, also am Samstag oder am Sonntag und an den M-Tagen, also Montag und Mittwoch. Die Kur auf meinem Kopf muss mindestens 15 Minuten einwirken. Nicht gerade kurz, aber wenn sie das hält, was der französische Hersteller auf der Rückseite der Flasche verspricht, dann habe ich in einer Viertelstunde revitalisiertes, repariertes, Spliss reduziertes, gesundes, aufgebautes, entwirrtes und unglaublich glänzendes Haar.

Ich gehöre zu den Menschen, die immer an das glauben wollen, was die Kosmetikindustrie ihnen verspricht: Weniger Falten in zehn Tagen! zwölfmal mehr Wimpern-Volumen ohne zu verklumpen! Schmalere Körpersilhouette in zwei Wochen! Ich weiß zwar genau, dass das alles nicht stimmen kann, kaufe das Zeug aber trotzdem. Schließlich weiß man ja nie, ob es einer Firma nicht doch gelungen ist, ein Produkt zu entwickeln, das einen in zehn Tagen zehn Jahre jünger erscheinen lässt, mit einer Silhouette, so zart wie ein Seidentuch, unendlich langen und wunderbar geschwungenen Wimpern, Haar, das vor lauter Glanz und Volumen nicht zu bändigen ist, und einem Teint, rein und zart wie kostbarstes Porzellan.

Ich schalte das Radio ein und während die Kur einwirkt, massiere ich meine Füße mit einer speziellen Fußcreme, die sie zart und geschmeidig machen soll, und feile meine Fußnägel. Als ich damit fertig bin, klingelt auch schon meine Eieruhr, die aussieht wie ein Kaktus in einem Blumentopf. Das Wunder auf meinem Kopf müsste vollbracht sein. Ich spüle meine Haare gründlich aus und wickle mir ein frisches Handtuch um den Kopf.

Während George Michael begeistert »Wake me up before you go go« singt, creme ich mir passend zum Rhythmus und laut mitsingend den Hals, das Dekolleté und die Brüste mit einer speziellen Pflege ein, die angeblich Knitterfalten und Schwerkraft entgegenwirkt. Den Bauch massiere ich mir wie jeden Morgen mit einer straffenden Creme aus Meeresalgen, die tatsächlich ein bisschen nach Nordsee riecht. Für Arme und Schienbeine benutze ich ganz normale Bodylotion, da es meines Wissens noch keine spezielle Arm- und Schienbeinpflege gibt, die ich mir aber wahrscheinlich sofort kaufen würde, um sie dann neben die bereits vorhandenen 97 Tuben, Fläschchen und Tiegel in mein Badezimmerregal zu stellen.

Dann widme ich mich wieder meinen Oberschenkeln, die ich schon unter der Dusche mit einer Vorher-Cellulite-Creme auf die Nachher-Cellulite-Creme vorbereitet habe, die ich jetzt akribisch einmassiere. Im Radio freut sich währenddessen der unfassbar gut gelaunte Moderator, dass er »die hundert Prozent beste Musik aus den 80ern präsentieren darf und alle über 35-Jährigen unbedingt anrufen sollen, um den jüngeren Zuhörern zu erzählen, wie das damals so war, mit Duran Duran, Popperlocken und Schulterpolstern«.

Ich schnappe nach Luft, weil sich das für mich so anhört, als würde man die letzten Zeitzeugen einer aussterbenden Generation Golf suchen, zu der ich mit meinen 34 Jahren ja auch schon irgendwie gehöre. Zumindest hatte mein erster richtiger Freund einen weißen tiefer gelegten Golf GTI, für den ich mich heute noch schäme.

Aber was ist, wenn ich wirklich aussterbe? Schließlich hab ich noch keine Kinder, ich hab noch nicht mal eine funktionierende Beziehung, ich hab nur Dellen am Hintern und blaue Adern an den Oberschenkeln, die an das Nildelta in Ägypten erinnern. Und wenn ich aussterbe, was bleibt von mir übrig? Ein Badezimmer voller angebrochener Kosmetik, ein Stapel billiger Unterhaltungsromane und ein paar Klamotten, die es höchstwahrscheinlich nur noch mit der Altkleidersammlung in irgendein Entwicklungsland schaffen. Meine gemäßigte Kacklaune wird bei dem Gedanken zu einer ausgewachsenen Scheißlaune. Und dann wird auch noch die erste Hörerin über 35 live in mein Bad geschaltet und unterbricht damit »Take On Me« von a-ha, früher eines meiner absoluten Lieblingslieder und ja, auch ich war damals in Morten Harket verknallt.

»Einen wunderschönen guten Morgen! Wen haben wir denn da in der Leitung?«

»Ja, guten Morgen, hier ist die Angie aus Essen.«

»Die Angie aus Essen! Super! Angie, wie war das denn damals? Was haben Sie gemacht, als a-ha vor fast einem Vierteljahrhundert ihren Superhit gelandet haben?!«

Vierteljahrhundert? Das wird ja immer schlimmer! Das klingt ja, als wären die 80er Jahre tiefstes Mittelalter. Mir dreht sich der frisch massierte Magen um.

»Vor zweiundzwanzig Jahren, Moment mal, da muss ich rechnen ... ja, da war ich dreizehn, und bei dem Lied, deshalb hab ich auch angerufen, hab ich den Thomas, meinen späteren Mann, kennengelernt. Und jetzt sind wir seit über siebzehn Jahren verheiratet.« Angie aus Essen kichert wie ein Teenager.

»Aha!«, kommentiert der Moderator und lacht über sein bescheuertes Bandnamen-Wortspiel, das Angie aber offensichtlich nicht verstanden hat. Sie lacht zumindest nicht mit, sondern redet einfach weiter: »... und wir haben drei tolle Kinder, den Leon, der ist jetzt sieben, die Ann-Kathrin, die ist 14, und die Lea-Marie, die ist schon siebzehn.«

Spätestens jetzt weiß die Nation, warum die Angie aus Essen geheiratet hat.

»Das ist doch super, Angie! Ich sag ja immer: Musik verbindet! Und, Angie, wie ist das denn heute? Was kommt denn da in den CD-Player? Immer noch Musik aus den 80ern?«

Angie lacht.

»Nein, nein, mein Mann und ich gehen da schon mit der Zeit. Ganz toll find ich ja die Andrea Berg. Die singt so voll aus dem Leben.«

Ich fass es nicht. Andrea Berg. Voll aus dem Leben! Was soll denn das für ein Leben sein? Und die Angie aus Essen ist gerade mal 35. Wie alt kann man bitte mit 35 sein? Ich muss nicht lange nachdenken, leider: Die Angie aus Essen ist nämlich exakt so alt, wie ich es in vier Wochen sein werde!

Es ist gerade mal acht Uhr an diesem Montagmorgen und ich fühle mich nicht nur fett, sondern auch noch steinalt.

ZWEI
Arschgesicht

Nachdem ich mein Pflegeprogramm absolviert habe, ziehe ich einen Bademantel über und gehe in die Küche, um zu frühstücken. Ich toaste mir ein Vollkorn-Toastbrot, bestreiche es mit einem Hauch von fettarmem Streichkäse, entdecke noch zwei einsame Scheibchen Salami im Kühlschrank und packe sie on top auf meinen Toast. Ich schenke mir eine Tasse Kaffee ein, wobei ich schweren Herzens auf Milch und Zucker verzichte, und setze mich an meinen kleinen Küchentisch. Während ich in meinen Toast beiße, klappe ich meinen Laptop auf und logge mich mit meinem Benutzernamen »MariahCarey« und meinem Passwort »Presswurst« bei meinem österreichischen Abnehmprogramm Kilocoach ein.

Beim Kilocoach habe ich mich vor ein paar Monaten angemeldet, weil ich es alleine einfach nicht schaffe, die Kilos, die sich in den letzten drei Jahren unauffällig angeschlichen und hartnäckig an meine Hüften geklammert haben, wieder loszuwerden. Es öffnet sich die Kilocoach-Startseite mit einer sportlich aussehenden und vor allem sehr schlanken Blondine, die garantiert noch nie an einem Kilo zu viel gelitten hat. Unter der Rubrik »Mein Kilocoach« gebe ich mein »aktuelles Gewicht« von 60 Kilo ein und übertrage dann mein Frühstück in eine dafür vorgesehene Tabelle. Der Toast, mit einer halben Portion Frischkäse, zwei Scheiben Salami und zwei Tassen schwarzer Kaffee ergeben genau 212 Kalorien. Auf meinem angebissenen Toast ist noch eine Scheibe Salami übrig, die ich jetzt wieder runternehme. 179 Kalorien. Schon besser. Am rechten Bildrand befindet sich ein graues Kuchendiagramm, von dem sich jetzt ein kleiner Teil grün verfärbt, so sehe ich auf einen Blick, wie viele Kalorien ich heute noch zu mir nehmen darf: Es sind 1032. Ich überlege kurz, ob es etwas gibt, das sich irgendwie positiv auf meine Kalorienbilanz auswirken könnte, aber da ich heute Morgen weder Sport gemacht habe, Hausarbeit schon gar nicht und auch keinen Sex hatte, kann ich auf der Habenseite nichts eintragen. Sex lohnt sich allerdings auch nicht wirklich. Um einen Marsriegel mit 242 Kalorien wegzuvögeln, müsste man laut Kilocoach exakt acht Stunden »aktiven Sex« praktizieren. Acht Stunden! Aktiv! Ich frage mich wirklich, was die damit meinen. Ist aktiver Sex unten liegen und sich nicht bewegen? Aber was ist dann passiver Sex? Pornos gucken und Chips essen? Auch wenn ich mir nicht wirklich einen Reim darauf machen kann, beruhigt mich die Tatsache, dass Sex mich in Sachen Abnehmen sowieso nicht weiterbringen würde, zurzeit ungemein. So schon schlimm genug, dass ich keinen habe. Ich melde mich beim Kilocoach ab und öffne mein Mailprogramm.

Drei neue Mails befinden sich im Posteingang. Die erste ist der Kilocoach-Newsletter zum Thema »Kilocoach für Schwangere und Stillende«, den ich ungelesen in den Papierkorb schiebe. Bei der zweiten Mail handelt es sich um den Beauty-Newsletter der *Glamour*, den ich mir für später aufhebe, da er Schnappschüsse von ungeschminkten Promis enthält. Ich liebe Fotos von ungeschminkten Promis! Es tut einfach gut zu wissen, dass auch Cameron Diaz beim Joggen aussehen kann wie ein Kanarienvogel nach einem Blitzeinschlag. Dann kann man sich wunderbar einreden, dass die ganzen Super-Promis ansonsten nur so gut aussehen, weil sie acht Stunden beim Top-Stylisten saßen und viermal durch den Photoshop gezogen wurden.

Als ich den Absender der dritten Mail sehe, verkrampft sich mein Magen, und mein kleines Frühstück schlägt ein paar Purzelbäume rückwärts. Ich frage mich echt, warum ich nach all den Jahren nicht mal cool bleiben kann, wenn Jens schreibt, und warum mein Körper immer noch so reagiert, als wäre ich ein pubertierender Teenager.

Jens ist mein Exfreund. Wir waren ziemlich lang zusammen, und das, was ich mit ihm hatte, hab ich immer als Kaminfeuer bezeichnet: mal hoch lodernd und stark knisternd, dann wieder auf kleiner Flamme, aber: immer heiß! Tausendmal zusammen gekommen und gefühlt noch öfter wieder getrennt. Ein ewiges und nervenaufreibendes Hin und Her, ein ununterbrochenes Auf und Ab, aber auch ein dauerndes Drunter und Drüber: emotional und sexuell. Und zu einem Zeitpunkt, an dem ich eigentlich dachte, dass es doch funktionieren könnte, hat Jens so eine dürre Barbie-Blondine mit aufgeblasenen Silikonbrüsten kennengelernt und ist mit ihr nach Hamburg gezogen. Einfach so. Mit mir ist er noch nicht mal länger als ein Wochenende in den Urlaub gefahren, und mit so einer blond gefärbten, magersüchtigen Tussi, die zwar kein Brot isst, aber exakt so dumm ist wie eins, zieht er mir nichts, dir nichts in eine andere Stadt! Für mich war das ein unglaublicher Schlag ins Gesicht, an dem ich wesentlich länger zu knabbern hatte, als ich mir das jemals hätte vorstellen können. Das Kaminfeuer war für mich erloschen, der Schornstein zugemauert.

Ich habe danach jegliche Kommunikation mit Jens verweigert, über vier Jahre lang haben wir nicht miteinander gesprochen. Vor zwei Wochen kam dann plötzlich wieder eine Mail von ihm, die mich völlig aufgewühlt hat. Ich hab mich natürlich sofort gefragt, ob ich wirklich darüber hinweg bin, das dachte ich nämlich bis dahin. Bin ich darüber hinweg? Ehrlich gesagt, ich weiß es nicht. Was Jens angeht, hat mein Gefühlsleben was von einem Besuch im Phantasialand: spektakuläre Überschläge bis hin zur Übelkeit in der Black Mamba, heftige Angstattacken in der Geister-Rikscha und 65 Meter freier Fall im Mystery-Castle mit Vollbremsung kurz vor dem Zerschellen auf dem Boden. Ich bin aufgeregt, freu mir ein Loch in den Bauch, hab gleichzeitig große Angst, dass alles von vorne anfängt, und noch größere, dass alles wirklich und unwiderruflich vorbei ist. Wie soll man mit solch widerstreitenden Gefühlen nur einen klaren Gedanken fassen? Ich glaube, das war auch der Grund, warum ich Jens zu meinem Geburtstag eingeladen habe: retrograde Idiotie aufgrund emotionaler Hysterie. Aber das ist noch nicht alles: In der letzten Mail hat er mir auch noch eröffnet, dass er zurück nach Köln zieht, und ich weiß nicht, ob das bedeutet, dass ich dann täglich Achterbahn fahren muss oder der Vergnügungspark endgültig dicht gemacht hat. Ich weiß noch nicht mal, was mir lieber wäre, zumal Jens der beste Liebhaber war, den ich je hatte. Mit ihm brauchte ich für einen Marsriegel höchstens zehn Minuten. Ich klicke auf »Mail öffnen«.

Hy, Jessi,
dank dir für die Einladung zu deinem Geburtstag. Den Umzug hab ich dann schon hinter mir, heißt, ich komm natürlich gerne. Bin sehr gespannt, wie du jetzt aussiehst, ist ja immerhin schon ein paar Jährchen her, dass wir uns das letzte Mal gesehen haben. Aber ich wette, du hast dich kein Stück verändert und hast immer noch so einen süßen Hintern wie früher ;-). Freu mich! Bis dahin, mach's gut!
Jens

PS: War doch der 11. September, oder?

Nein. Nein, es war nicht der 11. September. Aber wenn ich die Mail so lese, könnte es tatsächlich einer werden. Wütend schließe ich den Laptop. Erst dann sehe ich eine beachtliche Panikwelle auf mich zukommen: ... *Aber ich wette, du hast dich kein Stück verändert ... hast immer noch so einen süßen Hintern wie früher ...* Der Typ ist noch nicht mal in Köln und setzt mich schon unter

Druck! Natürlich hab ich mich verändert, allein heute ja schon 0,1 Zentimeter. Außerdem bin ich exakt so viele Jahre älter geworden wie er! Oder bin ich vielleicht schneller älter geworden?

Was ist denn, wenn ich in den letzten Jahren – ohne es zu merken – unverhältnismäßig gealtert bin und Jens total enttäuscht ist, wenn er mich und meinen Hintern sieht? Was, wenn er mich gar nicht erkennt, wenn ich ihm an meinem Geburtstag die Tür öffne: ›Ach, sind Sie die Mutter? Wo ist denn das Geburtstagskind?‹ Mir bricht der Angstschweiß aus. Ich stelle mich vor den Spiegel im Flur, ziehe die Hose runter und betrachte meinen Hintern von allen Seiten. Er ist zu weiß, zu groß in den seitlichen Ausmaßen und zu flach in der Wölbung nach hinten. Das ist nicht der Arsch, den Jens kennt, das ist ein plattgesessener Büroquadratarsch!

»Du bist fett! Fett! Fett!«, beschimpfe ich meinen Hintern, doch der reagiert lediglich mit einem leichten Schwabbeln auf meine Kritik. Dann kriege ich einen Krampf im Hals, weil ich die ganze Zeit total verdreht vor dem Spiegel stehe. Mein Blick fällt auf mein Gesicht, das ich heute bisher nur von ganz nahem im Badezimmerspiegel betrachtet habe. Aus der Entfernung wirkt es auf einmal irgendwie viel älter. Ich habe das Gefühl, dass sich tiefe Linien in mein Gesicht gegraben haben. Ganz deutlich sehe ich Furchen auf meiner Stirn, eine riesige Zornesfalte zwischen den Augenbrauen springt mich regelrecht an. Ich muss eine grauenvolle Feststellung machen: Mein Arsch sieht im Moment besser aus als mein Gesicht. Herzlich willkommen im Phantasialand! Eintritt frei!

Alles, was ich in den letzten Jahren für mein Äußeres getan habe, hat einfach nicht ausgereicht. Ich bin völlig frustriert und denke einen Moment daran, theatralisch vor dem Spiegel zusammenzusacken. Da aber niemand zuguckt und das auch nichts an den hässlichen Tatsachen ändern würde, entscheide ich mich dagegen. Ich muss etwas ändern, und zwar sofort. Ich brauche einen Plan, einen Schönheitsplan, der darauf ausgerichtet ist, mich jünger, schöner und schlanker aussehen zu lassen, auch wenn es einige Menschen gibt, die der Meinung sind, dass ich sowieso schon viel zu viel dafür tue. Aber die sehen mich ja jetzt auch nicht mit Dieter-Bohlen-Furchen im Gesicht und Quadratarsch vor dem Spiegel stehen. Außerdem ist mir egal, was andere denken. Ich muss mich schließlich in meinem Körper wohlfühlen und nicht die anderen, das bestätigt einem jeder *Brigitte*-Psychologe. Ich mach das für mich! Nur für mich! Auf jeden Fall! Niemals würde ich so was für einen Mann tun! Niemals! Aber schnell muss es gehen. Sagen wir mal vier Wochen! Vier Wochen sind eine gute und realistische Zeitspanne, um gewisse Ziele zu erreichen. Und in vier Wochen hab ich Geburtstag, das passt doch ganz gut. Mit Jens hat das absolut nichts zu tun, nein, es geht um was ganz anderes. Ich will mit 35 Jahren auf dem Höhepunkt meiner erotischen und attraktiven Ausstrahlung sein und, nun ja, wenn Jens das mitkriegt, kann das ja nicht schaden. Ich nehme ein gelbes Post-it von der Kommode im Flur, schreibe darauf »Bis zum 12.9. super aussehen!!!!« und klebe es in die Mitte des Spiegels, was jetzt ein bisschen so aussieht, als ob mir ein gelber Zettel an der Stirn hängt. Ich trete einen Schritt zur Seite und lächle siegessicher. Dann gehe ich zurück zu meinem Computer, drücke den Antworten-Button, schreibe Wir sehen uns am 12.9. bei mir! Liebe Grüße Jessica mit süßem Hintern ;-) in das Textfeld und schicke die Mail ab. So! Mein Blick fällt auf die große Uhr in der Küche. Scheiße! Ich bin schon wieder viel zu spät dran.

DREI
Whirlwoman

Ich arbeite bei Interpool. Interpool ist kein Geheimdienst, sondern ein renommierter Hersteller für Whirlpools und Whirlbadewannen. Ich bearbeite die Aufträge, koordiniere Transport und Einbau, stehe den Kunden Rede und Antwort und bin – und das ist für mich das Wichtigste – das Gesicht des Unternehmens: »Miss Interpool«. Mein Gesicht schmückt Flyer und Kataloge und sogar das riesige Plakat über dem Haupteingang. Auch wenn man auf unsere Website geht, sieht man als Erstes mich im Bademantel, freundlich lächelnd – mit mindestens drei Kilo weniger auf den Hüften, ohne Cellulite und ohne Bohlen-Furchen – neben einer High-Tech-Badewanne stehen. Vor drei Jahren kam unser Marketing-Chef Herr Laval auf mich zu und hat mich gefragt, ob ich das nicht machen wollte. Klar wollte ich, zumal ich dafür eine unserer Whirlbadewannen inklusive Einbau bekommen habe. Eigentlich ein Auslaufmodell, aber das Wort dürfen wir bei Interpool nicht benutzen. Statt Chanel und Lagerfeld präsentiere ich zwar nur den »Quirlie 2000«, aber immerhin kostet der über 3000 Euro, also im Grunde nicht viel weniger als eine Lagerfeld-Kreation.

Ich steige in den Aufzug, in dem noch vier Kollegen stehen, die ich zwar nicht kenne, die mich aber trotzdem alle freundlich grüßen. So ist das eben, wenn man das Gesicht der Firma ist, und ich muss sagen, man kann sich dran gewöhnen. In der zweiten Etage steige ich aus, biege um die Ecke und gehe in Richtung meines Büros. Es ist sehr klein und eines von sieben Glasbüros. Abhängig vom jeweiligen Insassen, heißen die Büros Affenkäfig,

Elefantenhaus, Schlangenterrarium oder Haifischbecken. Ich finde, mit Aquarium bin ich noch ganz gut weggekommen, schließlich schwimmen in einem Aquarium meistens wunderschöne und exotische Fische, im Gegensatz zu einem Haifischbecken, in dem unser schlecht gelaunter grauhaariger Vorzimmerdrachen sitzt. Meine Freundin und Kollegin Julia findet Aquarien dagegen grundsätzlich furchtbar. Exotische Fische über Jahre in einen Glaskasten zu sperren wäre eine besonders grausame Art der Tierquälerei. Aber Julia hat auch bei *Findet Nemo* geheult, als der böse Zahnarzt den kleinen Nemo einsperrt, weil er ihn seiner sadistischen Tochter schenken will. Manchmal fühle ich mich in meinem Glasbüro allerdings auch gequält, vor allem von unseren Kunden und meinem Chef, der gerade vor meiner Bürotür steht und mit einer Kollegin spricht. Über mich! Ich höre sie sagen, »… keine Ahnung … hab sie heute noch nicht gesehen!«

Ich bleibe abrupt stehen. Mein Chef darf auf gar keinen Fall mitkriegen, dass ich schon wieder viel zu spät bin. Ich verschwinde schnell in der Herrentoilette, vor der ich gerade stehe. Am Pissoir steht Herr Schulte aus der Buchhaltung und pinkelt vor Schreck neben das Becken, was vielleicht daran liegt, dass er mit Anfang fünfzig noch bei seiner Mutter lebt, noch nie eine Beziehung hatte und sehr wahrscheinlich noch nie in Anwesenheit einer Frau gepinkelt hat. Ein absoluter Bilderbuch-Buchhalter.

»Frau Kronbach! Das ist die Herrentoilette!«

Herr Schulte klingt gleichzeitig entsetzt und sehr schwul.

»Keine Panik, ich will mir nur kurz was ausziehen und dann bin ich auch ruck, zuck wieder draußen.«

»Was ausziehen? Hier?« In seiner Stimme schwingt Panik mit.

Ich beachte ihn nicht weiter, ziehe meine Jacke aus, nehme mein Filofax und einen Stift aus der Handtasche und hänge sie zusammen mit der Jacke an einen Haken neben dem Waschbecken. Dann verlasse ich mit dem Filofax in der Hand vorsichtig die Herrentoilette und gehe auf mein Büro zu, vor dem mein Chef immer noch rumlungert.

»Ach, Herr Rademann. Wollen Sie zu mir?«, sage ich so geschäftig wie möglich.

»Frau Kronbach, da sind Sie ja! Ich dachte, Sie wären noch gar nicht da!«

»Ich hatte einen frühen Termin mit Herrn Schulte!«

»Mit Herrn Schulte?«

»Ja, Herr Schulte aus der Buchhaltung, wegen ... der Pissoirs!«

»Was ist denn mit den Pissoirs?«

»Sie sind zu klein. Man pinkelt anscheinend immer daneben. Ich schicke Ihnen den Verbesserungsvorschlag zu!«

Ich sehe Rademann an, dass er enttäuscht ist. Er hätte mir viel lieber eine weitere Abmahnung erteilt. Ich lächle ihn an.

»Kann ich vorher schon irgendetwas für Sie tun, Herr Rademann?«

»Ja, Sie können an Ihre Arbeit gehen!«

Mit diesen Worten stapft mein Chef davon. Der war also nur hier, um mich zu überprüfen. Big Boss Stasi-Arsch is watching you! Als Rademann um die Ecke gebogen ist, kehre ich wieder zur Herrentoilette zurück und hole meine Sachen. Herr Schulte ist mittlerweile verschwunden, und ich hoffe, dass er kein irreversibles Trauma davongetragen hat. Während mein Rechner hochfährt, gehe ich in die Küche, um mir einen Kaffee zu holen. In der Küche treffe ich Felix, Mitte vierzig, Außendienstler mit Familie und stetig wachsendem Bauchansatz, der sich gerade eine Tasse aus dem Schank nimmt. Er gibt mir auch eine und lässt mich zuerst an die große Thermoskanne mit Kaffee.

»Hey, Jessi! Na, alles klar?« Er schaut an mir runter. »Was siehst du wieder zum Anbeißen aus!«

Ich freue mich über das Kompliment, auch wenn Felix sprachlich in den 70ern hängengeblieben scheint und sich auf eine recht unsubtile Art dauernd bei mir einschleimt.

»Hi, Felix. Vielen Dank!«

Felix starrt mir notgeil aufs Dekolleté, anscheinend hat er schon lange keine weibliche Brust mehr von nahem gesehen. Ich drücke auf den Hebel oben auf der Thermoskanne. Ganz vorsichtig und mit viel Gefühl. Der Druck auf dem Hebel ist nicht besonders groß, was bedeutet, dass die Kanne fast leer sein muss. Jetzt bloß keinen Fehler machen. Als die Tasse dreiviertel voll ist, nehme ich den Finger vom Hebel. Wenn erst mal diese fies-gurgelnde »Krrrrrrrrrrrrrrch«-Geräusch kommt, dann ist es nämlich zu spät, dann muss ich neuen Kaffee machen. Aber meine Technik ist gut, sehr gut sogar: das letzte Mal Kaffee kochen musste ich 2004. Felix starrt mir immer noch auf die Brüste, und mich wundert, dass er noch keine Speichelfäden im Mundwinkel hat.

»Am liebsten würde ich ...«, setzt er an, und ich unterbreche ihn schnell, weil man chronisch untervögelte Männer über vierzig manchmal vor sich selber schützen muss.

»Wie geht es denn deiner Frau?«

»Meiner Frau? Äääh ... ganz gut, aber ...«

Bevor er weiterreden kann, schnappe ich mir meine Tasse und verlasse mit einem »Bis später, Felix!« schnell die Küche. Es ist kurz vor meinem Büro, als ich das gurgelnde »Krrrrrrrrrrrch« aus der Küche höre.

Ich lasse mich in meinen ergonomischen Bürostuhl fallen, logge mich bei Kilocoach ein, um mein Abnehmziel nach oben zu setzen. Mindestens drei Kilo in vier Wochen! Ich gebe mein neues Ziel ein und drücke den Enterknopf:

Um 3 Kilo in 28 Tagen abzunehmen, dürfte Ihr Kaloriennettowert 760 kcal/Tag nicht überschreiten. Mit diesem Wert ist auf längere Sicht eine ausreichende Nährstoffversorgung nicht gewährleistet. Bitte ändern Sie Ihr Abnehmziel!

Ich starre auf meinen Bildschirm. Mein Abnehmziel ändern? Das kommt ja überhaupt nicht in Frage. Was ist denn das für ein dämliches Programm? Drei Kilo in vier Wochen ist ja wohl kein Hexenwerk. Manche Hollywood-Stars nehmen zehn Kilo ab in vier Wochen! Von wegen Abnehmziel ändern, nicht mit mir! Ich bezahle monatlich dafür, dass ich mit Hilfe dieses vorlauten Programms abnehme, und das werde ich auch. Ich probiere ein bisschen mit den Zahlen rum, ändere aktuelles Gewicht, Größe und Zielgewicht, und nach ein paar Minuten lehne ich mich stolz zurück.

Ich hab den Kilocoach überlistet! Gut, ich bin ab sofort nur noch 1,38 m groß, wiege 60 Kilo und bin damit kleinwüchsig und zu fett. Ich darf nur noch 888 Kalorien am Tag zu mir nehmen. Das wird zwar hart, ist aber machbar. Dann gebe ich bei Google »Anti Aging Köln« in das Suchfeld ein. Google findet 90 600 Einträge dazu. Offenbar bin ich nicht die Einzige, die sich in dieser Stadt zu alt fühlt. Ich will mich gerade durch die ersten Links wühlen, da klingelt mein Telefon. Unwillig gehe ich dran. In der Leitung ist ein sehr aufgeregter und unzufriedener Kunde, der sein Badezimmer in eine Schaumparty-Location verwandelt hat und seinen Frust jetzt an mir auslässt. Ich bitte ihn kurz zu warten, packe ihn dann in die Warteschleife und stelle ihn nach fünf Minuten, also in einem Moment, in dem er vor Wut wahrscheinlich im wahrsten Sinne des Wortes überschäumt, zu meiner Kollegin Christine durch, die ein paar Büros weiter in der gläsernen Schlangengrube sitzt. Sobald sie drangeht, lege ich auf. Ich habe schließlich noch 90 599 Links zum Thema »Anti Aging Köln« zu bearbeiten und muss noch meine antike Kommode bei eBay anbieten.

VIER
Hanni und Nanni

Als ich gerade das zweite virtuelle Kosmetik-Studio betreten will, steht Julia in der Tür. Wie soll man in dieser Firma nur arbeiten, wenn man alle zwei Minuten gestört wird? Julia trägt eine gelbe Bluse mit kleinen grünen Quadraten drauf und eine Jeans, die hundertprozentig noch aus der Ära von a-ha stammt, so hoch wie die in der Taille geschnitten ist. Julia hat ein rundliches, im Grunde sehr hübsches Gesicht, das im Gegensatz zu meinem, so gut wie noch nie mit Produkten der Kosmetik-Industrie in Berührung gekommen ist. Sie schwört auf Creme 21 für vier Euro und benutzt grundsätzlich nichts anderes. Sie behauptet, dass sie von Produkten, die mehr als vier Euro kosten, Pickel bekommt. Wahrscheinlich handelt es sich um Sparsamkeitspickel. Zum nicht vorhandenen Make-up trägt Julia eine ovale Brille, die sogar aus Dita von Teese eine Oberstudienrätin machen würde. Ihre schönen dunklen lockigen Haare sind schulterlang und meistens – wie auch heute – zu einem praktischen Zopf gebunden. Julia hat grundsätzlich ein paar Kilo zu viel, die sie aber nicht stören, zumal sie Sport hasst und gutes Essen liebt. Immer wenn ich Julia sehe, sehe ich eine graue Maus, die man innerhalb von wenigen Stunden in einen wunderschönen Schwan verwandeln könnte. Aber was bringt das, wenn die Maus nun mal partout Schwäne nicht leiden kann.

Die meisten wundern sich, dass wir beide befreundet sind, weil wir in Sachen Styling so unterschiedlich ticken, aber Julia und ich kennen uns mittlerweile seit über 25 Jahren. Unsere Eltern haben sich in einem Urlaub am Plattensee angefreundet, und so mussten wir uns gezwungenermaßen miteinander beschäftigen. Bei ihrem ersten Besuch bei mir zu Hause ist Julia zur Begrüßung erst mal auf meine neue und vor allem noch ungehörte *Hanni-und-Nanni*-Schallplatte getreten, was dazu führte, dass ich bei unserem Gegenbesuch leider ihre neue *Fünf-Freunde*-Kassette übersehen habe. Und auch als Jugendliche tickten wir vollkommen ungleich. Während Julia mit 14 immer noch »Stille Nacht, heilige Nacht« auf der Blockflöte übte, hab ich schon auf Madonnas »Material Girl« abgerockt und wild mit den Jungs aus der Klasse über mir geknutscht. Ich trug angesagte weiße Vanilia-Jeans und nachgemachte Burlington-Socken – die Socken natürlich über der Hose und nachgemacht deswegen, weil meine Mutter sich geweigert hat, mir für 16 Mark die echten zu kaufen, was zu zahlreichen hysterischen Anfällen inklusive Morddrohungen gegen meine Mutter geführt hat. Im Nachhinein betrachtet sah ich damals natürlich grauenvoll aus, aber Julia übertraf das Ganze noch. Sie trug in den Achtzigern immer noch braune Cordhosen und grüne Rollkragenpullover mit farblich abgestimmten Pullundern aus den Siebzigern und dazu einen gruseligen Rucksack mit Blümchenmuster, den sie selbst genäht hatte und der nach kürzester Zeit so aussah, als hätte sie ihn aus irgendeinem Container gezogen. Und ich glaube, an Socken hat sie in ihrem Leben noch nie einen einzigen Gedanken verschwendet.

Und trotzdem sind Julia und ich seit über zwanzig Jahren befreundet. Vielleicht ist es gerade unsere Unterschiedlichkeit, die uns verbindet. Zwischen uns gibt es niemals Eifersüchteleien, wir streiten nie wegen Männern und keine würde der anderen in Sachen Styling je was vor- oder nachmachen. Leider können wir aber auch nie Klamotten, Schmuck oder Kosmetika austauschen oder gemeinsam shoppen gehen. Dafür gehen wir ins Kino, schauen uns zusammen amerikanische Serien über durchgeknallte Hausfrauen an oder lästern über unseren dämlichen Chef.

»Komm, Jessi, wir müssen los!« Julia steht direkt vor meinem Schreibtisch und wippt ungeduldig mit dem rechten Fuß.

»Wohin? Ich hab jetzt keine Zeit!« Ich habe absolut keine Ahnung, wovon sie spricht.

»Zum Brunch von Melli, gleich ist Geschenkübergabe.«

»Geschenkübergabe? Was für ein Geschenk?«

»Na, Melli hat heute Geburtstag, und Christine hat doch letzte Woche für den Büro-Brunch und einen Wellness-Gutschein gesammelt.«

»Echt? Bei mir nicht!«

»Echt nicht? Sie war letzten Freitag bei mir im Büro, und ich hab ihr extra gesagt, dass sie auch noch bei dir vorbeigehen soll. Hast du auch keine Einladung zum Brunch bekommen?«

»Natürlich nicht!« Diese hinterhältige, miese Kröte! Diese niederträchtige Kellerassel! Die weiß ganz genau, dass ich Melli total gerne mag und mich liebend gern an ihrem Geschenk beteiligt hätte.

»Mann, dass ihr damit aber auch nicht mal aufhören könnt!«, regt sich Julia auf. »Diese ganze Miss-Interpool-Geschichte ist doch jetzt echt schon über drei Jahre her!«

»Was heißt denn hier ›ihr‹? Ich kann doch nichts dafür, wenn sie sich von französischen Marketingheinis vögeln lässt, nur weil sie Miss Interpool werden will!«

Julia seufzt.

»Ist sie ja nicht geworden.«

»Da siehste mal. Schlecht im Bett ist sie also auch noch!«

»Ach Jessi …«

»Wie? Ach Jessi? Ist doch wahr!«

Julia kann einfach nicht nachvollziehen, warum Christine und ich seit Jahren im Clinch liegen. Ich kann nur sagen, an mir liegt es nicht.

»Egal. Ich komme trotzdem mit!«, sage ich und stehe auf.

»Und was ist mit einem Geschenk?«, fragt Julia erstaunt.

»Irgendwas wird mir schon noch einfallen.«

Auf dem Weg zu Melli kommen wir an Christines akkurat aufgeräumtem Schlangengruben-Büro vorbei. Sie sitzt nicht drin, weil sie sich wahrscheinlich bereits um den Brunch kümmert. Als ich auf ihrem Schreibtisch einen hübschen und ganz frischen Frühlingsblumenstrauß sehe, gehe ich hinein.

»Jessi, was hast du vor?«

»Ich hole nur eben das Geschenk für Melli.«

»Aber das kannst du doch nicht machen! Du kannst doch nicht einfach ...«

»Und ob ich kann! Wer ist denn Schuld, dass ich kein Geschenk habe?«

Ich schnappe mir den Blumenstrauß, gehe schnell zurück in mein Büro, in dem ich Geschenkpapier und Geschenkband habe und wickle die Blumen kunstvoll in buntes Papier, so dass es aussieht, als hätte ich sie eben im Blumenladen gekauft. Julia steht in der Tür und schüttelt den Kopf. Danach verschwinde ich noch mal kurz im Waschraum, um mein Make-up ein wenig aufzufrischen. Julia kommt mir hinterher und positioniert sich so, dass ich sie im Spiegel sehen kann.

»Wir sind eh schon spät dran!«, nölt sie.

»Du weißt doch, je später der Abend ...«

»Ja, ja! Hör bloß auf damit!«

Ich nehme einen zartrosafarbenen Lipgloss aus der Tasche und streiche mir den Gloss auf die Lippen.

»Du auch?« Ich halt Julia das kleine Döschen hin, aber sie schüttelt den Kopf und verzieht das Gesicht.

»Neee, vielen Dank, ich würd jetzt lieber endlich mal was essen! Hab extra nicht gefrühstückt!«

Bei Julia ist nicht nur Hopfen und Malz, sondern alles, was irgendwie schön machen könnte, auch noch verloren. In der Hoffnung, dass die Linien so weniger auffallen, pudere ich mir meine Stirn noch mal akribisch ab, ziehe den Lidstrich nach, um den Fokus mehr auf die Augen zu lenken, und binde meinen Zopf etwas enger – das liftet das Gesicht. Ich will der fünf Jahre jüngeren Christine keine noch größere Angriffsfläche bieten, als ich es im Moment sowieso schon tue.

»Oooooch, der ist aber toll. Wie lieb von dir!« Melli freut sich über den Blumenstrauß und nimmt mich herzlich in den Arm. Beim Drücken muss ich weit ausholen und komme mit meinen Armen auch nicht ganz um sie rum: Melli ist ziemlich rund und trägt auch heute ein zeltartiges Oberteil in Schwarz. Melli hat schon über sechzig Diäten hinter sich und auch die Fatfighters, Weight Watchers und der von mir empfohlene Kilocoach konnten sie bisher nicht davon abhalten, beim kleinsten Problem zu Schokolade, Kuchen und Gummibärchen zu greifen. Und Melli hat leider viele Probleme, die jeweils mindestens ein Kilo pro Woche bringen: ihren Chef, ihren Exmann, ihre Mutter, die Kollegen, das Finanzamt und so weiter.

Aus dem Augenwinkel sehe ich Christine, die wegen des Blumenstraußes die Augen verdreht und direkt zum Gegenschlag ansetzt. Ich bin mir nicht sicher, ob sie mitbekommen hat, dass es sich bei den Blümchen um ihre Blümchen handelt. Da Melli den Strauß aber nur oben rum ausgepackt hat, wahrscheinlich eher nicht. Christine ärgert sich vor allem darüber, dass mir besondere Beachtung zuteil wird. Sie hat sich mal wieder total rausgeputzt. Stiefel, kurzer Rock, schwarze Tunika – vollkommen overdressed fürs Büro, aber ich muss leider zugeben, dass sie gut aussieht und ich heute besonders neidisch bin. Wenn ich gewusst hätte, dass ein gesellschaftliches Geburtstagsereignis ansteht, hätte ich mir auch was anderes angezogen. Und Christine sieht nicht nur gut aus, sie hat auch noch groß aufgefahren. Der Konferenztisch ist total überladen mit lauter Leckereien: Alle Sorten Brötchen, italienische Salami, spanischer Schinken, verschiedenste Käsesorten, gelbe und rote Cocktailtomaten, Paprika, Marmelade,

Nutella, drei verschiedene Säfte, Sekt, Kaffee ... alles, was das Herz begehrt. Mindestens 40 Kollegen und Kolleginnen sind da, was selten genug der Fall ist bei Geburtstagsfeiern.

»So, liebe Melli, und jetzt möchten wir dir gerne dein Geschenk überreichen.« Christine steht vor dem Buffet, lächelt und betont insbesondere das Wörtchen »wir«. Sie fühlt sich offensichtlich wohl in ihrer Rolle als Gastgeberin. Sie übergibt Melli den Gutschein mit einer Geste, als wäre es das gerade von den USA unterschriebene Kyoto-Abkommen. Melli freut sich natürlich und will sich gerade allgemein bedanken, als Christine ihr ins Wort fällt:

»Melli, du musst mal schauen, wer da unterschrieben hat, das sind nämlich diejenigen, von denen das Geschenk ist. Es haben sich fast alle beteiligt ...« Bei »fast« schaut sie mich an, die blöde Kuh.

Ein paar Minuten später, als alle damit beschäftigt sind, das Buffet leerzuräumen, schnappe ich mir Christine. »Ich hätte mich ja sehr gerne beteiligt, liebe Christine, wenn man mich gefragt hätte.«

Christine hält sich theatralisch die Hand vor den Mund. »Ach du lieber Himmel, hab ich dich gar nicht gefragt? Da muss ich dich wohl vergessen haben, liebe Jessica.«

Bevor ich etwas darauf erwidern kann, wendet sie sich wieder der Geburtstagsgesellschaft zu: »Jetzt lasst uns aber mal anstoßen und auf das Wohl von Melli trinken.«

Am liebsten würde ich Christine den Sekt ins Gesicht kippen, aber stattdessen erhebe auch ich mein Glas, schließlich kann die arme Melli ja nichts dafür, und lächle gequält.

Ich bleibe ungefähr eine halbe Stunde auf dem Brunch, länger schaffe ich es einfach nicht, all den Leckereien zu widerstehen. Als ich mich gerade von Melli verabschieden will, gesellt sich Christine noch mal zu uns.

»Wusstet ihr eigentlich schon, dass das Marketing einen komplett neuen Firmen-Auftritt plant? Die Internetseite, die Plakate, das komplette Corporate Design – alles soll verjüngt werden.«

»Echt? Nee, das wusste ich nicht«, meint Melli, die sich gerade ein Brötchen mit einem halben Kilo Gouda in den Mund schiebt und der offensichtlich nicht bewusst ist, dass Christine über mich redet und darüber, dass ich »verjüngt« werden soll.

»Höchste Zeit, dass sich da mal was ändert«, findet Christine, und bevor ich was dazu sagen kann, ist das Christine-Vögelchen – nachdem es mir so wunderbar auf den Fuß geschissen hat – auch schon wieder weggeflogen. Ich könnte platzen vor Wut.

Was mich ein bisschen tröstet, ist der Schreikrampf, den sie eine halbe Stunde später bekommt, als sie in ihr Büro zurückgeht, wo in ihrer hässlichen Kristallvase statt hübscher Frühlingsblumen nur noch grünes brackiges Wasser steht. Dann rufe ich in der Marketingabteilung an, wo ich erfahren muss, dass der Marketingleiter Monsieur Laval zurzeit im Urlaub ist. Seine Sekretärin kann mir leider auch nicht sagen, ob ein neues Corporate Design gerade in Planung ist, ich soll nächste Woche noch mal anrufen. Was für ein scheiß Tag!

FÜNF
Wofür Möbel?

»Sag mal, Jessi, was sollen denn die ganzen Post-its an deiner Waschmaschine?« Julia steht im schmalen Flur meiner Wohnung und hat ihren Kopf in mein vollgestopftes Mikro-Bad gesteckt, in dem ich mich gerade zu Ende schminke. Klein ist mein Bad vor allem, weil der Whirlpool gut drei Viertel des Platzes beansprucht.

Julia und ich wollen ins Kino, in den Woody-Allen-Film *Vicky Christina Barcelona*. Ist zwar nicht der neueste Film, aber als der rauskam, hatte ich keine Zeit, ihn mir anzuschauen, und das, obwohl ich großer Woody-Allen-Fan bin und so gut wie alle Filme gesehen habe. Jetzt wird *Vicky Christina Barcelona* in einem kleinen Kölner Kino noch mal gezeigt, und ich bin total gespannt, vor allem auf Penélope Cruz und Scarlett Johannson. Mehr Schönheit in einem Film geht ja fast nicht.

»Jetzt sag doch mal! Was soll das mit den Zetteln?«

Julia drängelt sich weiter in mein Bad, in dem aber definitiv nur Platz für eine ist. Julia schrammt nur knapp an dem Regal mit meinen verschiedenen Parfum-Flakons vorbei. Die Fläschchen wackeln bedenklich, bleiben aber Gott sei Dank stehen. »Hanni und Nanni« wären froh gewesen, wenn es bei ihnen damals auch so gut gelaufen wäre.

»Welche Zettel?«

»Na die, die du gerade mit deinem Hintern verdeckst.«

Ein wenig ungelenk bewege ich mich zur Seite.

»Ach, die meinst du. Das sind einfach Dinge, die ich noch zu erledigen habe und nicht vergessen möchte.«

Ein freches Grinsen huscht über Julias Gesicht, wie ich im Spiegel sehen kann.

»Du möchtest nicht vergessen zu *joggen, zwei Kilo abzunehmen*, zur *Maniküre* zu gehen und dich unters *Solarium* zu legen?«

Hätte ich diese blöden Zettel doch mal abgenommen, bevor Julia meine Wohnung betreten hat. War ja klar, dass das Diskussionen gibt.

»Genau!«

»Aber du gehst joggen, nimmst ab, seitdem du zehn bist, und im Sonnenstudio hast du schon die bronzen-braune Kundenkarte. Das vergisst man dann doch nicht, oder?« Julia hat einen ziemlich großen Hang zu Übertreibungen und während sie mit mir diskutiert, versuche ich mit meinem schwarzen Eyeliner eine schöne Linie auf mein Augenlid zu malen.

»Ja, aber jetzt gehe ich auf die fünfunddreißig zu, und man muss sich solche Sachen eben noch mal ins Gedächtnis rufen.«

»Bekommt man seit neuestem schon mit fünfunddreißig Alzheimer?«

»Nein, aber es gibt Dinge, die manchmal in den Hintergrund rücken, auch wenn man sich an sie erinnert. Und um sie in meiner persönlichen Priorität wieder nach vorne zu holen, hab ich sie eben an meine Waschmaschine gepinnt«, erkläre ich in einem Ton, als wäre Julia extrem schwer von Begriff, was sie in diesem Fall auch wirklich ist.

»Und warum müssen diese für dich alltäglichen Dinge jetzt sooooo in den Vordergrund rücken?«

Julia will es einfach nicht verstehen, und außerdem macht sie bei dem Wort »alltägliche Dinge« mit den Fingern Gänsefüßchen in die Luft, was ich auf den Tod nicht ausstehen kann.

»Was is'n das für 'ne Frage? Ich will an meinem Geburtstag gut aussehen. Jeder will doch an seinem Geburtstag gut aussehen, oder?«

»Aber du siehst doch schon gut aus und mehr als du kann

man doch eigentlich nicht für sein Äußeres tun, oder? Wozu denn noch mehr joggen und noch mehr abnehmen?«

Julia geht mir so langsam echt auf die Nerven mit ihrer Fragerei, zumal wir solche Gespräche schon tausendmal geführt haben. Ich betrachte mich im Spiegel und muss auch noch feststellen, dass mir mein Make-up heute irgendwie entglitten ist, sieht total schief aus. Aber wie soll man sich auch konzentrieren, wenn einem die Freundin Löcher in den Bauch fragt.

»Und? Wofür dieser ganze Aufwand?«

»Vielleicht, weil ich fünfunddreißig Jahre alt werde!?!«, antworte ich ihr gereizt und versuche dabei, den Lidstrich mit einem Wattestäbchen zu begradigen.

»Ja und? Jeder wird irgendwann mal fünfunddreißig, wenn er nicht vorher stirbt. Komm schon, da steckt doch mehr dahinter.«

Jetzt macht mir sogar schon Julia Angst vorm Aussterben. Ich bleibe die Antwort schuldig und schiebe sie aus dem Badezimmer, »komm, lass uns noch was trinken, bevor wir gehen.«

Als wir durch den Flur gehen, schüttelt sie den Kopf, sagt aber Gott sei Dank nichts zu dem »Bis-zum-12.9.-super-aussehen!«-Post-it am Spiegel. In meinem Wohnzimmer schaut sich Julia neugierig um. Sie war schon länger nicht mehr bei mir.

»Sag mal, wo ist denn das schöne New-York-Bild?«

»Hab ich verkauft.«

»Verkauft?«

»Hat mir nicht mehr gefallen.«

»Und was ist mit deinem Sofa passiert?«

»Ich fand, dass das irgendwie nicht mehr hier reingepasst hat.«

Sie geht durch das Wohnzimmer zur angrenzenden Schlafzimmertür, die offen steht.

»Und seit wann pennst du auf dem Boden? Hat dein Bett hier auch nicht mehr reingepasst?« Julia ist offensichtlich irritiert.

»Mensch, Julia!« Ich bin jetzt richtig angenervt. »Ich fand es halt einfach zu voll hier. Die Wohnung ist zu klein für so viele Möbel.«

»Ich glaub dir kein Wort!«

»Wie, du glaubst mir kein Wort??«

»Jessi! Als du hier eingezogen bist, hast du die Möbel doch extra für diese Wohnung gekauft, und sie passten hervorragend hier rein. Du hast eine Woche deine Wohnung nicht verlassen, weil sie dir so gut gefallen hat. So plötzlich ändert man doch seinen Geschmack nicht, oder?«

»Also gut, Miss Marple«, seufze ich, »wenn du es unbedingt wissen willst. Manchmal komme ich eben mit dem Geld, das ich bei Interpool verdiene, nicht aus. Deshalb habe ich die Sachen verkauft, die ich sowieso nicht brauche.«

»Und was ist mit deiner antiken Kommode hier? Willst du die etwa auch verkaufen?« Julia zeigt auf meine Biedermeier-Kommode, die bereits ausgeräumt und zum Transport bereit mitten im Zimmer steht.

»Ja. Die verkauf ich auch! Interesse?«

»Aber warum? Wofür brauchst du denn so viel Geld?«

»Unter anderem für meinen Geburtstag.«

»Für deinen Geburtstag?«

»Warum wiederholst du alles, was ich sage? Ja, für meinen Geburtstag, mein Gott! Schließlich feiere ich eine Party, da muss ich einiges vorbereiten.«

»Aha! Und deshalb verkaufst du deine ganzen Sachen?«

Mann, Mann, so langsam komme ich mir vor wie eine Verbrecherin, die von einer übermotivierten Staatsanwältin in ein übles Kreuzverhör genommen wird. Um Julia zu ärgern und sie von den fehlenden Möbeln abzulenken, sage ich: »Erstens verkaufe ich nur die Kommode, weil die anderen Sachen ja bereits verkauft sind, und zweitens hab ich Jens zu meiner Geburtstagsfeier eingeladen.«

Julia reißt entsetzt ihre braunen Augen auf. Ich wusste, dass sie darauf anspringt. »Du hast was?«

»ICH … HABE … JENS … ZU … MEINER … GEBURTSTAGSFEIER … EINGELADEN«, artikuliere ich sehr laut und deutlich jedes Wort.

»Das ist jetzt nicht dein Ernst, oder?«

»Er hat mir letzte Woche eine E-Mail geschrieben, dass er wieder nach Köln zieht.«

»Aber das ist doch wohl kaum ein Grund, ihn sofort zu deinem Geburtstag einzuladen? Hast du vergessen, was das für ein Hickhack mit dem Typ war?«

Habe ich nicht, ich habe es höchstens vielleicht ein bisschen verdrängt und möchte auch jetzt nicht an Details erinnert werden, zumal Julia nie verstanden hat, was ich an Jens finde. Sie meinte immer, er wäre »einfach gestrickt«.

»Und für diesen Typen willst du abnehmen? Für den verkaufst du deine Möbel?«

»Nein! Ich will an meinem Geburtstag einfach nur verdammt gut aussehen, und das hat rein gar nichts mit Jens zu tun«, fahre ich sie an, »aber das verstehst du nicht, weil es dir nun mal egal ist, wie du aussiehst!«

»Zumindest ist es mir nicht so wichtig, dass ich jede Woche siebenmal um einen verseuchten Tümpel in der Innenstadt jogge, mein ganzes Geld für überteuerte Kosmetik und Klamotten ausgebe und jede Kalorie dreimal zähle. Ich versteh dich einfach nicht! Wie kann man nur so oberflächlich sein?«

Julia schüttelt verständnislos den Kopf, ihr Ton ist mehr als herablassend, und ich finde, dass sie damit ein bisschen zu weit geht. Eine nicht zu verachtende Wut bildet sich in meinem Bauch und steigt die Speiseröhre hoch, um sich dann in Form von Worten einen Weg nach draußen zu verschaffen.

»Gut, vielleicht übertreibe ich manchmal, aber ganz ehrlich, du UNTERtreibst in diesen Dingen, und zwar extrem.«

»Wie meinst du das?« Julia starrt mich feindselig an. Ich bin leider nicht mehr zu halten, mein Über-Ich versagt den Dienst, und alles schießt ungefiltert und ungebremst aus mir raus: »Na, guck dich doch mal an in diesen schlabberigen Achtziger-Jeans und dem ausgeleierten Sweatshirt. So würde ich nicht mal alleine zu Hause auf der Couch liegen. Und 'ne Frisur könnte dir auch nicht schaden.«

»Ich hab wenigstens noch 'ne Couch, auf der ich liegen kann«, faucht Julia mich an. »Und mal ehrlich, so wie du heute aussiehst, gewinnst du auch keinen Blumentopf. Aber wenn es dich beruhigt: Für Jens wird's schon noch reichen, der hat ja noch nie viel mitgekriegt.« Sie nimmt ihre Jacke und ihre Tasche und verlässt wortlos meine Wohnung.

Julia hat es echt drauf, mich in einem Sekundenbruchteil ganz oben auf eine riesige Palme zu bringen. War ja klar, dass sie auf Jens rumhackt, ich glaube, sie war schon immer ein bisschen eifersüchtig auf unsere leidenschaftliche Beziehung. Von Beziehungen hat Julia keine Ahnung, wie auch, wenn man immer rumläuft, als wäre man gerade aus dem Humana-Container gestiegen, tut man sich eben schwer mit Männern.

Als meine Wut ein wenig verraucht ist, lasse ich mich deprimiert auf ein Sitzkissen fallen. Kleine Schlechte-Gewissen-Zwerge fangen sofort an, an mir zu nagen und flüstern mir ununterbrochen ins Ohr, dass das, was ich zu Julia gesagt habe, absolut nicht in Ordnung gewesen ist, dass ich gemein und unfair war. Ein paar Minuten später haben die Zwerge mich so weit. Ich schnappe mir mein Telefon und rufe Julia an. Allerdings auf dem Festnetz, weil Julia kein Handy hat. Sie verweigert sich nicht nur der Kosmetikindustrie, sondern auch der Telekommunikationsbranche. Und wer muss darunter leiden? Ich natürlich! Es klingelt ein paarmal, und ihr Anrufbeantworter, auch aus den 80ern, springt knackend und rauschend an. Eigentlich müsste sie doch schon wieder zu Hause sein.

»Julchen! Es tut mir leid, was ich zu dir gesagt habe. Ehrlich! Lass uns bitte noch mal drüber reden! Ich zahl auch das Popcorn im Kino ... ich weiß doch, dass du zu Hause bist. Jetzt geh doch bitte ran!«, bettle ich. Ich warte kurz, aber nichts passiert. »Meld dich doch bitte, wenn du das hier abhörst.« Ich versuche es immer wieder bei ihr, alle zehn Minuten spreche ich eine neue Nachricht auf ihren Anrufbeantworter, aber Julia bleibt stur.

Während ich darauf warte, dass sie sich vielleicht doch noch meldet, schweift mein Blick durch mein Wohn- und Schlafzimmer. Das Bett hab ich verkauft, als ich mir unbedingt die sündhaft teuren schwarzen Stiefel kaufen wollte, das Bild ging für das letzte Bleaching beim Zahnarzt drauf, und das Sofa musste für das Wellness-Wochenende mit Caro und Simone dran glauben. Ich muss sagen, die Stiefel waren echt die geilsten Stiefel, die ich je hatte. Und von so einem tollen Wellness-Wochenende hat man doch viel länger was, als von einer Couch. Die ist doch ruck, zuck durchgesessen.

Bei dem Gedanken an das Wellness-Wochenende greife ich zum Telefon. Ich hab keine Lust, den ganzen Abend die nackte Wand anzustarren. Fürs Kino ist es jetzt auch schon zu spät – Vicky und Christina müssen wohl noch länger ohne mich auskommen. Stattdessen rufe ich Caro und Simone an und frage die beiden, ob sie spontan Lust haben, mit mir im Salon Schmitz eine kalorienarme Weinschorle zu trinken. Dann rufe ich zum zehnten Mal bei Julia an, sage ihr, wo ich gleich bin und dass sie ja nachkommen kann, wenn sie sich beruhigt hat.

SECHS
Tussentalk

Als ich in der Kneipe ankomme, sitzt Caro schon am Tisch, vor ihr eine große Weißweinschorle. Caro sieht wie immer sehr gut aus, ihre langen blonden Haare glänzen im Licht der Deckenlampe, das Make-up ist wie immer perfekt, genau wie ihr Outfit. Auch ich habe mich ein bisschen in Schale geschmissen, was ich immer tue, wenn ich mich mit Caro und Simone verabredet habe. Es kommt nicht oft vor, dass wir uns unter der Woche treffen, da wir alle von einem Termin zum anderen hetzen: Job, Kosmetik, Sport, Friseur, Sauna, Männer usw. Leider bleibt da für solche Mädelsabende nicht mehr viel Gelegenheit, und es ist ein großer Zufall, dass wir heute Abend alle drei Zeit haben. Caro tippt gerade eine SMS in ihr rosafarbenes Handy.

»Hi, Caro!«

»Hi, Süße! Bin gleich bei dir«, begrüßt sie mich, ohne den Blick vom Display ihres Telefons zu heben.

Ich setze mich ihr gegenüber auf einen der dunkelbraunen Lederstühle und schaue mich um, während Caro immer noch auf ihr Handy einhackt, wie ein halb verhungertes Huhn auf ein Weizenkorn. Die Kneipe ist noch fast leer, lediglich an einem Ecktisch sitzen zwei Frauen mit zwei leeren Milchkaffeegläsern vor sich. An der Bar liest ein Mann Zeitung. Die Wände der Kneipe sind aus roten Backsteinen und sollen wohl ein bisschen New-York-Style verbreiten. Auf der Bar stehen riesige Vasen mit exotischen Papageienblumen, und auf einem Mauervorsprung betet eine weibliche Ikone in einem hellblau-goldenen Gewand wahrscheinlich für guten Umsatz. Der Salon Schmitz ist echt schön, zumindest was die Einrichtung angeht. Die Leute, die hier am Abend ihren Prosecco schlürfen, sind allerdings gerne mal ein bisschen wichtig und alle mindestens in den Medien beschäftigt. Außerdem muss man sich hier ständig mit sehr gut aussehenden und vor allem jungen Frauen messen. Warum es dennoch Caros Lieblingsladen ist, habe ich bis heute nicht herausfinden können.

»Sag mal, tippst du Schätzings *Schwarm* in dein Handy?«, frage ich Caro, die immer noch an ihrer SMS schreibt.

»Die wollen mir für vierzig Stundenkilometer zweihundertfünfzig Euro abknöpfen! Das waren allerhöchstens dreißig zu schnell. Das lass ich in keinem Fall auf mir sitzen, die verklag ich!«

»Vierzig Stundenkilometer? Da kannst du doch noch froh sein mit zweihundertfünfzig Euro, normalerweise ist da doch sofort der Führerschein weg, oder? Und wen willst du verklagen? Den Staat?«

»Neee, die Typen, die diese Messungen vornehmen. Das ist doch alles eine Riesenabzocke!«

Caro spricht und tippt problemlos gleichzeitig.

»Aber meinst du nicht, dass so ein Verfahren wesentlich teurer werden könnte? Ein guter Anwalt kostet doch schon um die zweihundertfünfzig Euro in der Stunde.«

»Hab doch letztens diesen Typen kennengelernt, Markus, der ist Anwalt und macht das umsonst für mich.«

»Na dann.«

Caro in solche Dinge reinzureden bringt absolut nichts. Wenn sie etwas anfängt, zieht sie es auch durch. Zu meiner Schande muss ich gestehen, dass ich manchmal richtiggehend neidisch auf sie bin. Irgendwie scheint ihr immer alles so zuzufliegen. Sie sieht super aus, und man hat nicht das Gefühl, dass sie sich dafür so ins Zeug legen muss, im Gegensatz zu mir. Außerdem hat sie genügend Geld, für die schönsten Klamotten, den teuersten

Friseur, dreimal im Monat Kosmetik und ich weiß nicht für was noch alles. Und Caro macht Dinge, ohne sich darüber monatelang Gedanken zu machen, Männer, die sie haben möchte, bekommt sie, und all die, die sie nicht haben möchte, erledigen trotzdem 1000 Dinge für sie, in der Hoffnung, sie doch noch zu kriegen. Ich lerne nie Anwälte kennen.

In diesem Moment kommt auch Simone ins Schmitz. Simone ist eigentlich auch sehr hübsch, benutzt leider aber nach meinem Geschmack viel zu viel Make-up. Viel schwarz um die Augen, Rougebalken im Gesicht und immer einen dunklen Lippenstift auf den Lippen. Nur Gülcan Kamps hat noch mehr Farbe im Gesicht als Simone. Dafür hat Simone wunderschöne dicke schwarze Haare, die sie meistens offen und in großen Wellen trägt, und eine tolle Figur, was die Männer total verrückt macht – da kann man auch mal über eine zu breit gewählte Farbpalette hinwegsehen, und außerdem kenne ich keine Frau, die besser und länger feiern kann als Simone.

»Hi, Mädels!«

»Hi, Simönchen!« Caro ist jetzt fertig mit ihrer sechsteiligen SMS und hebt endlich den Blick. Sie steht auf und gibt uns beiden ein Küsschen. Dann setzen wir uns wieder, und ein gut aussehender Kellner erscheint sofort mit einem Lächeln an unserem Tisch. Wir bestellen alle eine große Weißweinschorle, die innerhalb von fünf Minuten vor uns steht. Caros Blick bleibt an mir hängen.

»Mensch, Jessi, alles in Ordnung? Du siehst irgendwie deprimiert aus.«

»Ach, nix Besonderes.«

»Komm schon, raus mit der Sprache. Irgendwas ist doch.«

»Ach, nichts Weltbewegendes. Im Moment läuft es halt irgendwie nicht so rund. Mein Geld reicht mal wieder nicht, und ich hab mich tierisch mit Julia gestritten!«

»Worüber denn?«, fragt Caro.

»Sie kann einfach nicht verstehen, dass ich für meinen Geburtstag Geld brauche und dass ich Jens eingeladen habe.«

»Jens? Echt? Wie aufregend!«, quiekt Simone.

»War Jens der Typ, der so gut im Bett ist und dann nach Hamburg gegangen ist?«, will Caro wissen.

»Genau der!«

»Und? Willst du ihn zurück?«, fragt Caro und nippt an ihrer Schorle.

»Hmmm, weiß nicht. Allerdings, wenn er so gut aussieht wie früher ...«, antworte ich, und die beiden lachen.

»Hauptsache, DU siehst gut aus! Der Rest kommt dann von alleine!«, kichert Simone.

»Genau das ist ja das Problem. Ich ... fühl mich im Moment nicht so ganz auf der Höhe, nicht mehr so attraktiv, ich fühl mich irgendwie alt! Mit Jens hat das aber absolut nix zu tun!«

»Auf sooo eine bescheuerte Idee wären wir auch niiiemals gekommen, oder, Simone?« Caro grinst Simone an.

»Nein, natürlich nicht! Keine Frau will für den besten Liebhaber der Stadt gut aussehen. Neee, bestimmt nicht, Jessi!«

Die beiden fangen an laut zu lachen, und wider Willen muss ich sogar mitlachen. Zumindest verstehen Caro und Simone, um was es geht, und ich muss mich nicht verstellen. Da kann sich Julia mal eine Scheibe abschneiden von den beiden.

»Also gut, ich gebe zu, dass ich vielleicht ein kleines bisschen Angst habe, dass er froh sein könnte, dass er damals mit Barbie nach Hamburg gegangen ist.«

»Du meinst, dass er vielleicht denkt, ›Gott sei Dank hab ich die Olle damals in Köln gelassen!‹?«

»Super, Simone, dass du alles immer so schön auf den Punkt bringst! Danke. Ehrlich gesagt will ich, dass er es bereut, eine Frau wie mich einfach hier zurückgelassen zu haben! Und zwar richtig bereut!«

Ich bin selbst erstaunt über meine offenen Worte. Bisher hatte ich das so noch gar nicht gedacht. Schon wieder was, was heute einfach so ungebremst aus mir rauspurzelt.

»Hmmm, kann ich verstehen. Wir müssen uns was einfallen lassen!«, meint Caro.

»Genau, wir brauchen einen Schönheits-Schlachtplan! Wir müssen dich so richtig aufbrezeln!« Simone strotzt vor Tatendrang.

»Daran hatte ich auch schon gedacht«, gebe ich zu.

»Also, du musst auf jeden Fall zum Friseur«, meint Caro, »am besten gehst du zu Salvatore.« Salvatore ist ihr italienischer Friseur, der nur einen einzigen Stuhl in einem riesigen, komplett verspiegelten Raum hat. Ein Haarschnitt allein kostet bei Salvatore über 100 Euro, Strähnchen sind unbezahlbar, zumindest für mich.

»Zeig mal deine Nägel!«, fordert mich Simone auf. Die beiden starren auf meine Hände, die ich über den Tisch halte, Caro verdreht die Augen, Simone schüttelt den Kopf

»Ich glaube, da muss mal wieder ein Profi ran.«

Simone schaut mir ins Gesicht. »Und deine Augenbrauen könnten auch mal wieder eine Korrektur gebrauchen!« Caro nickt und setzt noch einen drauf: »Deine Haut sieht trocken aus! Was benutzt du denn im Moment für eine Pflege? Anti-Aging?«

»Und hast du einen Fitnessplan?«, fragt Simone, »ein paar Kilos weniger wären vielleicht auch nicht schlecht.«

Die beiden sind so auf ihrem »Auf-mir-Rumhack-Trip«, dass sie gar nicht auf meine Antwort warten, sondern aufgeregt jeden noch so kleinen Makel, von dem ich noch gar nicht wusste, dass ich ihn habe, aufzudecken.

»Was ist mit deiner Kosmetikerin? Ist die im Urlaub?«

»Wann warst du zuletzt bei der Zahnreinigung?«

Ich fühle mich, als säße ich vor der *Topmodel*-Jury, die mir gerade eröffnet, dass sie »leider kein Foto« für mich hat. Mir war schon klar, dass ich was tun muss, aber muss es denn gleich so viel sein? Ich bin gekränkt, weil ich mir doch irgendwie erhofft habe, dass Caro und Simone mir sagen, dass ich doch toll aussehe und Jens sich glücklich schätzen kann, eine Frau wie mich überhaupt zu kennen.

»Was ist denn mit Botox?«, fragt Caro jetzt, und ausnahmsweise setzt Simone nicht noch einen drauf, sondern guckt mich an. Die beiden schweigen.

»Botox? Warum denn?«

»Na ja … da so um die Augen und …!«

Ich starre abwechselnd Simone und Caro an.

Also, ich weiß nicht, ob ich … ich meine, das ist ja schon ein Eingriff, der einen irgendwie verändert. Außerdem ist das eh viel zu teuer. Habt ihr eine Ahnung, was das kostet?«

»Vierhundert Euro!«, kommt es von Caro wie aus der Pistole geschossen. Ein bisschen zu schnell für meine Begriffe. Ich schaue mir ihre Stirn etwas genauer an und sehe: nichts! Nicht der Hauch einer Falte. Alles glatt wie ein Babypopo. Caro bemerkt meinen Blick, und ich frage sie: »Hast du etwa …?«

»Klar, schon oft. Ist wirklich super, und so sehr kann es mich nicht verändert haben, sonst wär es dir doch wohl aufgefallen, oder?« Sie sagt das so, als hätte sie lediglich einen neuen Fitnessdrink ausprobiert, der ihr ganz gut geschmeckt hat. Simone wirkt im Gegensatz zu mir nicht erstaunt, anscheinend hat sie es gewusst. Es stinkt mir, dass Caro immer so tut, als wäre ihre Schönheit seit jeher Natur pur. Ich hätte mich das eine oder andere Mal besser gefühlt, wenn ich das gewusst hätte. Aber am meisten ärgere ich mich wahrscheinlich über meine eigene Naivität. Manchmal bin ich einfach eine ignorante Vollidiotin.

»Simone, du auch?«, frage ich. Sie lacht!

»Neee, erstens habe ich fürchterliche Angst vor Spritzen, und zweitens kann ich meine paar Linien auf der Stirn noch mit Puder und Make-up ausgleichen.« Irgendwie bin ich erleichtert, dass zumindest Simone mir nichts verheimlicht hat.

»Da ist aber wohl mehr als eine Schicht fällig, oder?«, lacht Caro. »Also, wie gesagt, ich kann das nur wärmstens empfehlen.«

»Ich kann mir das aber leider nicht leisten, liebe Caro.« An meiner Stimme merkt man garantiert, dass ich ein bisschen angefressen bin. Caro verdient als Assistentin der Geschäftsführung eines Immobilienunternehmens zwar nicht wesentlich mehr als ich, hat aber sehr wohlhabende Eltern, die sie großzügig unterstützen, indem sie ihr zum Beispiel mal eben eine Eigentumswohnung gekauft haben.

»Hmm ...«, überlegt sie, »und was ist, wenn du deinen Ex doch mal fragst?«

»Roland? Niemals! Ich lass mir doch nicht von einem Exfreund Botox spritzen.«

Roland war der Mann vor Jens. Mit ihm war ich sieben Monate zusammen. Das mit Roland war keine Kaminfeuer-, sondern viel mehr eine Teelicht-Beziehung. Kleine Flamme, brennt nicht lange und auch nicht sehr heiß. Nach drei Monaten hat er angefangen von Hochzeit zu sprechen, von Kindern und davon, dass er unbedingt meine Eltern kennenlernen möchte. Aber stattdessen lernte ich eines Abends Jens kennen und war hin und weg von diesem unkonventionellen Mann, der mit Hochzeit und Kindern ebenso wenig am Hut hatte wie ich. Roland hat uns bei einem Kuss erwischt, war sofort am Boden zerstört, und die Sache war damit beendet. Natürlich hatte ich ein schlechtes Gewissen, aber letztendlich war es wahrscheinlich besser so. Von wegen Ende mit Schrecken und so.

Roland ist mittlerweile Dermatologe, der auch Schönheitsbehandlungen durchführt, und lebt mit seiner Frau und seinen zwei Kindern in einem schicken Haus in der Kölner Vorstadt. Seine Kinder gehen natürlich auf die englische Schule, seine attraktive Frau fährt einen fetten bayerischen Sportwagen, und die Familie verbringt die Sommerferien in ihrem Haus in Südfrankreich. Manchmal stelle ich mir vor, dass ich jetzt in diesem Haus wohnen könnte, meine intelligenten und wohlgeratenen Kinder mit meinem Sportwagen in die englische Schule bringen würde, um mir im Anschluss was Schönes zum Anziehen zu kaufen. Aber nur manchmal und immer nur so lange, bis ich mir vorstelle, mit dem langweiligen und spießigen Roland jeden verdammten Abend meines Lebens verbringen zu müssen.

»Wieso nicht?« Simone und Caro schauen mich fragend an.

»Wieso nicht was?« Meine Gedanken sind noch bei dem Leben, das ich hätte führen können.

»Roland! Botox! Erde an Jessica! Hallo!« Caro fuchtelt mir mit ihrer fast leeren Weinschorle vor der Nase rum.

»Weil es nicht nur mein Ex ist, sondern weil ich ihn auch noch mit Jens betrogen habe. Das ist moralisch doch total verwerflich.«

»Das war doch nur ein Kuss!«, wirft Simone ein.

»Ja, aber der hat ja – wie wir alle wissen – völlig ausgereicht.«

»Moralisch verwerflich? Mein Gott, der Typ ist ein totaler Spießer gewesen, und du hast dich von ihm getrennt, weil du einen überhaupt nicht spießigen Mann getroffen hast, der wesentlich besser aussah und 'ne Granate im Bett war. Findest du wirklich, dass das moralisch verwerflich ist? Du bist doch nicht Mutter Teresa.«

»Ja schon, aber ich hätte ihm das auch sagen können, bevor ich mit Jens rumgemacht hab und er mich dabei erwischte.«

Caro seufzt. »Scheint dir ja doch nicht so wichtig zu sein, die Sache mit Jens, Mother T.« Sie weiß natürlich genau, wo sie mich packen kann. »Und das ist doch jetzt auch schon Jahre her, Jessi. Also ich würde ihn fragen, ob er das macht. Das wäre bestimmt wesentlich günstiger als bei meinem plastischen Chirurgen.«

»Also, ich finde auch«, meint Simone, »wer schön sein will, muss eben leiden, auch moralisch, und mehr als nein sagen kann er doch nicht. Du musst ihm ja nicht sagen, dass du das wegen Jens machst.«

»Sag mal, spinnst du? Ich werde das doch nie wegen Jens machen. Wenn ich mir Botox spritzen lasse, dann nur, weil ich das will.«

Caro und Simone nicken amüsiert. In dieser Sekunde steht der attraktive Kellner wieder an unserem Tisch und fragt, ob es noch drei Weinschorlen sein dürfen. Wir nicken synchron.

»Vielleicht auch noch was zu essen für die Damen?«, fragt er und lächelt dabei in die Runde. Als er das Entsetzen auf unseren Gesichtern sieht, verlässt er mit einem »Also nur drei Weinschorlen dann« wieder den Tisch.

SIEBEN
Leere Kalorien

Die sechs großen Weinschorlen auf leeren Magen und nur vier Stunden Schlaf haben einen schalen Geschmack in meinem Mund und einen dumpfen Schmerz in meinem Kopf hinterlassen. Ich widerstehe der Versuchung, auf Dusche und Haarkur zu verzichten und einfach mal länger zu schlafen und quäle mich aus dem Bett. Als ich ins Bad komme und in den Spiegel schaue, bin ich entsetzt. Das Kissen hat tiefe Furchen auf meiner Wange hinterlassen, die Augen sind geschwollen, meine Haut aschfahl, das Dekolleté ist vollkommen zerknittert und ähnelt dem einer solariumsüchtigen, kettenrauchenden 55-Jährigen. Ich sehe schlimmer aus als je zuvor! So kann ich unmöglich ins Büro gehen. Ich fühl mich schrecklich und beschließe, heute später zu Interpool zu gehen. Es steht sowieso nichts Besonderes an, und ein paar Stunden Schlaf werden mir und meinem Aussehen garantiert guttun.

Weil um diese Zeit noch keiner im Büro ist, wähle ich Julias Nummer zu Hause. Bevor ich die letzte Zahl gedrückt habe, fällt mir wieder ein, dass sie ja stocksauer auf mich ist, und ich lege schnell auf. Mit einer Verspätung würde ich nur Öl ins Feuer gießen und könnte mir von ihr mal wieder eine Moralpredigt über Disziplinlosigkeit anhören. Also schicke ich Felix eine SMS, in der steht, dass ich mich nicht gut fühle und später komme, packe mir eine Anti-Stress-Maske auf Gesicht und Dekolleté und mache mir einen Tee. Ich schlurfe zurück ins Schlafzimmer, lege mich auf meine Matratze und die beiden benutzten Teebeutel auf meine Augen. Die Schlechte-Gewissen-Zwerge, die mir lautstark vorwerfen wollen, dass ich schon wieder zu spät ins Büro gehe, trickse ich ganz einfach aus, indem ich direkt einschlafe. Um neun bekomme ich eine SMS:

Chef nicht gerade begeistert. Wünscht trotzdem gute Besserung. Auch von mir, kleine Meerjungfrau. LG Felix

Begeistert muss er ja auch nicht sein. Immerhin fühle ich mich schon wesentlich besser. Ich stehe auf und wage einen erneuten Blick in den Spiegel. Da ich die letzten beiden Stunden ohne Kissen geschlafen habe, sind die Furchen verschwunden und auch keine neuen hinzugekommen, meine Haut hat wieder etwas Farbe bekommen, die Augen sind fast abgeschwollen. Nur meine Stirn hat sich immer noch nicht entkraust. Ich absolviere mein Pflegeprogramm besonders gründlich und trage zum Abschluss noch das unverschämt teure *Promordiale Cell Defense Anti Age Serum gegen die ersten Zeichen der Zeit* auf. Obwohl ich mich schon frage, ob das bei mir wirklich erst die ersten Zeichen sind oder ob die Uhr schon so gut wie abgelaufen ist.

Ich mache mir einen Kaffee und trage schweren Herzens die sechs großen Weinschorlen, den Gurkensalat und den Apfel, den ich gestern zum Mittagessen hatte, auf der Kilocoach-Seite ein. Das war kein guter Start in mein neues schöneres Leben. Es erscheint eine Sprechblase: »*Kilocoach meint: Alkohol sind leere Kalorien. Hier kann man gut sparen*«, und über die Hälfte meines Kalorienkuchens von gestern färbt sich rot, ich liege 380 satte Kalorien über meinem Soll. Leere Kalorien! Von wegen. Wenn die leer wären, würde ich sie ja nicht direkt am nächsten Tag auf meinen Hüften sehen. Und gespart habe ich gestern auch nicht, denn bei 4,50 € für eine große Weinschorle gehört Salon Schmitz nicht gerade zu den Discountern unter den Kölner Kneipen.

Es klingelt. Vor der Tür steht ein unauffälliger junger Mann, vielleicht Ende 20, mit einem Klemmbrett in der Hand und einer Baseballkappe mit dem Schriftzug der New York Yankees auf dem Kopf.

»Guten Tag, Frau Kronbach. Haben Sie eine Sekunde Zeit? Wir machen eine Umfrage zum Thema ›Unser Veedel muss schöner werden‹. Wir sammeln Anregungen und Ideen der Bürger, wie man das Stadtviertel, in dem sie leben, schöner machen könnte, um die Ergebnisse dann dem Stadtrat vorzulegen. Haben Sie vielleicht einen Vorschlag?«

»Ja. Abreißen und noch mal bauen.«

Ich schlage die Tür zu und gehe in Richtung Laptop, als es wieder klingelt. Vor der Tür steht noch immer der junge Mann mit dem Klemmbrett.

»Wir denken dabei eher an konkrete Vorschläge wie ›mehr grün‹ oder ›mehr Spielplätze‹.«

»Verstehe. Ein Fitnessstudio wäre nett hier ums Eck!«

»Ah ja, ein Fitnessstudio, das hatte ich bisher noch nicht«, der junge Mann lacht und notiert meinen Vorschlag. Sieht richtig nett aus, der Typ, wenn er lacht. »Dann bräuchte ich noch ein paar Infos über Sie. Wie viele Personen wohnen denn in Ihrem Haushalt?«

»Ich wohne hier ganz alleine!«, sage ich ein bisschen lasziv, aber der Typ würdigt mich keines Blickes. Er kreuzt ein Kästchen an, hinter dem »Singlehaushalt« steht. Was soll das denn? Nur weil man alleine wohnt, muss man doch nicht automatisch Single sein. Das sage ich ihm auch.

»Dann leben Sie also in einer Beziehung?«

»Nein, aber …«

Er schaut mich ein bisschen mitleidig an. »Aber dann ist doch alles richtig so, Frau Kronberg.«

»Kronbach, ich heiße Kronbach.«

»Äh natürlich, Frau Kronbach. Und jetzt zum Alter.«

Sein Kugelschreiber wandert zu dem Kästchen hinter dem »40–45« steht. Das gibt's doch wohl nicht.

»Zweiundvierzig!«, sage ich.

»Alles klar, wunderbar!«

Der kann doch nicht ernsthaft glauben, dass ich 42 Jahre alt bin. Doch, kann er offenbar schon.

»Entschuldigen Sie bitte, aber ich hab mich versprochen, ich bin sechsundvierzig.«

»Kein Problem! Dann streich ich das hier …«

Er streicht tatsächlich das Kästchen mit der 40–45 durch und macht ein Kreuz bei 46–50. Ich stehe kurz vor einer Explosion und knalle diesem natterblinden Schwachmaten mit voller Kraft die Tür vor der Nase zu.

Dann schaue ich mich im Flurspiegel an und erschrecke mich fürchterlich. Meine Stirn glänzt fettig von der Faltencreme, die sich zu allem Übel weiß in meiner Zornesfalte und den Krähenfüßen in meinen Augenwinkeln festgesetzt hat und diese jetzt wunderbar betont. 46 ist da noch geschmeichelt! Mir reicht's! Panisch suche ich nach meinem Handy, finde es unter meinem Kopfkissen und scrolle durch mein Adressbuch. Gott sei Dank, Roland steht noch drin. Ich drücke schnell, bevor ich es mir doch noch anders überlege, auf den grünen Hörer.

ACHT
Matschauge

Rolands Praxis ist sehr modern und geschmackvoll eingerichtet. Es ist kurz nach sechs, ich habe noch am gleichen Tag einen Termin bekommen. Der Empfangstresen hat keine einzige Kante und ist wie eine Welle geschwungen. Die Deckenlampen sind rund und sehen aus wie kleine Ufos, die durch die Praxis jagen, und an der Wand hängen kreisförmige, orangene Kunstobjekte, die an bunte Kinder-Lutscher erinnern. Überhaupt ist alles irgendwie rund in dieser Praxis. Alles, außer der Sprechstundenhilfe, denn die ist schlank, hoch gewachsen und sieht aus wie ein Model. Ich schaue ihr auf die Stirn und sehe keine einzige Falte, noch nicht mal ein winzig-kleines Fältchen und frage mich, ob Roland sie auch mit Botox behandelt hat. Wenn ja, hat er es verdammt gut gemacht. Meine Aufregung steigt, und ich freue mich richtiggehend auf die Spritzen.

»Bitte nehmen Sie doch noch kurz Platz, Frau Kronbach«, fordert mich das Sprechstunden-Model auf und führt mich ins Wartezimmer. Bis auf einen älteren Mann ist der Raum leer. Ich grüße kurz, er nickt. Ich setze mich ihm gegenüber neben ein Tischchen mit Zeitschriften und freue mich schon auf *Gala* und *Bunte*. In Wartezimmern durchforste ich immer sämtliche Frauenzeitschriften nach Kosmetikproben, das spart bares Geld. Der ältere Mann steht auf, kommt auf mich zu und legt die aktuelle Ausgabe vom *Spiegel* auf den Zeitschriftenstapel neben mir. Erst jetzt sehe ich, dass die eine Hälfte seines Gesichts mit großen, eitrigen Pusteln übersät ist, die fettig im Ufo-Licht glänzen. Die Haut um die eitrigen Krater ist knallrot und schwer entzündet. Auf seinem dunklen Pullover sieht man Hautschüppchen, die aber nicht von seinem Kopf stammen, sondern aus seinem Gesicht. Mir wird übel, und ich schaue schnell weg. Ich darf gar nicht daran denken, dass der Mann mit diesem Ausschlag Dinge anfasst, die andere, und vor allem ich, danach auch noch anfassen müssen, wie zum Beispiel die Türklinke, die Zeitschriften oder die Straßenbahn. Sollte man denn so unter Leute gehen? An seiner Stelle würde ich mich einschließen und erst wieder rauskommen, wenn alles vorbei ist. Oder besser: gar nicht mehr rauskommen.

In diesem Moment wird Herr Huber, so heißt der Mann offensichtlich, auch schon aufgerufen. Meine Lust auf Zeitschriften ist verflogen, ich stehe auf und frage das Model nach der Toilette, auf der ich mir gründlich die Hände wasche. Die leichte Übelkeit bleibt. Ich möchte nicht zurück ins Wartezimmer und drücke mich im Vorraum rum, bis Herr Huber wieder aus dem Sprechzimmer kommt. Ich vermeide es ihn anzugucken, auch als er sich von mir mit einem freundlichen »Auf Wiedersehen!« verabschiedet. Kurz darauf werde ich aufgerufen und betrete das Sprechzimmer, in dem hinter einem ebenfalls geschwungenen Schreibtisch Roland sitzt. Ganz Mann von Welt, steht er auf, kommt um den Schreibtisch herum, gibt mir gleichzeitig die Hand und ein Küsschen auf die rechte Wange, dann eins auf die linke. Ich hoffe nur, dass er Herrn Huber nicht auch geküsst hat. Roland geht einen Schritt nach hinten und betrachtet mich.

»Jessi, gut siehst du aus!«

Komisch, dass ich mir bei Roland so überhaupt keine Gedanken gemacht habe, was er von meinem gereiften Äußeren halten könnte.

»Findest du? Danke, gleichfalls!«

Und das ist noch nicht mal geschmeichelt. Roland sieht tatsächlich ausgesprochen gut aus, sehr jugendlich, mit seinen noch vollen und dunklen Haaren und seiner sportlichen Figur.

Der weiße Arztkittel ist offen, und darunter trägt er ein elegantes Boss-Hemd und Jeans. Sehr leger für einen Arzt. Ich bin mir relativ sicher, dass er in Sachen Falten auch ein bisschen nachgeholfen und schon mal selbst vom Botox-Töpfchen genascht hat, liegt ja nahe, wenn man an der Quelle sitzt.

»Wie kann ich dir helfen?« Er hat plötzlich diesen klassisch-interessierte aber distanzierten Arztton an sich, was mich ein wenig irritiert. Von der Ex zur Patientin in drei Sekunden. Klasse. Schließlich hatten wir schon mal Sex miteinander, und das mehr als einmal, auch wenn er nicht besonders gut war. Teelicht eben.

»Na ja, wie schon am Telefon gesagt, ich hab halt festgestellt, dass meine Stirn seit neuestem voller Falten ist und ich damit total alt aussehe. Und jetzt hoffe ich, dass du mir helfen kannst.«

»Hmm ... lass mal sehen!«

Er kommt mit einer großen Lupe hinter seinem Schreibtisch vor und guckt sich meine Stirn genau an.

»Tja, das ist mit Botox überhaupt kein Problem, obwohl die Falten wirklich nicht besonders tief sind.«

»Mir sind die tief genug. Was würde mich das kosten?«, frage ich ungeduldig.

»Ich würde dir nur die Materialkosten berechnen, also ... das wären dann circa hundertfünfzig Euro – weil du es bist.«

Ein Traum wird wahr!

»Können wir das direkt machen?«

Ich kann es wirklich kaum erwarten und rutsche nervös auf meinem Stuhl hin und her.

»Die Injektion dauert nur ein paar Minuten, das können wir also direkt machen. Du musst nur die Einverständniserklärung hier unterschreiben, wegen der Risi...«

»Gib her!«

Ich reiße ihm den Zettel aus der Hand, unterschreibe, ohne zu lesen, und stürze regelrecht auf den Behandlungsstuhl. Angst vor

Spritzen kenne ich plötzlich nicht mehr. Roland zieht sich Gummihandschuhe an, setzt sich auf den Rollhocker und zieht aus einem kleinen Fläschchen eine klare Flüssigkeit in eine sehr dünne Spritze. Dann beugt er sich über mich, so dass ich seinen Atem spüre, der ein bisschen nach Kaffee und Odol riecht. Es pikst und ist ein bisschen unangenehm, aber das macht mir nichts aus. Ich fühle augenblicklich, wie sich meine Stirn entspannt, woraufhin auch ich mich entspanne. Die Augen habe ich geschlossen und träume ein bisschen vor mich hin. Ich sehe Jens, der mir entgegenschwebt, mich anlächelt und sagt: ›Mensch, Jessi, das gibt's doch nicht! Wie kann man denn Mitte dreißig so viel besser aussehen als mit Mitte zwanzig? Du siehst absolut umwerfend aus.‹ Sein Blick ist voller Respekt und Verlangen. Dann taucht Christine in meinem kleinen Tagtraum auf. Sie schaut mich an und sagt ›Mein Gott, Jessica, ich gebe es nicht gerne zu, aber du hast den Miss-Interpool-Titel wirklich verdient. Toll siehst du aus!‹ Ich lächle.

»Jessi?«

»Jaaa?« Roland holt mich zurück in seine Praxis und auf den Behandlungsstuhl.

»So, fertig. Du kannst die Augen wieder aufmachen.«

Ich mache die Augen wieder auf, aber irgendwie fühlt sich das komisch an. Als hätte ich mir aus Versehen ein Augenpad aufs Oberlid anstatt unter das Auge geklebt, allerdings nur auf der rechten Seite. Ich gucke Roland an, der mich mit weit aufgerissenen Augen anstarrt. Als er merkt, dass mich sein Gesichtsausdruck verwirrt, setzt er schnell wieder das distanzierte Arztgesicht auf. Ich ahne Schlimmes.

»Gib mir sofort einen Spiegel.«

»Moment. Erst muss ich mir das genauer anschauen.«

»WAS musst du dir genauer anschauen? Gib mir sofort einen Spiegel!« Meine Stimme ist jetzt extrem hoch und droht zu kippen. Roland greift hinter sich und hält mir einen Handspiegel vors Gesicht. Mein rechtes Augenlid hängt bis zur Mitte der Pupille, und so sehr ich mich auch anstrenge, es bewegt sich keinen Millimeter weiter nach oben. Ich ziehe es mit dem Finger hoch, in der Hoffnung, dass es da bleibt, es fällt aber sofort wieder nach unten in extreme und einseitige Schlafzimmerblick-Position. Ich ziehe ein paar Grimassen, aber nichts passiert. Mein Auge bleibt auf Halbmast, und ich sehe aus wie ein Zyklop, ein Zyklop mit zugegebenermaßen glatter Stirn. Und dann schreie ich.

»Jessi, bitte hör zu.«

Ich schreie immer lauter …

»Jessi, bitte. Das kann passieren. Das gehört zu den …«

Ich schreie noch lauter und schlage auf den Behandlungsstuhl ein.

»Jessica, bitte! Ich hab noch Patienten im Wartezimmer. Was sollen die denn denken?«

Ich höre auf zu schreien. Das gibt es ja wohl nicht. Der Kerl verunstaltet mich total, und das Einzige, woran er denkt, sind seine anderen bescheuerten Patienten mit widerlichen Hautkrankheiten. Außerdem lügt er auch noch, ich weiß ja, dass ich die letzte Patientin heute bin.

»Mach das sofort wieder rückgängig oder ich schreie dir die komplette Praxis zusammen«, drohe ich.

»Jessi … das ist nicht so einfach. Aber ich kann dir versprechen, das geht wieder weg.«

»Und wann bitte schön? WANN GEHT DAS WEG?« Meine Stimme hört sich mittlerweile an wie eine altersschwache Kreissäge.

»Nun ja …«

»WANN, VERDAMMT NOCHMAL?«, brülle ich Roland an. Mein Gesicht befindet sich jetzt nur noch wenige Zentimeter von seinem entfernt, und er weicht ein wenig zurück. Ich sehe, dass er ziemlich blass geworden ist.

»Schrei doch nicht so! Ich weiß es doch auch nicht.« Er sieht meinen entsetzten Gesichtsausdruck. »Vielleicht in drei bis vier Wochen ... wenn du Glück hast.«

Ich gucke wieder in den Spiegel.

»Und wenn ich Pech habe?«

NEUN
Taxi nach Klettenberg

Ich steige hinten in das Taxi, damit der Fahrer mich nicht unmittelbar sehen kann. Als zusätzliche Sicherheitsmaßnahme vor dämlichen Nachfragen halte ich meine rechte Hand vor das schlimme Auge.

»Nach Klettenberg bitte!«, nuschle ich und schaue aus dem Seitenfenster. Doch das Taxi fährt nicht los.

»Ham Sie sisch am Aug verletzt?«, fragt mein türkischer Taxifahrer und schaut durch den Innenspiegel nach hinten.

»Ja«, antworte ich, »das war mein Ex!«

»Ooh, hat Sie geschlagen? Soll isch fahren zu Polizei?« Er scheint wirklich besorgt zu sein.

»Nein, nein, schon gut. Fahren Sie mich einfach nach Hause. Hardtstraße zwölf.« Er zögert. »Bitte!«, sage ich nachdrücklicher, und er fährt endlich los. Dann fange ich an zu heulen.

»Soll isch wirklich nicht fahren zu Polizei? Oder zu Arzt? Is nich gut, wenn Männer schlagen Frauen. Männer sollten niemals schlagen Frau.«

Und niemals Zwangsverheiraten, wie ich finde, aber jetzt ist wohl nicht der richtige Zeitpunkt, um das zu diskutieren.

»Mein Ex hat mich nicht geschlagen«, schluchze ich und vergesse dabei, die Hand vor mein Auge zu halten. Das Taxi hält an einer Kreuzung, der Fahrer dreht sich zu mir um.

»O mein Gott, sieht aus wie Schlaganfall. Isch fahre sofort zu Doktor. Man muss handeln schnell!«

Der Fahrer reißt das Steuer rum, wendet und gibt Gas.

»Ich muss nicht zu einem Arzt, ich komme gerade von einem!«

»Aber wieso hat Arzt nix geholfen? Muss doch gesehen haben hängende Aug?!«, fragt er irritiert, geht aber Gott sei Dank ein bisschen vom Gas.

»Er ist schuld an dem hängenden Auge, er hat mir das Auge verpasst!«

»Hat Sie geschlagen Arzt? Soll isch fahren Polizei?«

»Nein!« So langsam reißt mir der Geduldsfaden. »Fahren Sie mich bitte einfach nach Hause. Das ist weder ein blaues Auge noch ein Schlaganfall, das ist ein Botox-Desaster! Da hilft jetzt auch keine Polizei.«

»Aaah … Botox. Hab ich gelesen in Zeitschrift, das Frau hat liegengelassen in mein Taxi. Aber soll man nicht pfuschen in Natur. Is nix gut!«

Zum Glück wendet er jetzt wieder und fährt endlich Richtung Hardtstraße, und wenn ich gewusst hätte, was bei dieser Botox-Aktion rauskommt, hätte ich auch bestimmt nicht in die Natur gepfuscht.

»Geht wieder weg?«, fragt er mich in wesentlich ruhigerem Ton.

»Wahrscheinlich schon. Ich weiß nur nicht, wann. Nicht mal der Arzt weiß, wann. Das Beste wäre, ich würde diesen ahnungslosen Pfuscher verklagen!«, seufze ich.

»Soll isch Sie fahren Rechtanwalt?!«

»Neiiiiiiiiin!«

Nach einer gefühlten Ewigkeit halten wir vor dem Haus, in dem ich wohne. Ich suche mein Portemonnaie, was nicht so einfach ist, weil ich auf meinem rechten Auge auch nicht mehr so richtig gut sehen kann. Das Lid hängt ein Stück weit über der Pupille.

»Och, lass ma, Frau. Sie habe genug Problem, schenk isch Ihnen Fahrt!«

»Danke! Das ist nett!«

Na prima. Statt von meinem Ex für mein jugendliches Aussehen Komplimente zu bekommen, errege ich nun so tiefes Mitleid, dass man noch nicht mal mehr Geld von mir will. Bevor ich aussteige, vergewissere ich mich noch, dass kein Nachbar um die Ecke biegt. Die Luft ist rein, also steige ich aus, schließe auf, renne die Treppe hoch und verschwinde in meiner Wohnung. Vor dem Spiegel breche ich sofort wieder in Tränen aus. Das hängende Augenlid macht mich nicht nur unglaublich hässlich, sondern lässt mich auch noch total dämlich aussehen. Ich bin durch diese Spritze zu einem grenzdebilen Zyklopen geworden.

Neben meinem Auge klebt ein gelbes Post-it auf dem Spiegel, auf dem steht »Bis zum 12. 9. super aussehen!!!!«. Mein Leben ist so gut wie vorbei.

ZEHN
Eva Braun

Nachdem ich mich ein wenig beruhigt habe, setze ich mich an meinen Rechner und fange an zu recherchieren. Zunächst gebe ich den Begriff **Botox** bei Google ein, was dazu führt, dass ich mir Hunderte von Vorher/Nachher-Bildern von gelungenen Botox-Behandlungen anschauen muss. Über die Kombination »hängendes **Augenlid** nach **Botox**« werde ich dann fündig. Der medizinische Begriff für mein Problem ist »Ptosis«, und die Wahrscheinlichkeit dieser Nebenwirkung liegt bei etwa 1–5 %. Allerdings: einem erfahrenen und gut ausgebildeten Arzt sollte das gar nicht erst passieren. Was Roland wohl für eine Ausbildung hat? Offensichtlich darf fast jeder Arzt Botox spritzen und man sollte sich vorher unbedingt erkundigen, ob der Arzt, bei dem man die Behandlung durchführen lassen will, eine entsprechende Zusatzausbildung hat. Und ich lese noch nicht mal den Wisch mit den Risiken! Jetzt ärgere ich mich nicht nur über Roland, sondern auch noch über mich selbst.

Die Frage, wie lange eine Ptosis normalerweise anhält, kann mir das Internet leider nicht mal beantworten, nachdem ich zig Seiten zu dem Thema durchforstet habe. Tatsache ist: das Grauen kann zwischen zwei Wochen und sechs Monaten andauern. Grenzenlose Verzweiflung überkommt mich, und ich habe das Gefühl, dass ich unbedingt mit jemandem darüber reden muss. Ich wähle Julias Nummer, aber sie geht mal wieder nicht ran. Als der AB anspringt, lege ich gleich wieder auf. Dann wähle ich Caros Büronummer. Es dauert ein bisschen, bis sich ein Mann meldet:

»Kanzlei Westerhoff und Partner. Peter Subinsky. Was kann ich für Sie tun?«

»Hier spricht Jessica Kronbach«, schniefe ich in den Hörer, »kann ich mal bitte mit Caro sprechen?«

»Frau Schüller ist im Moment in einer Besprechung. Ist es dringend?«

»Jaaaaa ...«, heule ich ins Telefon.

»Ähhhm ja, äh ... dann hole ich sie eben ... Moment bitte.«

Es dauert ein paar Minuten, bis Caro den Hörer in die Hand nimmt und sich mit einem knappen »Ja?« meldet.

»Caaaaaaaro ...«, jammere ich ihr ins Ohr.

»Jessi? Bist du das?«

»Jaaaaaaaa ...«

»Mensch, Jessi, was ist denn los? Ich bin mitten in einer Besprechung.«

»Caro, ich war bei Roland.«

»Ja und?«

»Wegen Botox, du weißt schon.«

»Jessi! Und?«

»Es ist schiefgegangen. Ich hab ein riesiges Matschauge und Augenlider wie aufgeblasene Regenwürmer!«

Ich fange wieder an zu heulen.

»Echt? Vielleicht hättest du doch besser zu meinem Chirurgen gehen sollen.«

»Zuuuuu spääääääät! Ich seh aus wie ein Zykloooooooop, Caro!«

»Jessi, jetzt beruhig dich doch, das geht bestimmt wieder weg! Und sei mir nicht böse, aber ich muss ganz dringend wieder in die Besprechung. Ich meld mich später bei dir, dann quatschen wir, ja? Tschüssi.« Dann legt sie auf. Die darauf folgende Stille erdrückt mich fast. Aber der Hinweis mit dem Chirurgen bringt mich immerhin auf eine Idee. Ich drücke die Wahlwiederholungstaste.

»Kanzlei Westerhoff und Partner. Peter Subinsky. Was kann ...«

Ich unterbreche ihn unhöflich: »Jessica Kronbach noch mal. Könnten Sie mir bitte Caro noch mal ans Telefon holen?«

»Ich weiß nicht, sie wollte nicht mehr gestört werden.«

»Herr Subinsky! Bitte! Sie können das nicht wissen: es geht um Leben und Tod!« Ich wundere mich selbst, dass ich so einen Ton zustande bekomme, der keinen Widerspruch duldet.

»Okay ... in Ordnung. Ich hole sie noch mal aus dem Meeting.«

Es dauert wieder ein paar Minuten, bis Caro ans Telefon kommt.

»Jessi! Mensch, ich hab doch gesagt, dass ich mich bei dir melde. Was ist denn jetzt?« Sie ist hörbar genervt.

»Caro, wie heißt dein Chirurg? Ich will da sofort einen Termin ausmachen.«

»Und deshalb holst du mich zum zweiten Mal aus dem Meeting? Das hätte doch echt noch Zeit gehabt.«

»Caro!«, ich schreie fast »ich habe ein verdammtes Matschauge! Ich sehe aus wie ein Monster, echt. Wie heißt der Chirurg?«

»Okay, okay, schon gut! Doktor Almaydin, die Telefonnummer findest du im Netz.«

»Und das schreibt sich wie?«

»N.E.T.Z. Kann ich jetzt weiter die zwei Millionen schweren Mietverträge für die Deutsche Bank besprechen oder ist noch was?«

»Ja! Warte!« Sie legt auf. Wie war noch mal die Definition für eine gute Freundin? Immer für einen da? Immer ein offenes Ohr? Immer bereit zu helfen?

Ich suche im Netz nach der Telefonnummer von Caros plastischem Chirurgen, finde sie auf Anhieb und rufe in der Praxis an.

»Hallo? Ich brauche sofort einen Termin!«

»Wie sind Sie versichert?«, fragt die Sprechstundenhilfe reserviert.

»Gesetzlich.«

»Worum geht es denn?«

»Ich habe ein Matschauge!«

»Sie haben was?«

»Ein verdammtes hängendes Matschauge!«

»Vielleicht sollten Sie dann lieber zu einem Augenarzt gehen.«

»Nein, sollte ich nicht. Das Matschauge kommt nämlich von einer Botox-Spritze.«

»Die Ihnen Doktor Almaydin gegeben hat?«, fragt sie ungläubig.

»Nein, das war mein Exfreund!«

»Ihr Exfreund? Der ist aber doch hoffentlich Arzt, oder?«

»Ja, aber ein schlechter! Ich brauche dringend einen Termin bei Dr. Almaydin.«

»Hmmm, ich könnte Ihnen einen in vier Monaten anbieten.«

»In vier Monaten? Sind Sie verrückt? Ich komme natürlich sofort!«

»Tut mir leid, Frau ... ähm ...«

»Kronbach, Jessica Kronbach.«

»Tut mir leid, Frau Kronbach, aber das geht absolut nicht!«

»Und morgen früh? Am besten direkt um sieben Uhr oder um sieben Uhr fünfzehn, ich bin flexibel.«

»Tut mir leid, aber der Doktor ist auf dem Weg in die USA, wo er morgen operiert. Die Praxis ist in den nächsten beiden Tagen geschlossen.«

»Er kann aber nicht in die USA fliegen!«

»Und wieso nicht?«

»Weil ich aussehe, als hätte ich gerade einen Schlaganfall gehabt! Sie müssen mir einen Termin vor den USA geben! Ich könnte jetzt ... oder ich könnte auch einfach mit in die USA, wenn er da sowieso operiert ...« Meine Stimme ist sehr hoch und droht in die totale Hysterie abzurutschen.

»Tut mir leid«, unterbricht sie mich, »aber wir haben hier einfach sehr viele Patienten, die sich sehr hässlich finden und denen wir helfen müssen. Wenn es so dringend ist, wie Sie sagen, können Sie gerne in vier Monaten vorbeikommen. Wollen Sie?«

»Nein. Jetzt!«

Dann tutet es wieder, und ein weiteres Mal sitze ich mit dem Hörer in der Hand am Küchentisch, und die Stille droht mich zu zerreißen.

Ich rufe insgesamt noch achtmal in der Praxis von Dr. Almaydin an. Schon beim fünften Mal droht die Sprechstundenhilfe mit der Polizei. Beim sechsten Mal nimmt sie kurz ab, um sofort wieder aufzulegen, und beim siebten Mal geht keiner mehr dran. Ich suche die Bedienungsanleitung von meinem Telefon und unterdrücke meine Telefonnummer. Es klappt und sie geht ran, legt aber sofort wieder auf, als sie merkt, dass ich es bin. Ich haue mit der Faust auf den Tisch. So fest, dass die Kaffeetasse, die darauf steht, einen kleinen Hopser macht, vom Tisch fällt und auf dem Küchenboden zerschellt. Es war meine Lieblingstasse.

Ich muss etwas tun, sonst drehe ich durch! Ich gehe zum Eisfach, trete dabei noch schmerzhaft in die Scherben, nehme ein paar Eiswürfel aus dem Fach und presse sie auf mein Auge. Kühlen ist immer gut! Nach ein paar Sekunden halte ich es nicht mehr aus. Das Auge hat sich – außer dass es jetzt auch noch knallrot ist und ich fast blind bin – nicht verändert. Als nächstes befülle ich meine Wärmflasche mit heißem Wasser und presse sie mir auf die lädierte Gesichtshälfte. Das halte ich zwar länger aus, aber bewirken tut es ebenfalls rein gar nichts. Ich pfeffere die Wärmflasche in die Ecke und lasse mich wieder frustriert auf meinen Küchenstuhl fallen.

Ungefähr eine Stunde später meldet sich Caro. Als ich den

Hörer greife, merke ich, dass meine Muskeln ganz steif sind. Offensichtlich habe ich mich in dieser Stunde keinen Zentimeter bewegt.

»Na Süße, wie geht's dir?«

»Beschissen! Mein Auge hängt immer noch auf halb acht.«

»Hast du einen Termin bei Dr. Almaydin?«

»Pfffff! Ja, in vier Monaten.«

»In vier Monaten? Hast du denen nicht gesagt, dass es dringend ist?«

»Nein, ich hab denen gesagt, dass es mir nichts ausmacht, ein paar Jahre als einäugiges Monstrum in TV-Shows aufzutreten.«

Schweigen am anderen Ende der Leitung. »Mensch, Caro, natürlich hab ich denen gesagt, dass es dringend ist.«

»Und die haben dir trotzdem keinen Termin gegeben? Ich ruf da mal eben an und regle das. Bis gleich.«

Ich schöpfe wieder ein wenig Hoffnung. Keine fünf Minuten später ruft Caro wieder an, sie klingt angesäuert, fast geschockt.

»Sag mal, was hast du denn da angerichtet? Die Sprechstundenhilfe ist komplett ausgerastet. Sie meinte, du hättest sie als Eva Braun und ihren Chef als Chirurgen-Nazi bezeichnet. Die wollen dich anzeigen, wenn du noch ein einziges Mal anrufst.«

»Tja, so ist das eben, wenn man gesetzlich versichert ist.«

Ich habe keine Lust, jetzt mit Caro über diese Privatpatienten-Arschkriecher zu diskutieren, dazu bin ich definitiv zu fertig.

»Und was willst du jetzt machen? Hast du noch einen Termin bei Roland?«

»Keine Ahnung!«

»Wie, keine Ahnung? Ihr müsst da doch drüber gesprochen haben, oder?«

»Was weiß ich. Ich habe ihn angeschrien, seine kompletten Gerätschaften umgeschmissen und bin aus der Praxis gerannt.«

»Meinst du nicht, Jessi, dass du da ein bisschen heftig reagiert hast?«

»Ich möchte dich mal sehen, wenn dich einer so verunstaltet!«

»Ist ja gut. Du solltest trotzdem noch mal mit Roland sprechen, schließlich ist er der behandelnde Arzt. Vielleicht gibt es ja ein Medikament, das die Wirkung von Botox verkürzt. Irgendwas kann man bestimmt machen.«

»Meinst du wirklich?«

»Ganz bestimmt! Red noch mal mit ihm.«

»Ich überleg's mir.«

»Gut, Süße! Ich muss jetzt auch los, bin noch mit meinem Anwalt verabredet, du weißt schon, wegen der Sache mit dem Knöllchen. Meld mich morgen noch mal. Und ruf ihn an! Tschüssi.«

Ich finde, dass Caro auch mal hätte anbieten können, bei mir vorbeizukommen. Frustriert nehme ich mir eine Flasche Wein aus dem Kühlschrank und gehe damit in mein Wohnzimmer, wo ich mich eigentlich auf meine Couch legen will, als mir einfällt, dass ich gar keine Couch mehr habe. Seufzend nehme ich auf dem blanken Fußboden neben der Kommode meiner Oma Platz, die ich gestern bei eBay eingestellt habe, um mir Botox-Behandlung und Geburtstagsfeier leisten zu können. Wie ein Mahnmal steht sie nun im Zimmer. Ich muss unbedingt schauen, dass ich die Auktion stoppe. Wenn ich bedenke, wofür ich dieses wunderschöne Möbelstück hergeben wollte, wird mir schlecht, und meine Oma rotiert wahrscheinlich spätestens jetzt wild in ihrem Grab. Ich schenke mir ein großes Glas Weißwein ein, vielleicht klappt das mit dem Schönsaufen ja auch bei einem selbst.

Dann schnappe ich mir die Fernbedienung und schalte den Fernseher ein. Und während auf RTL gepimpte Dumpfbacken in grotesken Boulevardmagazinen darüber berichten, wie gut Angelina Jolie wieder aussieht und wie sexy Paris Hilton doch ist, betrinke ich mich konsequent. Der Todesstoß kommt aber dann am Abend auf ProSieben: *Germany's Next Topmodel*, normalerweise eine meiner absoluten Lieblingssendungen. Aber heute?

Lauter hübsche und junge Frauen stolzieren mehr oder weniger grazil über einen Catwalk in einem Bergwerk. Heidi Klum trägt nach zehn Minuten Sendezeit bereits das dritte sexy Outfit, und ich heule – ungeachtet der aufgequollenen Regenwürmer –, was die Tränendrüsen hergeben. Als ich die geballte Ladung Schönheit und all die kleinen Problemchen, die diese Mädels haben und für die ich mehr als dankbar wäre, wenn ich sie denn hätte, nicht mehr ertrage, schalte ich zu 3Sat und schaue mir eine Reportage über die unhaltbaren Zustände in deutschen Altenheimen an. Mit Wundliegen, Demenz und Inkontinenz geht es mir wesentlich besser, als mit »Hilfe, ich habe einen Pickel am Kinn und kann nicht auf hohen Hacken laufen«. Ich wünschte, ich hätte auch Alzheimer und könnte vergessen, was heute passiert ist.

ELF
Die hohe Kunst der Stümperei

Ich sitze mal wieder im Taxi auf dem Weg in die Praxis von Roland. Auf meiner Nase thront eine riesige schwarze Sonnenbrille, hinter der mein hängendes Augenlid Gott sei Dank völlig verschwunden. Mit der Brille sehe ich zwar aus wie ein billiger und übergewichtiger Abklatsch der Olsen-Zwillinge, bin aber trotzdem sehr froh, dass ich das Desaster so einigermaßen problemlos verbergen kann. Als wir an der Praxis angekommen sind, zittern meine Hände von den sieben Tassen Kaffee, die ich heute Morgen getrunken habe, Schlafmangel und dem gestrigen Riesling so stark, dass ich große Schwierigkeiten habe, den Geldschein aus meinem Portemonnaie zu frickeln und ihn dem Fahrer zu geben. Als ich ihm den Schein hinzittere, schaut er mich kurz, aber intensiv an und öffnet dann das Handschuhfach. Ich kriege Panik, dass er mich bedrohen will, aber statt einer Waffe zieht er einen silbernen Flachmann heraus und reicht ihn mir. »Nehmen Sie ruhig einen Schluck, ich kenn das.«

»Sie kennen was? Seh ich so aus, als würde ich schon am Morgen saufen?«

Statt einer Antwort öffnet der Fahrer die Flasche nun auch noch und hält sie mir noch ein Stück näher hin. Ich sehe so aus! Dann, denke ich mir, ist es auch egal. Ich nehme den Flachmann, setze ihn an und trinke ihn leer. Das Zeug schmeckt widerlich bitter, und ich bin kurz davor, es wieder auszuspucken, irgend so ein Magenbitter-Zeug. Ich gebe dem Taxifahrer seinen Flachmann zurück, der nickt wissend, und ich steige aus.

In der Praxis gehe ich grußlos an der dürren Sprechstundenhilfe vorbei, direkt ins Sprechzimmer.

»Moment mal, Sie können doch nicht einfach ...« Sie rennt mir hinterher. Und ob ich kann. Roland begrüßt gerade eine Patientin, als ich ins Zimmer platze. Beide gucken mich erschrocken an. Ich wende mich direkt an die Patientin: »Tut mir leid, aber Ihr Termin ist leider verschoben. Kommen Sie morgen wieder. Oder besser: in vier Monaten! Ha!«

Mit diesen Worten schiebe ich sie zur Tür, in der Miss Hautarztpraxis steht, die Roland fragend ansieht. Fast komme ich mir vor wie in der *Desperate-Housewives*-Szene, in der Gaby Solis ihren Mann Carlos mit der asiatischen Kinderfrau erwischt. Wie viel lieber wäre ich aus so einem Grund hier.

Roland versucht die Situation zu retten, wirkt aber irgendwie armselig dabei: »Tut mir leid, Frau Weber. Es handelt sich hier um einen Notfall. Nehmen Sie doch bitte noch mal kurz im Wartezimmer Platz, ich hol Sie dann gleich wieder rein.« Frau Weber verlässt irritiert den Raum. Mit einem Kopfnicken schickt Roland dann auch Miss glatte Stirn aus dem Zimmer. Dafür bilden sich an seiner Stirn Falten, als die Tür geschlossen ist.

»Jessica, was soll das?«

Man merkt, dass er mich gerne anschreien würde, sein Berufsethos ihm das aber leider verbietet.

»Was das soll?«, frage ich gereizt zurück und ziehe die Brille aus. »Mein Auge hängt bis zur Unterlippe. Da frag ich dich, was das soll!«

»Jessi«, er spricht langsam und ruhig, so als ob ich ein bisschen schwer von Begriff wäre, »ich hab dir doch gesagt, dass das eine Zeit lang dauern kann. So eine Ptosis ist eben unberechenbar, das Ganze kann morgen verschwinden, aber auch erst in vier Wochen. Ich weiß es einfach nicht.«

»Ich weiß es einfach nicht. Darin warst du immer groß!«

»Bitte nicht die alten Geschichten jetzt!«

»Dann tu irgendwas, damit es schneller weggeht. IRGENDWAS!«

»Da kann man leider nicht viel tun.«

»Was heißt nicht viel? Nicht viel ist mehr als nichts. Also ...«

»Jessi ... die Chance ist wirklich gering, dass ...«

»WAS kann man tun? Los! WAS?« Er seufzt.

»Die einzige Möglichkeit wäre ein durchblutungsförderndes Mittel, aber die Wahrscheinlichkeit, dass das irgendetwas bewirkt, liegt bei nur etwa fünf Prozent.«

»Fünf Prozent? Die Wahrscheinlichkeit, so ein widerliches Matschauge zu bekommen wie ich, liegt bei ein bis fünf Prozent, und jetzt schau mich bitte an ...« Er guckt mir ins Gesicht.

»Jessi ...«

»Los. Wir versuchen das! Ich muss diese Lähmung loswerden, koste es, was es wolle.«

Ich lasse mich in den Behandlungsstuhl fallen. Roland zögert noch.

»Patientin sitzt! Los geht's!«

»Also gut«, gibt er nach, »aber versprich mir, dass du dir nicht zu viel davon erhoffst. Ich kann es mir nicht leisten, dass du hier dauernd aufkreuzt und mir meine Patienten vergraulst. Leidest du an irgendwelchen Allergien?«

»Das hast du gestern nicht gefragt!«

»Hab ich wohl!«

»Hast du nicht!«

»Mein Gott, Jessi, hör auf, es ist echt wie früher!«

»Nur im Gegensatz zu früher hab ich jetzt ein Matschauge und du 'ne langweilige Familie.«

Roland geht zu seinem Medikamentenschrank, holt ein Glasfläschchen raus, pikst mit einer Spritze in das Fläschchen und zieht sie auf. Ich habe so was wie ein Déjà-vu; während ich gestern allerdings noch in schöne Tagträume versunken war, kommt mir heute alles vor wie ein grausamer Alptraum, aus dem ich endlich erwachen möchte. Ich bete zu Gott, dass das Mittel wirkt und mein kleiner Schönheitsplan vielleicht doch noch aufgeht. Wenn das klappt und ich meinen Geburtstag als attraktive Frau feiern kann, verspreche ich, dass ich wieder in die Kirche eintreten werde, auch wenn der Papst noch hundertmal Kondome in Afrika verbietet.

»Jessica ...«, setzt Roland wieder an, aber ich ertrage sein Gelaber jetzt nicht mehr.

»Halt endlich die Klappe und gib mir die scheiß Spritze! Oder soll ich das selber machen?«

Viel schlechter als er würde ich es wahrscheinlich auch nicht hinkriegen.

»So, fertig!« Vor lauter Wut habe ich gar nicht gemerkt, dass er mir die Spritze bereits gegeben hat.

»Und, wie lange dauert das jetzt?«

»Keine Ahnung. Wenn es überhaupt etwas bringt, wird es einfach nur etwas schneller gehen als ohne das Mittel. Wir müssen abwarten. Um das Ergebnis besser kontrollieren zu können, würde ich gerne noch mal kurz nachmessen.«

Er hält mir ein Gerät vor die Augen, das ein bisschen aussieht wie ein Zirkel, aber offensichtlich keiner ist, und notiert das Mess-Ergebnis auf meiner noch relativ jungfräulichen Patientenkarte.

»So, im Moment sind es fünf Millimeter bei dem Auge mit der Ptosis, eins Komma zwei Zentimeter bei dem gesunden Auge und geschätzte eins Komma zwei Promille.«

»Ich ... war mit Caro aus, gestern Abend!«

»Kann ich sonst noch was für dich tun?«

»JA. Ich brauche noch eine Krankschreibung. So kann ich unmöglich ins Büro gehen.«

»Also eigentlich ... bei so einer Sache ...« Ich schaue ihn

mordlüstern an. »Okay, okay, schon gut. Aber nur bis Dienstag. Ich mach mich sonst strafbar.«

»Spießer!«

»Nenn mich bitte nicht wieder Spießer!«

»Dann schreib mir 'ne Krankmeldung. Nur Spießer schreiben keine!«

Mister Oberkorrekt atmet tief durch und zieht einen gelben Zettel aus seiner Schublade und füllt ihn widerwillig aus.

»Bis Freitag, Roland!«

»Jessica ...«

»Spießer!«

Er nimmt einen neuen Zettel und füllt ihn noch mal aus. »Bis Mittwoch, aber länger kann ich wirklich nicht –«

Ich reiße ihm den Zettel aus der Hand, setze meine Sonnenbrille auf und gehe aus dem Zimmer, ohne mich noch mal umzudrehen. Auch Miss glatte Stirn ignoriere ich, renne die Treppe runter, krame mein Handy aus der Handtasche und rufe mir ein Taxi, das wenige Minuten später um die Ecke biegt. Als ich in den Wagen steige, starrt der Fahrer mich unverhohlen an. Ich erschrecke mich, weil ich fürchte, dass ich vergessen habe, die Sonnenbrille aufzusetzen, aber die sitzt da, wo sie sitzen soll.

»Was ist?«, frage ich den immer noch glotzenden Taxifahrer »Noch nie 'ne Frau mit Sonnenbrille gesehen?«

»Alles in Ordnung mit Ihnen?«

»Wieso fragen Sie?«

»Na, Ihre Lippe. Hat Sie da ... was reingestochen?«

»Ja, mein Ex!«

Ich taste meine Unterlippe ab und merke, dass tatsächlich irgendwas nicht stimmt damit. Hektisch ziehe ich meinen Handspiegel aus der Tasche und falle fast in Ohnmacht. Leider aber nur fast. Noch lieber wäre ich tot. Ich kann es nicht fassen. Meine Unterlippe ist etwa auf die dreifache Größe angeschwollen und sieht aus, als ob sie jeden Moment platzen könnte.

»O mein Gott!« Mit diesen Worten steige ich wieder aus dem Taxi und schwanke ganz langsam zurück in die Praxis.

»Nesselsucht, beziehungsweise Quincke-Ödem«, lautet Rolands nüchterne Diagnose. So was kann eben vorkommen, daran erkrankt jeder vierte Deutsche mindestens einmal im Leben, und viele reagieren damit auf bestimmte Medikamente.
»Und das auf meiner Wange?«
Ich deute auf zwei rote Flecken in meinem Gesicht.
»Das sind Quaddeln.«
Ich starre Roland an. Da ich unter Schock stehe, bin ich noch nicht mal in der Lage, Roland anzuschreien.
»Es ist wichtig, dass du dich jetzt schonst. Stress und Depressionen können das Krankheitsbild noch verstärken.«
Traurig schaue ich in den Spiegel. Matschauge, Schwulstlippe, Quaddeln: ich sehe aus, als wäre ich gestorben und danach zwei Jahre tot in einem verseuchten See rumgelegen.
»Was soll sich denn bitte daran noch verstärken?«
»Es könnte sich schon noch verändern. Bei manchen dauert so ein Schub einen Tag, bei anderen eine Woche. Er kann allerdings auch mehrere Wochen andauern.«
Irgendwie komme ich mir vor, als würde ich seit mehreren Wochen in der Warteschleife des Ahnungslosen e.V. hängen, in der ständig der gleiche Satz wiederholt wird: »Bitte drehen Sie nicht durch, aber ich weiß es nicht … bitte drehen Sie nicht durch, aber ich weiß es nicht … bitte drehen Sie nicht durch, aber ich weiß es nicht … ich weiß es nicht …«
»Aber dafür kann ich dich jetzt bis Ende der nächsten Woche krank schreiben.«
Er zückt wieder seinen gelben Block und kritzelt was drauf.
»Danke«, sage ich leise. Ich bin einfach nicht mehr in der Lage zu reagieren. Ich nehme den gelben Zettel und wende mich an Miss Dermatologie, die hinter ihrem runden Tresen steht und

mich mit offenem Mund anstarrt. »Können Sie mir ein Taxi rufen?« Sie greift sofort hektisch zum Hörer. Während ich auf das Taxi warte, wird mir eines klar: In diesem Leben sieht mich die katholische Kirche nie wieder.

ZWÖLF
Dr. House

»O mein Gott, was ist denn mit Ihnen passiert?« Das ist jetzt schon der dritte Taxifahrer, der mich innerhalb von zwei Tagen vollkommen entsetzt anstarrt. »Hatten Sie einen Unfall?«

Ich bin so zittrig, dass mir die Salbe, die mir Roland noch in die Hand gedrückt hat, auf den Boden fällt. Als ich sie aus dem Fußraum fingern will, bleibe ich mit meiner Sonnenbrille an der Nackenstütze des Beifahrersitzes hängen und reiße sie mir von der Nase. Der Taxifahrer hat sich mittlerweile komplett zu mir umgedreht und starrt mir ins Gesicht. Sein Unterkiefer klappt unschön nach unten und seine Augen treten leicht aus den Höhlen.

»Ich fahr Sie ins Krankenhaus!«

Ich will auf gar keinen Fall ins Krankenhaus. Ich versuche ihm das zu sagen, bin aber nicht in der Lage, diesen Wunsch zu artikulieren. Wo in den letzten Tagen alles so einfach rausgepurzelt ist, steht plötzlich eine Art Berliner Mauer, die die Wörter davon abhält, den Kronbachschen Sektor zu verlassen. Lediglich ein dumpfes Gurgeln schafft es über die Grenze, was den Taxifahrer noch anzuspornen scheint, das Gaspedal durch das Bodenblech zu drücken. Nach nur fünf Minuten stoppen wir mit quietschenden Reifen direkt vor der Notaufnahme der Uniklinik. Der Taxifahrer winkt zwei Krankenpfleger ran, die rauchend vor den elektrischen Schiebetüren stehen, daraufhin aber zum Taxi eilen und meine Tür öffnen. Als sie mich sehen, schickt der eine den anderen Krankenpfleger zurück, um eine Bahre zu holen, der zweite hilft mir aus dem Taxi.

»Kommen Sie, ganz laaangsam ... vorsichtig!« Er hält mich am Arm, als wäre ich ein rohes Ei. Ich bin immer noch nicht in der Lage, mich zu artikulieren. Der zweite Krankenpfleger ist mittlerweile mit einer Bahre zurückgekehrt, und ich werde daraufgehievt.

»Alles wird gut, bleiben Sie ganz ruhig! Wir helfen Ihnen!« Der jüngere der beiden Pfleger tätschelt mir den Arm während er das sagt. Ich versuche ein Lächeln, was mit der dicken Unterlippe nicht wirklich gelingt, da diese durch die große Spannung fast gar nicht beweglich ist. Der junge Mann lächelt trotzdem zurück. Ob man mir hier tatsächlich helfen kann? Vielleicht ist das ja wirklich meine Rettung! Hier ist man doch medizinisch viel weiter als in so einer einfachen dermatologischen Praxis, hier wird doch ununterbrochen geforscht. Ich hab letztens erst gelesen, dass an dieser Uniklinik ein Durchbruch in Sachen Herzinfarkt geschafft wurde. Vielleicht kennen die sich ja auch mit Botox-Opfern aus. Ich entspanne mich ein wenig und lasse meinen Kopf auf das dünne Kissen sinken. Im Gebäude angekommen, werde ich an einem Mann vorbeigeschoben, der auch auf einer Bahre liegt und an Armen und Beinen stark blutet. Sein Stöhnen geht mir durch Mark und Bein, und ich bin froh, als ich ihn nicht mehr sehen und hören kann. Ein Mann im weißen Kittel läuft jetzt neben mir her: »Bringt sie in Raum zwei! Gibt es schon irgendwelche Werte?«

»Nein, ist gerade mit dem Taxi reingekommen. Der Fahrer wusste auch nicht, was passiert ist.«

Ich werde in einen Untersuchungsraum geschoben, um mich herum herrscht Hektik. Es stehen viele medizinische Geräte herum, die mir Angst machen.

»Können Sie mich verstehen?«

»Ich bin ja nicht taub!«, antworte ich und freu mich, dass ich meine Sprache wiedergefunden habe.

Ein junger und ziemlich blasser Arzt, mit braunen kurzen

Haaren, dunklen Augen und noch dunkleren Ringen unter den Augen beugt sich über mich und leuchtet mir mit einer kleinen Taschenlampe ins Gesicht. Sein Atem riecht abgestanden, so als hätte er seit mehreren Stunden nichts mehr gegessen und getrunken oder wäre gerade aufgestanden.

»Haben Sie Schmerzen?«, fragt er mich.

»Nein!«

»Hmmm, das ist wahrscheinlich der Schock. Folgen Sie nun bitte mit den Augen meinem Finger!« Er fuchtelt mir mit seinem Zeigefinger vor der Nase rum, und ich folge ihm brav mit den Augen. »Wie viele Finger sehen Sie?«, fragt er und hält mir drei Finger vors Gesicht. An einem Finger sehe ich einen schmalen goldenen Ring

»Drei und dass Sie verheiratet sind.«

»Und jetzt?« Er hält mir vier Finger vor die Nase.

»Hören Sie, ich kann hören und sehen, aber –«

»Gut, wie ist das passiert? Hatten Sie einen Unfall? Waren Sie ohnmächtig?«

»Nein!«

»Sind Sie gestürzt?«

»Nein! Ich –« Ich richte mich auf und schaue dem ratlosen Arzt erst auf sein Namensschild, auf dem Dr. Herbrandt – Assistenzarzt – steht, und dann ins Gesicht.

»Hat man Sie angefahren?«

»Nein! Hören Sie –«

»War das Ihr Mann? Sie können mir wirklich alles erzählen, Sie sind hier in Sicherheit.« Unbeholfen tätschelt er meinen Arm. Seine Hand ist eiskalt und kann keinerlei Mitgefühl vermitteln.

»Nein, das war nicht mein Mann, ich hab gar keinen Mann.«

»Sie sind nicht gestürzt, es war kein Unfall, und es hat keine Gewalttat stattgefunden? Und Sie waren die ganze Zeit bei vollem Bewusstsein?«

»Natürlich war ich bei vollem Bewusstsein! Oder bekommt man bei Botox normalerweise eine Vollnarkose?«, frage ich naiv.

»Botox? Wieso Botox?« Er guckt mich vollkommen irritiert an, und man erkennt eindeutig eine unschöne Zornesfalte zwischen seinen Augenbrauen, auf die ich richtiggehend neidisch bin. Wie gerne würde ich die Zeit zurückdrehen, in der ich »nur« ein paar Falten auf der Stirn hatte.

»Ich habe mir Botox spritzen lassen, wegen der fiesen Falte auf meiner Stirn, die so ähnlich aussah wie Ihre da jetzt«, ich zeige zwischen seine Augenbrauen, was dazu führt, dass die Falte noch tiefer wird, »und nach der Spritze hing mein Augenlid dann plötzlich auf halb acht. Danach habe ich mir ein anderes Mittel spritzen lassen, aber dadurch wurde alles noch schlimmer. Bitte helfen Sie mir, Dr. Herbrandt!?« Flehend schaue ich ihm ins Gesicht und greife nach seiner Hand, die sich immer noch anfühlt wie ein toter Fisch. Dr. Herbrandt starrt mich ungläubig und feindselig an und entreißt mir seine Hand.

»Sie haben sich Botox spritzen lassen, und weil das Ergebnis jetzt nicht so ist, wie Sie sich das vorgestellt haben, lassen Sie sich hier einliefern?«

Seine Stimme ist voller Hass und macht mir Angst. Irgendwas läuft hier gerade mal wieder total schief.

»Na ja, so ein Ergebnis kann sich ja wohl keiner in seinen schlimmsten Alpträumen überhaupt nur vorstellen ... das sollte natürlich ganz anders aussehen.«

Dr. Herbrandt ist jetzt kein bisschen blass mehr, sondern sieht eher aus wie eine überreife, herabfallende Tomate, kurz bevor sie auf einem Betonboden aufplatzt.

»Ja, glauben Sie, wir hätten hier nichts Besseres zu tun, als neureichen Ehefrauen irgendwelche blöden Falten auszubügeln?«, schreit er mich an. »Das ist hier verdammt noch mal eine Notaufnahme und kein Schönheitssalon! Also entweder Sie haben jetzt eine vernünftige Verletzung aufzuweisen, oder Sie verlassen auf der Stelle diese Klinik!

»Ehefrau? Aber ich bin doch gar nicht verhei...«

»Verlassen Sie sofort diesen Raum!«

»Und was ist mit meiner Lippe und dem Ausschlag? Ist das denn keine vernünftige –?«

»Raus!«

In dem Moment geht sein Piepser, und er verlässt eilig, ohne mich noch eines Blickes zu würdigen, den Raum. Ich bin plötzlich allein zwischen den ganzen Maschinen, die vor sich hin summen und brummen und die die menschenfeindliche Stimmung, die Dr. Herbrandt hinterlassen hat, noch verstärken. Die Maschine direkt neben mir ist besonders unangenehm. Sie brummt wie ein in Panik geratenes Wespennest. Ich drücke auf einen der vielen Knöpfe, aber anstatt leiser zu werden, fängt das Ding an laut und penetrant zu piepsen. Ich drücke noch mal auf den Knopf, in der Hoffnung, dass die Maschine wieder aufhört, aber sie piepst bedrohlich weiter. Ich drücke panisch alle Knöpfe, aber das Piepen bleibt. Keine zwanzig Sekunden später wird die metallene Tür zum Untersuchungsraum aufgerissen, und Dr. Herbrandt stürmt mit zwei Schwestern in den Raum. Er starrt mich wütend an.

»Ich dachte, Sie könnten mir vielleicht wenigstens eine Salbe...« Weiter komme ich nicht.

»RAAAAUUUUUUUUSSS!«

Ich hätte nie gedacht, dass ein schmächtiger Mann wie Dr. Herbrandt so unglaublich laut brüllen kann. Ich bin mir sicher, dass er damit sämtliche Komapatienten zum Leben erweckt hat und alle Narkoseärzte noch mal nachspritzen müssen. Die beiden Krankenschwestern starren abwechselnd mich und Dr. Herbrandt entsetzt an, offenbar haben sie ihren Chef so auch noch nicht erlebt. Beschämt steige ich von der Liege und verlasse den Behandlungsraum wie ein räudiger Hund, den man brutal vom

Futternapf getreten hat und von dem sich die Leute angewidert abwenden, weil er so hässlich ist. Dann verlasse ich die Klinik.

Vor der Tür steht Gott sei Dank ein Taxi. Zu meiner Überraschung ist es das Taxi, das mich hergebracht hat.

»Geht es Ihnen besser?«, fragt mich der Fahrer.

Ich seufze. »Ja, ja, viel besser.« Ich will nicht riskieren, dass er mich in ein weiteres Krankenhaus fährt.

»Gut! Ich hab nämlich noch fuffzehn Euro auf der Uhr.«

DREIZEHN
Aktive Vulkane

Am nächsten Morgen weckt mich mein Handy.
»Ja?«, melde ich mich verschlafen.
»Jessica?«
»Ja. Was is?«
»Jessica wo bist du denn? Es ist halb zwölf durch.«
»Ja und? Wer ist denn da?«, will ich wissen.
»Na wer schon! Hier ist dein Lieblingskollege Felix! Sag mal, alles in Ordnung mit dir? Warum bist du nicht im Büro?«

Büro? Ich setze mich in meinem Bett auf und reibe mir die Augen. In dem Moment, wo mein Daumenballen mein rechtes Auge berührt, fällt mir alles wieder ein. Und leider weiß ich auch sofort, dass das kein Alptraum war, sondern dass der Botox-Unfall wirklich passiert ist. Ich lasse das Handy sinken und schaue auf die Postkarte mit dem kitschigen Strand, die neben meinem Bett an der Wand hängt und die mir Julia von einem Ostseeurlaub geschickt hat. Die Sicht aus meinem rechten Auge ist immer noch eingeschränkt, ich muss mich anstrengen, die Strandkörbe auf der Karte auszumachen. Das Auge hängt also immer noch. Dann schiebe ich ganz vorsichtig meine Unterlippe nach vorne und schaue nach unten. Was sich da vor mir auftürmt, erinnert mich an ein riesiges, mit Wasser und Antibiotika aufgepumptes Putenbrustfilet für fünf Personen. Ich jaule vor Entsetzen auf, wie ein Hund, dem man aus Versehen auf den Schwanz getreten hat.

»Jessica? Bist du noch dran?«, höre ich Felix aus meiner Hand fragen. Ich nehme das Handy ganz langsam wieder ans Ohr.
»Ja, ich bin noch dran!«

»Was ist denn mit dir los? Du klingst so komisch!«

»Ich bin krank geschrieben«, antworte ich mit monotoner Stimme.

»Schon wieder krank? Davon weiß unser Chef aber anscheinend noch nichts. Der hat hier nämlich gerade wie ein Irrer rumgebrüllt, als er gesehen hat, dass du nicht da bist. Wem hast du den Krankenschein denn gegeben?«

»Niemandem. Ich hab's ehrlich gesagt vergessen.«

»Mensch, Jessi, du weißt doch, dass der dich auf dem Kieker hat. Mit so was hilfst du ihm doch nur.«

»Jaaaaaaaa, aber ich bin wirklich krank, sag ihm das bitte«, schluchze ich. »Die Krankmeldung bekommt er in den nächsten Tagen per Post.«

»So schlimm? Was hast du denn?«

»Ich hab ein Matsch... – sch... sch... Schweinegrippe, ich hab die Schweinegrippe.«

»Im Ernst? Das gibt's doch nicht. Musst du damit nicht in Quarantäne oder so?«

»Neee, ist bis jetzt wohl noch nicht so schlimm. Ich muss bloß zu Hause bleiben und darf mich nicht anstrengen.«

Schweinegrippe! Mein Gott, wieso fällt mir nur immer so ein Schwachsinn ein! Ich bin nicht nur entstellt, sondern auch noch einfallslos.

»Weißt du was? Ich sag dem Chef Bescheid und komm heute Abend vorbei und hol die Krankmeldung einfach bei dir ab. Dann musst du mit deiner Schweinegrippe nicht zur Post, und der Chef beruhigt sich vielleicht schneller wieder.«

»Ähhhh... nein, Felix, das geht...«

»Wirklich kein Problem, Jessica, mach ich gerne. Bis heute Abend dann.« Dann legt er einfach auf. Ich bin zu erschöpft, um ihn noch mal anzurufen und ihm das auszureden, und verschiebe das Telefonat auf später. Vielleicht sollte ich mir als erstes mal einen Kaffee machen, um ein bisschen Normalität zu simulieren.

Allerdings müsste ich dazu am Flurspiegel vorbei! Hatte ich vor zwei Tagen noch Angst, dass mich Jens nicht wiedererkennen könnte, hab ich jetzt Angst, dass ich mich selbst nicht wiedererkenne.

Ich kratze an meiner Wange und fühle kleine feuchte Vulkankrater, die wahrscheinlich kurz vor der Eruption stehen. Als ich aufhöre zu kratzen, beginnen die Krater richtig zu jucken. Das hatte ich noch nicht, das muss was Neues sein! Ich schleiche mit dem Rücken zum Spiegel durch den Flur, was natürlich total albern ist, weil im Bad der nächste Spiegel auf mich wartet. Das Licht lasse ich zunächst aus und taste mich im Dunkeln zum Waschbecken. Nachdem ich die Hälfte meiner Kosmetika auf den Badezimmerboden geworfen und Roberts Salbe immer noch nicht gefunden habe, bleibt mir nichts anderes übrig, als das Licht doch anzumachen. Ich muss der Wahrheit und mir ins hängende Auge blicken! Die Hand am Lichtschalter stehe ich vor dem Spiegel, die Augen noch fest geschlossen. Dann drücke ich den Schalter und das Licht flammt in mehreren Phasen auf, bis es endgültig an ist. Ich mache die Augen auf und … es ist der pure Horror! Das hängende Auge, die dicke Lippe, der Ausschlag und Haare, die mir nach dem Schlafen wirr um den Kopf hängen, und die aschfahle Haut fügen sich zu einem Bild des Grauens zusammen. Ich sehe aus, als hätte man mich mit einem ICE überrollt, dann mehrfach vom Eiffelturm geschmissen und im Anschluss noch durch den Fleischwolf gedreht.

Der Boden schwankt unter meinen Füßen, und ich habe das Gefühl, dass ich auf Götterspeise stehe. Ich muss mich am Waschbecken festhalten, der Blick ist starr auf den Ausguss gerichtet. Das muss alles ein böser Traum sein! Es kann nicht sein, dass diese Person, die ich da eben gesehen habe, ich bin, es kann nicht sein, dass dieser Elefantenmensch, der mich da gerade angeguckt hat, Jessica Kronbach ist.

Ich mache das Licht wieder aus, ertaste die Salbe und trage

sie im Dunkeln großflächig auf. Dann nehme ich vier große Badetücher aus dem Regal und verhänge damit sämtliche Spiegel in meiner Wohnung – eine Art automatisches Selbstschutzprogramm, das meine Psyche gestartet hat, um mich vor dem völligen Durchdrehen zu schützen. Nur wenn ich mich nicht sehe, kann ich überleben.

Dann schleppe ich mich in die Küche, stelle die Kaffeemaschine an und lasse mich auf den Holzstuhl am Küchentisch fallen, den Kopf vergrabe ich in meinen Händen, aber nur kurz, weil von der Salbe alles fettig und glitschig ist. Die Küchenuhr tickt. Die Kaffeemaschine blubbert. Am Montag hatte ich noch zwei kleine Fältchen auf der Stirn. Jetzt habe ich ein Auge wie ein Muppet, die Lippe von der Größe eines aufgepumpten Fahrradschlauchs und erdbeergroße, fürchterlich juckende Pusteln im Gesicht. Ich kratze mich an einer der Pusteln, und das Jucken wird wieder heftiger. Ich bin völlig am Ende und kann mir nicht vorstellen, auch nur einen Tag mit diesem Gesicht zu überleben.

Vielleicht wäre es wirklich das Beste, einen Schlussstrich unter all das zu ziehen. Also überlege ich, wie ich meinem armseligen Dasein ein Ende bereiten könnte. Erhängen kommt nicht in Frage, dauert zu lange, außer Aspirin hab ich keine Tabletten im Haus, auf die Schiene will ich auch nicht, da hätte ich zu viel Angst, das Ganze mit ein paar Gliedmaßen weniger zu überleben. Vom Hochhaus springen kommt auch nicht in Frage, da ich Höhenangst habe, und das Pfefferspray in meiner Handtasche ist, so weit ich weiß, nicht tödlich. Aber irgendwas würde sich schon finden. Es haben sich schließlich schon ganz andere umgebracht.

Mehrere Stunden verbringe ich an meinem Küchentisch und halte innere Monologe darüber, wie schlecht es mir geht und dass das Leben für mich vorbei ist. Ich stelle mir vor, wie meine Leiche in einer kleinen stimmungsvollen Kirche aufgebahrt wird und Caro, Julia, Simone voller Schuldgefühle vor meinem Sarg stehen. Ich trage eine weiße schlichte Bluse, meine Haare sind offen und umrahmen mein Gesicht wie ein samtenes Tuch. Meine Haut ist blass und … und … ich habe … ich habe ein Matschauge! Ein verdammtes Matschauge! Und dazu noch eine dicke Lippe und Ausschlag. Ich bin sogar zu hässlich zum Sterben!

VIERZEHN
Aggressive Hirsche

Da ich nicht sterben kann, hab ich mich entschlossen zu handeln.

Ich tupfe mir ein bisschen Make-up ins Gesicht, um die roten Krater damit abzudecken, was irgendwie total lächerlich ist, da die Pusteln weiterhin auffallen wie ein Großbrand in einer mondlosen Nacht. Ich krame in meinem Apothekerschrank und werde in der untersten Schublade fündig: Camouflage. Das Make-up wasche ich vorsichtig wieder ab und versuche es stattdessen mit dem Camouflage. Auf jeden Fall besser: Man sieht zwar noch die Unebenheiten auf der Haut, aber zumindest keine Rötungen mehr. Dann setze ich meine riesige schwarze Sonnenbrille auf, eine Baseballkappe, die ich mir mal fürs Tennisspielen gekauft habe, und binde mir ein Tuch um, damit man die Pusteln am Hals nicht sieht. Das Einzige, das ich nicht abdecken kann, ist meine dicke Lippe.

Ich sehe jetzt ein bisschen so aus wie ein Hollywoodstar nach einer missglückten Lippenvergrößerung, der nur mal eben in den Drugstore will, ohne von irgendeinem Paparazzo erkannt zu werden. Das ist es überhaupt. Ich bilde mir einfach ein, dass ich Julia Roberts auf dem Weg zum Drugstore bin! Vielleicht sollte ich mir einen Mundschutz besorgen, um auch noch ein bisschen auf Michael Jackson zu machen, aber stattdessen ziehe ich mir lieber das Tuch so hoch, dass es meine Unterlippe einigermaßen verdeckt. Wenn ich so in eine Bank gehen würde, würde man auf der Stelle den Alarmknopf drücken und Banknoten ungefragt in Säcke packen. Von wegen Hollywoodstar. Ich forme aus meinen beiden Händen eine Pistole, die ich dann im Spiegel auf mich richte. Gott sei Dank ist es höchste Zeit loszufahren. Ich verhülle den Spiegel wieder und mache mich auf den Weg.

In meinem ganzen Leben bin ich noch nicht so viel Taxi gefahren, wie in den letzten beiden Tagen. Die Quittungen werde ich auf jeden Fall sammeln, um sie Roland in Rechnung zu stellen. Das Taxi ist noch nicht da, und ich drücke mich in eine Ecke des Hausflurs, damit mich bloß keiner sieht. In dem Moment geht die Wohnungstür im Erdgeschoss auf, und Frau Raabe, der grauhaarige schwarze Sheriff, der für Recht und Ordnung und vor allem die Einhaltung des Treppenhaus-Putzplanes sorgt, erscheint im Türrahmen. Das Glück ist im Moment einfach nicht auf meiner Seite. In der einen Hand hält sie einen vollen Müllbeutel, in der anderen ein Kehrblech. Frau Raabe hat genau im Blick, ob der Hausflur von den einzelnen Parteien auch wirklich geputzt und vor allem, ob er auch richtig geputzt wird, also so, wie es sich ihrer Meinung nach für ein ordentliches deutsches Mietshaus gehört.

Ich habe Frau Raabe mal dabei erwischt, wie sie eine Zigarettenkippe in den Flur geschmissen hat, als ich mit Hausputz dran war, um zu testen, ob ich auch anständig putze. »Ich wusste gar nicht, dass Sie rauchen, Frau Raabe«, hab ich sie angesprochen. Die gute Frau wäre vor Schreck fast aus ihrer Else-Kling-Kittelschürze geschossen. Dann hat sie ganz schnell die Kippe eingesammelt und unverständlich vor sich hin geschimpft, »... Riesensauerei ... keinen Anstand ...« und so weiter. Auch jetzt zuckt sie jäh zusammen, als sie mich in meiner Ecke stehen sieht. Die Kehrschaufel landet mit einem großen Krach auf dem Steinfußboden.

»Was machen Sie da?«, fragt sie mit zittriger und aufgeregter Stimme.

»Ich warte auf ein Taxi«, antworte ich wahrheitsgemäß und achte darauf, dass mein Gesicht weiterhin im Schatten bleibt.

»Dann warten Sie gefälligst draußen! Wenn da jeder kommen würde.«

»Es wird ja wohl erlaubt sein, im Hausflur auf ein Taxi zu warten.«

»Warten sie doch in Ihrem eigenen Hausflur! Wenn hier jeder von der Straße kommen würde und Dreck reinträgt ... Sie guckt dabei wie ein *CSI*-Ermittler, der gerade einen eigentlich unlösbaren Fall aufgeklärt hat.

»Aber Frau Raabe, ich bin's doch, Jessica Kronbach.«

»Nee, nee, Sie sind nicht Frau Kronbach. Die Frau Kronbach sieht ganz anders aus, nicht so, so ...« Sie beäugt mich kritisch. »Wahrscheinlich sind Sie das sogar, die hier immer in den Hausflur pinkelt«, lamentiert sie weiter. »Wenn ich Sie nur ein einziges Mal dabei erwische, dann –«

»Also gut! Ich sage Ihnen, wer ich bin. Ich bin von der Sitte und arbeite hier undercover! Uns ist zu Ohren gekommen, dass in der Erdgeschosswohnung illegal Schwulen-Pornos gedreht werden. Können Sie mir sagen, wer da wohnt?«

»Schwulen-was?«

»Na, Schwulen-Pornos! Sie wissen schon ... brutaler Sex von hinten, oral, anal und so.«

»Also ... das kann doch nicht sein ... in der Erdgeschosswohnung wohne ich, und da gab es noch nie ...«

Ich höre in diesem Moment, wie ein Auto vorfährt und vor dem Haus anhält. Das ist höchstwahrscheinlich mein Taxi.

»Wissen Sie was? Ich schicke eine Sonderkommission vorbei, die wird die Wohnung hier unten mal so richtig auseinandernehmen! Machen Sie sich keine Sorgen, wir kriegen die!«

Bevor Frau Raabe noch was sagen kann, betritt der Taxifahrer den Hausflur.

»Taxi für Frau Jessica Kronbach! Sind Sie das?«, fragt er mich.

»Nein, aber ich nehm es trotzdem!«

Dann verlasse ich zusammen mit dem Taxifahrer schnell

den Hausflur. Ich spüre die entsetzten Blicke von Frau Raabe in meinem Rücken und befinde mich am Rande eines Nervenzusammenbruchs. Nur mein eiserner Wille hält meinen Körper davon ab, einfach in sich zusammenzusacken. Stattdessen lasse ich mich auf den hinteren Sitz im Taxi fallen und sage dem Fahrer die Adresse.

Dr. Heintze guckt mich mitleidig an. Ich sitze vor seinem großen und wahrscheinlich sehr schweren Mahagonischreibtisch. Dr. Heintze ist geschätzte Mitte fünfzig, trägt eine eckige Brille, hat eine runde Halbglatze und ist angeblich eine Koryphäe in seinem Fachgebiet. Hinter ihm hängt ein großes Ölgemälde mit einem dunklen barocken Rahmen, auf dem eine Lichtung zu sehen ist, auf der Rehe und Hirsche friedlich grasen. Dieser hässliche Schinken soll wahrscheinlich beruhigend auf die Patienten wirken, mich macht er eher aggressiv. Dr. Heintze schüttelt den Kopf, nachdem ich ihm mein Leid geklagt habe und er einen Blick auf meine Verstümmelungen geworfen hat.

»Tja, Frau Kronbach, es tut mir leid, aber da kann man wirklich nicht viel machen. Hat Sie Ihr Arzt denn nicht über die Risiken einer solchen Behandlung aufgeklärt?«

Ich denke an den Zettel, den ich Roland aus der Hand gerissen und blind unterschrieben habe.

»Na ja, schon, aber doch auch nicht so richtig.«

Er seufzt. »So eine Ptosis kann nun mal passieren, vor allem wenn ein Arzt nicht so erfahren ist beziehungsweise nicht die richtige Ausbildung genossen hat. Zwar nicht oft, aber es kann eben passieren.«

»Aber kann man denn tatsächlich überhaupt nichts dagegen tun?« Meine Stimme klingt sogar in meinen Ohren mehr als verzweifelt.

»Ja, man kann was tun!«

Ich schöpfe Hoffnung. Dr. Heintze, mein Retter!?!

»Was um Gottes willen? Ich mache alles! Auch wenn es fürchterlich weh tut, ich wochenlang quadratisch sehe und es mich mein letztes Geld kostet.«

Herr Dr. Heintze lacht. »Ich würde Ihnen sogar einen –«

»Einen was?« Herr Heintze guckt neugierig über seine eckige Brille.

»Äh ... nichts ...«

»Frau Kronbach, Abwarten kostet nichts und tut auch nicht weh.«

Was hatte ich gerade gedacht? Mit der Kneifzange würde ich den nicht anfassen, noch nicht mal, wenn er zwanzig Jahre jünger wäre und aussehen würde wie Daniel Craig in seinem ersten James-Bond-Film.

»Frau Kronbach, haben Sie Geduld! Das wird alles wieder von alleine weggehen. Sie müssen sich nur ein wenig entspannen.«

Ich frage mich, ob dieser Arzt was an den Augen hat oder seine Brille irgendwie nicht in Ordnung ist. Das würde auch den hässlichen Schinken hinter ihm erklären.

»Wie soll ich mich bitte entspannen, wenn ich aussehe wie die große Schwester von Frankenstein, Herr Heintze?«

Dr. Heintze räuspert sich.

»Ganz einfach, indem Sie sich damit abfinden, dass Sie im Moment nun mal so aussehen, wie Sie aussehen, anders funktioniert das nicht.«

»Abfinden?? Ich soll mich damit abfinden???«

»Das wäre das Beste.«

Dr. Heintze lächelt großväterlich und erhebt sich dann schwerfällig aus seinem Stuhl, was wohl bedeuten soll, dass ich seine Zeit nun lang genug in Anspruch genommen habe. Das ist mal wieder typisch, wenn diesen Scharlatanen nichts mehr einfällt, schmeißen sie dich einfach raus, und das ist jetzt sogar schon das zweite Mal, dass man mir eine Behandlung verweigert. Unser Gesundheitssystem ist echt am Ende! Genau wie ich! Dr. Heintze hält mir seine riesige Hand entgegen, die ich ignoriere. Ich drehe mich um und gehe zur Tür.

»Gute Besserung, Frau Kronbach«, höre ich noch, als die Tür zur Praxis hinter mir ins Schloss kracht.

Der Rest des Nachmittags verläuft nicht besser. Auch der Dermatologe Dr. Tempa, meine Frauenärztin Frau Dr. Hildegardis, mein Allergologe Dr. Friedrich und mein Osteopath Dr. Schwarze können mir nicht weiterhelfen und vertrösten mich mit den gleichen seichten Worten wie die beiden anderen Herren auch. Am leichtesten hat es sich die Homöopathin Frau Urgebrecht gemacht. Sie hat mir kurzerhand einen 400-seitigen Schinken zum Thema Selbstheilung mitgegeben, der mir mit seinem Gewicht auch noch die Wirbelsäule verkrümmt.

Zu Hause erwartet mich eine Überraschung. Vor meiner Wohnungstür liegt ein riesiger, wunderschöner Blumenstrauß. In der Mitte steckt eine Karte, auf der steht:

Liebe Jessi, meinst Du, Du kannst mir in den nächsten Tagen ein wenig bei der Wohnungssuche behilflich sein? Du weißt doch, wie ungeschickt ich mich immer anstelle, und ich müsste dann auch nicht so lange warten, bis ich die hübscheste Frau Kölns endlich wiedersehe. Nächste Woche? Meld Dich! Jens

FÜNFZEHN
Wahre Freundschaft

Als Caro und Simone am Abend an der Tür klingeln, wage ich es zunächst nicht aufzumachen, so sehr schäme ich mich für mein Aussehen. Sogar oder vielleicht gerade vor meinen attraktiven Freundinnen.

»Jessi, mach auf! Komm schon!«, höre ich Caro sagen, die vor meiner Wohnungstür steht und den Klingelknopf gedrückt hält, »Das ist doch albern! Du wolltest doch, dass wir vorbeikommen. Also, mach schon auf!« Jetzt bollert sie zusätzlich zum Klingeln auch noch mit der Faust gegen die Tür, und da ich tatsächlich wollte, dass die beiden vorbeikommen, öffne ich verschämt die Tür.

Caro sieht wie immer perfekt aus, was mir heute einen noch viel größeren Stich versetzt, als sonst. Ich sehe ihr an, dass mein Anblick sie erschreckt, sie aber versucht, das so gut es geht zu überspielen. »Gehst du auf 'ne Demo, Steine schmeißen?«, fragt sie, noch bevor sie mich richtig begrüßt hat. Sie trägt enge Jeans, die ihre langen und schlanken Beine gut zur Geltung bringen, enge schwarze Stiefel und einen schmal geschnittenen, edlen schwarzen Pullover. Simone hat wie immer zu tief in den Farbtopf gegriffen, ihre Haare hat sie zu einem dicken Zopf geflochten. Sie trägt eine braune Lederjacke zu einer schwarzen, unfassbar engen Hose, die in ebenfalls schwarzen Ankle-Boots endet, was ziemlich sexy aussieht. Ich habe mich für Donna Karan Sport in Rosa, einen ausgeleierten Designer-Jogginganzug und ein Halstuch von Dolce & Gabbana entschieden. Neben den beiden sehe ich aus wie eine schweinchenfarbene Putzfrau.

»Jessilein, o Gott, deine Lippe. Wie geht es dir denn?«, fragt Simone mitfühlend und im Gegensatz zur ultracoolen Caro, die sich mal wieder nichts anmerken lässt, wirkt sie ehrlich mitfühlend. Sie nimmt mich in den Arm, was mir unglaublich guttut.

»Schlecht. Ich sehe aus wie ein Monster und keiner kann mir helfen!«, schniefe ich deprimiert in ihren schönen Pullover.

»Doch, ich! Und zwar hiermit. Tataaa!«

Caro hält zwei Sektflaschen in die Luft, die sie mitgebracht hat, und guckt mich Beifall heischend an.

»Ach Caro, wenn es mal so einfach wäre«, seufze ich laut.

»Komm schon, hol die Gläser, das hilft immer, glaub mir.«

Ich gehorche stumpf und gehe in die Küche, Caro und Simone folgen mir und setzen sich an den kleinen Küchentisch. Aus dem Augenwinkel sehe ich, wie sich die beiden einen komischen Blick zu werfen, den ich nicht so wirklich deuten kann.

Ich hole drei Sektgläser aus dem Schrank und setze mich dazu. Mir ist so gar nicht nach Sekt zumute, ich will aber keine komplette Spielverderberin sein. Für Caro ist Sekt eben ein Allheilmittel in allen Lebenslagen: bei Liebeskummer, bei Jobproblemen, bei Menstruationsbeschwerden, bei schlechtem Wetter. Und mit Sekt wird natürlich auch gefeiert, z.B. die neue Liebe, die Beförderung, die Tage ohne Tage, das tolle Wetter und so weiter. Sekt hilft Caro fast immer, Champagner immer. Nur bei den Alkoholproblemen, die sie auf jeden Fall kriegen wird – wenn sie sie nicht schon hat –, wird ihr das Prickelwasser wohl nicht helfen können. Caro hat mittlerweile die Gläser gefüllt, und wir stoßen an. Dann schauen die beiden mich an.

»Kannst du nicht mal diese Brille und die Mütze absetzen? Das sieht wirklich merkwürdig aus«, meint Caro.

»Merkwürdig? Ihr seid ja lustig. Wenn ich nur merkwürdig aussehen würde, dann hätte ich mich doch nicht verhüllt. Ich sehe aus, als wäre ich gegen einen Truck gelaufen, und zwar einen fahrenden.«

»Aber Jessi, wir sind doch deine Freundinnen. Uns kannst du das doch zeigen und so schlimm wird's schon nicht sein.« Simone tätschelt mir die Hand.

»Es ist noch viel schlimmer! Ein Kanarienvogel, der ungebremst in ein Flugzeugtriebwerk gekracht ist, ist nix gegen mich.«

»Jessi, du übertreibst mal wieder maßlos, jetzt nimm doch die Verkleidung ab!«

»Caro hat recht. Wie sollen wir dir helfen, wenn wir gar nicht wissen, um was es eigentlich geht?«, meint jetzt auch Simone.

»Ihr könnt mir doch auch nicht helfen. Ich war heute schon bei sämtlichen Ärzten, die erzählen alle dasselbe. Wisst ihr, was die sagen? Die sagen doch tatsächlich, ich soll mich entspannen! Das muss man sich echt mal vorstellen.« Mir schießen die Tränen in die Augen. Das Sektglas nehme ich trotzdem.

»Los! Trink! Auf Ex! Das entspannt auf jeden Fall«, befiehlt Caro, und ich gehorche. Der Alkohol kommt ziemlich schnell in meinem Hirn an, und es geht mir tatsächlich etwas besser. Der Tränenstrom, der mir über das Gesicht läuft, verliert an Intensität. Nach zwei weiteren, ziemlich schnell getrunkenen Gläsern, bin ich trockengelegt und sogar bereit, Brille und Mütze abzusetzen.

»Na ja, vielleicht habt ihr ja recht und es ist gar nicht sooo schlimm. Man selbst sieht das ja immer total kritisch. Tatatatataaaaaa!«

Stille.

»Ohhh«, ist das Einzige, was Caro zu meinem Äußeren einfällt. Beide starren mich mit großen Augen an. Die Stille wiegt für mich tonnenschwer, schließlich erlöst Caro mich mit einem sicherlich gutgemeinten »Ach du liebe Scheiße!«

»Ist das ansteckend? Also dieser … dieser Ausschlag da?«, fragt Simone nach einer kurzen Weile mit besorgter Stimme und zeigt dabei mit dem Zeigefinger auf mein Gesicht. Sie versucht zu verbergen, dass sie sich ekelt, es gelingt ihr aber nicht. Ihre Mundwinkel ziehen sich nach unten, während ihre Nase sich nach oben kräuselt.

»Was war das denn bitte für ein Truck, in den du da gelaufen bist?« Caro guckt, als hätte sie gerade eine warzige und schleimige Kröte verschluckt. Das ist zu viel für mich. Statt irgendwas dazu zu sagen, renne ich aus der Küche und knalle, weil ich schon ziemlich betrunken bin, mit der Schulter gegen den Türrahmen. Ich stolpere weiter und schließe mich dann im Badezimmer ein. Ich ziehe mir gerade eine großzügige Ladung Klopapier für meinen sicher gleich folgenden Heulkrampf von der Rolle, da klingelt es an der Haustür. Mir ist das egal, ich werde diesen Raum sowieso nie wieder verlassen, und wenn ich auf dem Klo hier elendig verrecke. Wäre wahrscheinlich sowieso das Beste.

»Jessi, komm da raus!« Caro bollert an die Badtür. Es klingelt wieder. »Simone! Jetzt mach keinen Scheiß und die Tür auf. Du hörst doch, dass es klingelt!« Dann wendet sie sich wieder mir zu: »Jessi, bitte!«

Ich sitze auf dem Klo und starre auf meine gelben Post-its an der Waschmaschine. »Joggen«, »Abnehmen«, »Kosmetikerin«, »Solarium«. Das waren also bis gestern die wichtigsten Themen in meinem Leben. Ich reiße die dämlichen Zettel ab, zerfetze sie in tausend kleine Stücke und schmeiße sie ins Klo. Ich höre, wie jemand die Haustür öffnet, und dann die Stimme von Felix, den ich total vergessen habe. Auch das noch.

»Hallo, ich bin Felix, ein Arbeitskollege von Jessica. Wo ist denn die schönste Frau von Interpool?«

»Keine Ahnung. Hier wohnt jedenfalls Jessica Kronbach!«

»Die meinte ich ja auch. Sie weiß, dass ich komme.«

»Verstehe. Sie ist gerade im Bad. Kommen Sie doch rein. Wieso tragen Sie denn einen Mundschutz?«

»Na, wegen der Schweinegrippe!«, antwortet Felix.

»Schweinegrippe? Was'n für 'ne Schweinegrippe?« Das war Simone.

»Na, Jessica hat doch die Schweinegrippe. Deswegen isoliert sie sich doch! Hat sie mir zumindest am Telefon gesagt.« Felix ist hörbar verunsichert.

»Iiiih, echt?«, quiekt Simone, »ich dachte, sie hätte nur dieses Botoxauge und ...«

Caro unterbricht sie Gott sei Dank: »Ja, richtig, Jessis Schweinegrippe! Ist aber eher ein Ferkelschnupfen! Nicht ansteckend. Sie können den Mundschutz also ausziehen und reinkommen.«

»Na gut, wenn Sie mir das sagen, dann glaub ich das natürlich.« Felix lacht gekünstelt. Ich höre, wie er eintritt und die Haustür geschlossen wird. Ich kann nicht fassen, dass Caro den jetzt auch noch in die Wohnung lässt.

»Komm doch mit in die Küche, Felix, Jessica kommt bestimmt gleich dazu.«

»Oh, ist das hier 'ne kleine Party? Ich dachte, Jessica ist krank?« Wahrscheinlich hat er gerade den Küchentisch mit den Sektflaschen gesehen.

»Ja, ja, ist sie ja auch irgendwie, aber da kann man doch trotzdem ein Gläschen Sekt trinken, oder?«, höre ich Caro.

»Na ja, bei einer Grippe ist das doch normalerweise nicht so gut, oder? Irgendwas stimmt doch hier nicht. Wo ist denn jetzt die Jessica? Ich wollte die Krankmeldung abholen, aber ... sie ist gar nicht krank, oder?«

Mist, ich muss mir schnell was einfallen lassen, bevor Felix wieder geht und morgen im Büro rumerzählt, dass ich blaumache und anstatt zu arbeiten mit Freundinnen Sekt saufe.

»Die Krankmeldung liegt auf dem Stuhl im Flur,« rufe ich durch die Tür

»Jessica?«

»Ja, auf dem Stuhuuhl!« Ich merke, dass meine Stimme ein bisschen leiert. Hoffentlich merkt Felix das nicht.

»Bist du betrunken?« Er hat es gemerkt.

»Nein, nur müde und wegen der Schweinegrippe.«

»Willst du nicht mal da rauskommen?«

Anstatt zu antworten, täusche ich einen schrecklichen Hustenanfall vor.

»Jessica? Wirklich alles in Ordnung? Komm doch bitte mal da raus!« Felix klingt jetzt besorgt.

»Ich kann nicht, Felix, ich hab schrecklichen Durchfall von den Medikamenten, die ich nehmen muss. Bitte, nimm doch einfach den gelben Schein mit, hm?«

»Ach so ... Aber ich kann auch noch ein bisschen warten, Jessi, zumal das hier ja zwei so nette Damen sind, die dir einen Krankenbesuch abstatten. Gibt's noch Sekt?«

»Felix! Bitte!«, rufe ich verzweifelt aus dem Bad.

»Nur ein kleines Schlückchen mit den beiden reizenden Krankenschwestern.«

»Nein!«, schreie ich, »ich möchte, dass du jetzt gehst! Sofort!«

»Tut mir leid, Herr ... äh ... Felix. Sie haben ja gehört, was Jessica gesagt hat. Sie sollten jetzt vielleicht wirklich besser gehen. Ich glaube, es geht ihr gerade nicht gut.«

War ja klar, dass Caro keinen Bock hat, mit Felix Sekt zu trinken. Wenn er besser aussehen würde, hätte sie ihn bestimmt nicht rausgeworfen.

»Also gut, aber wirklich sehr ungern, bei so zwei hübschen Krankenschwestern! Aber merkwürdig finde ich das hier schon ein bisschen, das muss ich schon sagen.«

»Sie dürfen das natürlich finden, wie Sie wollen. Auf Wiedersehen«, sagt Caro und schiebt ihn wahrscheinlich zur Tür. Tatsächlich. Ich höre, wie die Wohnungstür geöffnet und wieder geschlossen wird. Felix ist anscheinend weg.

»Kommst du jetzt da raus?«, fragt mich Caro genervt.

»Nein!«

»Jessi! Bitte! Wenn du nicht rauskommst, dann gehen wir!«

»Dann geht!«

»Okay! Und sag Bescheid, wenn du was brauchst.«

Die Tür geht zum zweiten Mal, dann ist alles still. Ich warte noch ein paar Minuten, bis ich sicher bin, dass keiner mehr da ist, dann verlasse ich das Bad. In der Küche stehen noch die drei Gläser und die beiden Flaschen Sekt. Die eine ist halb voll, und ich schenk mir noch ein Glas ein. Sind ja sowieso nur leere Kalorien.

SECHZEHN
Weng Ar Hong

Am nächsten Nachmittag sitze ich im Schneidersitz mitten in meinem halb möblierten Wohnzimmer. Auf meinen Knien liegt der 400-Seiten-Schinken, den mir die Homöopathin gestern mitgegeben hat und den ich wieder aus der Ecke gezogen habe, in die ich ihn gestern geschmissen habe. »Seele-Geist-Körper-Medizin«! Angeblich ein absolutes Standardwerk in Sachen Selbstheilung. Ich finde, das ist ein bisschen so, als wenn der Hausarzt einem bei einer Nasennebenhöhlenentzündung den Pschyrembel mit nach Hause gibt. Nie hätte ich gedacht, dass ich einmal so verzweifelt sein würde, dass ich diesem Öko-Esoterik-Quatsch eine Chance gebe.

Frau Urgebrecht ist der Meinung, dass es vor allem meine Seele ist, die krank ist und ich die zuerst heilen müsste. Geist und Körper würden dann von ganz alleine folgen. Für die Heilung meiner Seele und damit folgend auch für die Heilung von meinem Matschauge, dem Ausschlag und der dicken Lippe hab ich mich – auch weil es schnell gehen soll – für die »Heilung-in-einer-Minute«-Methode entschieden. Glaubt man dem Buch, kann man mit dieser Methode jedes Unwohlsein des »psychischen, emotionalen, mentalen und spirituellen Körpers« in einer lächerlichen Minute heilen. Bei mir sind alle Körper von großem Unwohlsein betroffen!

Um sich erfolgreich damit zu heilen, ist es allerdings extrem wichtig, dass man entspannt ist. Aber wie bitte soll ich mich entspannen, wenn ich – den Anleitungen des Buches folgend – mit gesenktem Kinn, steifem Rücken, der Zungenspitze am Gaumen und zusammengezogenem Anus auf meinem harten Wohnzimmerboden hocke? Entspannung und zusammengekniffener Arsch passt für mich nur bedingt zusammen. Ich versuche es trotzdem.

Meine Hände halte ich mit den Handflächen nach oben vor meinem Körper, die linke über dem Bauchnabel, die rechte darunter. Dann muss ich das Weng Ar Hong, das mächtigste Mantra des alten China, grüßen und um gewünschte Heilung bitten. Ich vergewissere mich, dass ich alle Fenster geschlossen habe, räuspere mich und sage mit lauter Stimme: »Liebe Seele, lieber Geist und lieber Körper des Weng Ar Hong, ich liebe euch und schätze euch. Bitte heilt mein entstelltes Gesicht. Ich fühle mich geehrt und gesegnet. Danke.« Weil in meinem Wohnzimmer fast keine Bilder mehr an der Wand hängen, hallt mein Stimme unangenehm in den Ohren. Dann beginne ich mit dem Weng-Ar-Hong-Mantra an sich, das ich laut in einer Art Sprechgesang von mir gebe. Bei »Weng« soll ich an ein rotes Licht im Kopf, bei »Ar« an ein weißes Licht in der Brust und bei »Hong« an ein blaues Licht im Bauch denken. Ich verdränge den Gedanken, dass das wirklich vollkommen bekloppt und lächerlich ist und versuche an das zu glauben, was ich hier tue. Vielleicht versetzt der Glaube nicht nur Berge, sondern auch hängende Augenlider.

»Weeeeeeeeeeeng ... rotes Licht im Kopf ... Arrrrrrrrrrrr ... weißes Licht in der Brust ... Honggg ... blaues Licht im Bauch« und einatmen. Dann gleich noch mal »Weeeeeeeeeeeng ... rotes Licht im Kopf ... Arrrrrrrrrrrr ... weißes Licht in der Brust ... Honggg ... blaues Licht im Bauch« und einatmen. Ich komme zunächst durcheinander, weil ich mir nicht merken kann, welches Licht in welchem Körperteil weiß oder blau leuchtet. Doch nach einer Weile komme ich gut rein und wiederhole das Mantra fehlerfrei zehnmal.

Erleichtert klappe ich das Buch zu und warte auf Heilung. Nach einer Minute berühre ich vorsichtig meine Lippe. Leider fühlt sie sich noch genauso dick an wie vor dem Mantra. Auch mein Auge scheint unbeeindruckt ob des mächtigen Weng-Ar-Hong. Vielleicht hab ich es nicht richtig gemacht? Nicht laut genug? Ich klappe das Buch wieder auf und wiederhole die Prozedur weitere zwanzigmal. »Weeeeeeeeeeeng ... rotes Licht im Kopf ... Arrrrrrrrrrrr ... weißes Licht in der Brust ... Honggg ... blaues Licht im Bauch« und einatmen. Fertig!

Aufgeregt laufe ich ins Bad und hole mir einen kleinen Handspiegel, um das Ergebnis zu überprüfen. Keine Veränderung! Ich bin wie besessen und wiederhole das Mantra noch zwanzigmal. »Weeeeeeeeeeeng ... rotes Licht im Kopf ... Arrrrrrrrrrrr ... weißes Licht in der Brust ... Honggg ... blaues Licht im Bauch« und einatmen. Und dann noch zehnmal. Vielleicht hab ich mich nicht genug konzentriert. Und noch mal. Vielleicht war es ja diesmal zu laut. Und noch mal. In der unbequemen Sitzhaltung schlafen mir die Beine ein, außerdem fällt es mir so langsam schwer, die Arme in der Position vor dem Bauch zu belassen, und trotzdem mache ich weiter, bis mir diese kleinen inhaltslosen Worte das Hirn völlig vernebeln. »Weeeeeeeeeeeng ... rotes Licht im Kopf ... Arrrrrrrrrrrr ... weißes Licht in der Brust ... Honggg ... blaues Licht im Bauch« ... – und plötzlich passiert etwas. Ich habe auf einmal das verrückte Gefühl, dass sich meine Seele, mein Geist von meinem Körper löst. Etwa so, wie man es schon oft von Menschen gehört hat, die dem Tode nahe waren und die sich selbst beobachten konnten, wie sie im Krankenbett liegen und die Ärzte um ihr Leben kämpfen. Ich schwebe an der Zimmerdecke und sehe, wie ich da so in meinem Wohnzimmer sitze, mit zerdellter Visage und zusammengekniffenen Arschbacken, immer wieder völlig unsinniges Zeug vor mich hin brabbelnd. Bin das wirklich ich? Eine ehemals hübsche und intelligente Frau, die voll im Leben steht? Das Gesicht von Interpool? Schön und begehrenswert? Eine Frau, die auf alle Partys eingeladen wird? Eine Stilikone?

Nein. Das, was da unten hockt, ist ein Häuflein Elend, nicht hübsch, nicht intelligent. Das Gesicht von Interpool? Ha! Für eine Rolle als misshandelte Leiche im *Tatort* würde es vielleicht noch reichen. Da unten sitzt eine fast 35-jährige Frau, die sich verzweifelt an irgendwelche hanebüchenen Selbstheilungsbücher klammert.

Jämmerlich. Hässlich. Einsam. Das bin ich, und so ist auch mein neues Leben.

SIEBZEHN
Unterschichten-TV

Ich sitze in meinem mittlerweile nicht mehr ganz so rosafarbenen Jogginganzug auf meinem Sitzkissen und starre in den Bildschirm. Es ist Tag Vier im Jahre Null.

Seit meinem Botox-Unfall hat für mich eine neue Zeitrechnung begonnen, und nachdem alle Versuche, meinen Zustand zu verbessern, fehlgeschlagen sind, hänge ich fast ausschließlich vor der Glotze. Ich war in den letzten vier Tagen kein einziges Mal vor der Tür, noch nicht mal am Briefkasten. Kein Büro, kein Tümpel-Jogging, keine Maniküre, kein Solarium. Meine Energiereserven sind auf dem absoluten Nullpunkt. Ich fühle mich wie ein Luftballon, aus dem man die Luft rausgelassen hat, nur mit dem Unterschied, dass ich durch Bewegungsmangel und schlechte Ernährung statt weniger immer mehr werde. Mein Pflege- und Stylingprogramm besteht aus Zähneputzen und den Jogginganzug anziehen, was den Vorteil hat, dass ich morgens im Bad statt 60 nur noch vier Minuten brauche. Eine vollkommen neue Erfahrung für mich.

Nur blöd, dass der Tag sowieso schon gefühlt länger ist als das Leben von Jopi Heesters. Das Telefon hat ein paarmal geklingelt, ich bin aber nicht ran. Caro hat daraufhin noch mehrere SMS geschrieben und gefragt, wie es mir geht und was denn jetzt mit meiner Geburtstagsfeier sei. Ich hab ihr kurz geantwortet, dass ich keine Ahnung habe und im Moment ein wenig Ruhe brauche.

Auch Simone hat versucht, mich ein paarmal zu erreichen, und auch ihr hab ich eine Entschuldigungs-SMS geschrieben.

Sonst hat sich keiner gemeldet. Kein Ton von Julia. Seit zwei Tagen schweigt das Telefon, und nichts ist mehr, wie es vorher war. Mein komplettes Leben wurde mit einer kleinen Spritze einmal von innen nach außen gekrempelt, und alles, was damit zusammenhängt, ist im Moment eine einzige Enttäuschung. Meine Freundinnen, meine Arbeitskollegen, meine Ärzte, ich selbst. Und auf meine Familie konnte ich leider noch nie zählen. Meine Eltern haben sich scheiden lassen, als ich sechs Jahre alt war. Mein Vater hat sich seitdem überhaupt nicht mehr um mich gekümmert, und meine Mutter lebt mit einem Mann zusammen, den ich partout nicht ausstehen kann.

Der Zustand meines Auges hat sich auch nach vier Tagen noch nicht verbessert, es hängt immer noch exakt 0,5 Zentimeter über dem Unterlid, wie ich mit meinem Oberschenkelmaßband nachmessen konnte. Was die Lippe angeht, kann ich auch hier keine Verbesserung feststellen. Ich habe angefangen, täglich ein Foto von meinem Mund zu machen – immer aus exakt derselben Entfernung aufgenommen –, die ich dann ausdrucke und hintereinanderhefte – eine Art Daumenkino des Grauens. So kann ich aber genau sehen, ob sich was verändert hat oder eben nicht. Bis jetzt hat sich nichts verändert, und es handelt sich um das langweiligste Daumenkino, das ich je durch meine Finger hab gleiten lassen. Was den Ausschlag angeht, kann ich auch mit bloßem Auge sehen, dass er sich von meiner Wange immer mehr in Richtung Hals bewegt, was ja an sich ganz gut wäre, wenn er nicht eine Schneise der Verwüstung hinterlassen würde, die aus roten Flecken mit braunem Schorf besteht.

Bevorzugt schaue ich mir Reality Shows an, am liebsten die, in denen es um Menschen geht, denen es noch schlechter geht als mir. Ich beginne den Tag um 09:30 Uhr mit der *Familienhilfe mit Herz* auf RTL. Hier kümmert sich die dicke Diplom-Psychologin Susan Akel um Familien, die ihre Probleme alleine nicht mehr in den Griff bekommen. Heute hilft sie einer jungen Frau, die ihre leibliche Mutter sucht und auch findet. Leider interessiert das die Mutter überhaupt nicht, da diese mittlerweile sechs weitere Kinder von vier unterschiedlichen Vätern in die Welt gesetzt hat, mit denen sie auch nicht klar kommt. Eine weitere Tochter kann sie ganz offensichtlich nicht gebrauchen.

Danach schalte ich um auf RTL 2 zu *Zuhause im Glück*. Auch hier wird geholfen. Meistens handelt es sich um mittellose Familien, die kranke oder behinderte Kinder haben und deren Häuser so langsam, aber sicher in sich zusammenfallen. RTL 2 hilft hier ganz selbstlos, renoviert das Haus und stiftet neue Möbel, da die Familien oft nicht mal mehr ein vernünftiges Bett oder eine Couch haben. Zum Schluss sind alle immer unheimlich gerührt und glücklich. Ich auch, aber nur kurz. Nach der ganzen Gefühlsduselei schaue ich dann noch bei *Richter Alexander Hold* vorbei und frage mich eine Stunde lang, warum die Privaten kein Geld mehr haben, um sich Schauspieler einzukaufen und stattdessen irgendwelche talentfreien Hilfsschüler als Täter und Opfer einsetzen. Bei *Britt* dagegen ist alles echt, 100 % echte Vollasis, die ihre Chips- und Bierärsche in die Studiocouch drücken. Heute geht es um das Thema »Einsam – keiner kümmert sich um mich«, und wenn man die Gestalten da so sieht, wundert einen das überhaupt nicht, dass die keiner anruft, noch nicht mal für Geld. In diesem Moment meldet mein Handy eine SMS. Nach der langen nachrichtenfreien Zeit erschrecke ich mich ein bisschen über den Signalton, grabsche dann aber gierig nach dem Telefon, das rund um die Uhr griffbereit neben mir liegt. Vielleicht ist es ja Julia, die sich endlich um mich kümmert!

Lieber Vodafone-Kunde, für die Nutzung von Datendiensten sind Einstellungen in Ihrem Handy erforderlich. Infos dazu: www.vodafone.de. Ihr Vodafone-Team

Ich lege mein Handy zur Seite und packe eines der dicken Sitzkissen darauf, danach rege ich mich über Britts neue Frisur auf, die mich an einen durch den Rhein gezogenen Flokati erinnert. Allerdings muss ich zugeben, dass mein Haupthaar wahrscheinlich auch nicht viel besser aussieht, da ich es seit vier Tagen weder gewaschen noch gekämmt habe. Die S-M-Tage für die Haarkur werden einfach ignoriert, da Haarkuren schließlich nur in Zusammenhang mit einer Haarwäsche funktionieren, zumindest steht auf der Verpackung, dass man sie nach der Haarwäsche anwenden soll, und da ich meine Haare nicht wasche, kann ich sie auch nicht kuren. Ich pack mir ja auch kein After-Sun auf die Haut, wenn ich gar nicht in der Sonne war. Wenn man ohne Spiegel und soziale Kontakte lebt, ist das alles auch gar nicht mehr so wichtig.

Ich schalte zu ProSieben, zu meiner Lieblingssendung *We are Family*. Heute dreht sich in der Reality Soap alles um eine sehr bedauernswerte Hartz-IV-Familie. Die Frau, um die es geht, ist seit 18 Jahren arbeitslos. Der Ehemann und Vater ihrer vier Kinder ist vor sieben Jahren abgehauen, und sie bezieht seitdem Hartz IV. Das Problem ist nicht, dass sie nicht arbeiten will, das Problem ist, dass sie sich nicht mehr traut zu arbeiten, was aber im Grunde auch kein Problem ist, weil diese Frau sowieso niemals wieder einen Job finden wird. Mit nur noch sieben Zähnen im Mund und einem Gesicht wie ein seit 15 Jahren in einer feuchten Kellerecke liegendes Sitzkissen ist es ziemlich eng auf dem Arbeitsmarkt. Aber wer weiß, vielleicht höre ich demnächst ja auch noch mit dem Zähneputzen auf? Und schließlich traue ich mich nicht nur nicht mehr zu arbeiten, ich traue mich noch nicht mal mehr aus dem Haus. Mein Handy unter dem Kissen meldet dumpf eine weitere SMS. Es dauert einige Zeit, bis ich mich entschließen kann, sie zu lesen. Diesmal ist sie nicht von Vodafone, sondern von Jens:

Hy, Jessi, hast du meine Blumen nicht bekommen? Muss langsam anfangen mit der Wohnungssuche. Meld dich doch mal bei mir! Jens

Ich schiebe das Handy wieder unter das Sitzkissen, tue so, als hätte ich die SMS nicht gelesen, und besuche *Richterin Barbara Salesch* in ihrem Gerichtssaal. Dazu esse ich heute eine Tafel Schokolade, die ich letztes Weihnachten geschenkt bekommen und im Küchenschrank vergessen habe. Ich kann mich nicht daran erinnern, wann ich jemals eine ganze Tafel Schokolade gegessen habe. Ich habe mir wenn immer nur ein kleines Stückchen gegönnt, nur ein Viertel einer Schokoladenrippe, und hatte trotzdem ein schlechtes Gewissen. Die Schokolade ist zwar abgelaufen, aber ich schaffe es trotzdem, sie mir innerhalb von fünf Minuten gierig und fast vollständig in den Mund zu schieben und sie ohne zu kauen runterzuschlucken. Mich würde interessieren, was der Kilocoach dazu sagen würde, vielleicht ›Kilocoach meint: Herzlichen Glückwunsch! Sie kommen Ihrem Ziel »Bratarsch« sehr schnell näher!‹

Heute geht es bei Richterin Salesch um eine Frau, die ihren Ex umgebracht hat, weil der sie absichtlich verstümmelt hat, und das nur, weil sie ihn betrogen und verlassen hat. Er hat ihr K.-o.-Tropfen in ein Glas Wein geträufelt und ihr dann ziemlich schlecht und zittrig seinen Namen auf die Wange tätowiert. Der Mann war Buchhalter von Beruf, hatte keinerlei künstlerische Talente und hieß auch noch Christopher. Das passt natürlich auf keine Wange, noch nicht mal auf die von Frau Akel, weshalb der zweite Teil von Christopher, also das ... *opher* nicht mehr auf der Wange, sondern auf dem Hals der armen Angeklagten steht. Hätte sie sich mal lieber einen Urs zum Freund genommen. Auf jeden Fall hat sie Christopher dann umgebracht, was ich sehr gut nachvollziehen kann.

In dem Moment, in dem ich das denke, fällt mir was auf: Zwischen der Geschichte dieser Frau, mit dem Christopher auf der Backe und mir gibt es ein paar nicht ganz unwesentliche Parallelen. Erstens: Ich bin auch verstümmelt worden, zweitens: Es war ebenfalls mein Ex, drittens hab ich ihn auch betrogen – auch wenn es schon länger her ist –, und viertens würde ich ihn liebend gerne umbringen. Ich komme ernsthaft ins Grübeln. Könnte es vielleicht sein, dass Roland das mit Absicht gemacht hat? War das vielleicht die späte Rache für Jens? Kann es sein, dass Roland mir absichtlich erst die Spritze in den falschen Muskel gespritzt und dann ein Mittel verabreicht hat, das diesen widerlichen Ausschlag hervorruft? Eine bessere Gelegenheit konnte ich ihm eigentlich nicht bieten, einfacher kann man es einem gehörnten Ex-Lover nun wirklich nicht machen. Ich bin so eine blöde Kuh, dass mir das nicht schon vorher in den Sinn gekommen ist. Wie naiv kann man denn sein? Mein Herz rast, und meine linke Hand fängt an unkontrolliert zu zittern, ich muss sie mit der rechten Hand festhalten. Ich atme ein paarmal tief ein und aus, um nicht zu hyperventilieren, und stopfe mir das letzte Stück Schokolade in den Mund. Als ich mich ein wenig beruhigt habe, greife ich zum Hörer und rufe Roland an. Es dauert einige Zeit, bis er an sein Handy geht.

»Hallo, Jessi. Wie geht es dir? Gibt's Probleme?«, fragt er.

»Was würde dir denn mehr gefallen? Dass es mir gutgeht oder dass es Probleme gibt?«, frage ich sehr ruhig, während meine Hand den Telefonhörer so festhält, dass die Knöchel kalkweiß hervortreten.

»Wie meinst du das? Natürlich, dass es dir gutgeht. Was ist denn das für eine Frage?«

Meine Handflächen fangen stark an zu schwitzen, und weil ich den Hörer so fest umklammere, flutscht er mir in diesem Moment aus den Fingern und kracht auf den Parkettboden. Ich renne dem Hörer hinterher, der über den glatten Boden schlittert und unter ein Regal rutscht.

»Jessica?«

»Jaaa, Moment!!

Ich fische nach dem Telefon, erwische es auch direkt und ziehe es mit zahlreichen Wollmäusen unter dem Regal hervor. Die Wollmäuse kleben an Schokoladenresten am Telefon.

»Jessica? Was in Gottes Namen treibst du da? Und was soll diese blöde Frage?« Jetzt höre ich Roland wieder laut und deutlich.

»Ich weiß, dass du das mit Absicht gemacht hast.« Ich bin so ruhig und kalt wie das Polarmeer bei absoluter Windstille.

»Was soll ich mit Absicht gemacht haben? Sag mal, spinnst du jetzt?«

»Nun ja, erst hast du mir das Botox in den falschen Muskel gespritzt, damit ich zu einem Zyklopen werde, und weil dir das noch nicht gereicht hat, hast du mir noch schön eine Spritze verpasst, die mich aussehen lässt, als hätte ich gerade einen Crashtest hinter mir.« Ich höre, wie er seufzt.

»Jessica, das ist doch kompletter Unsinn. Warum sollte ich das tun?«

»Na, warum wohl? Wegen Jens natürlich, ist doch klar.«

»Jens? Wer ist Jens?«

»Roland! Tu doch nicht so scheinheilig! Jens ist der Mann, mit dem ich dich betrogen habe, und das weißt du auch ganz genau.«

»Ach Gott, der. Mann, Jessica! Das ist Jahre her! Ich bin mittlerweile glücklich mit einer anderen Frau verheiratet, habe Kinder! Diese Geschichte interessiert mich nicht mehr, ich bin da seit Jahren drüber weg.«

»Ich glaub dir kein Wort. Du warst schon immer extrem nachtragend und hast nie einen Fehler vergessen, den ich deiner Meinung nach begangen habe. Und es waren immer meine Fehler, Mister Perfect hat ja niiiie was falsch gemacht.«

Ich muss mich jetzt unglaublich beherrschen, um weiter so ruhig zu bleiben, aber ich weiß genau, dass ich wesentlich bedrohlicher wirke, wenn ich nicht hysterisch durch die Gegend brülle.

»Jessica, du bist total überdreht! Das ist doch echt nicht normal, was du da behauptest. Weißt du was? Ich geb dir jetzt mal die Nummer von Dr. Klausner, das ist ein wirklich guter Freund von mir und äh ... Psychotherapeut.«

Ich schnappe nach Luft. »Sag mal, tickst du noch ganz richtig?«

»Ich hab 'ne Menge Patienten im Wartezimmer! Ich muss auflegen. Alles Gute, Jessica, und, wie gesagt, ich sims dir gleich mal die Nummer von Dr. Klausner.« Damit legt er auf. Ich spreche trotzdem weiter ...

»Dieser Arsch, diese medizinische Vollkatastrophe, dieser hinterhältige Stümper!«, brülle ich laut in den Raum, nehme das Sitzkissen vom Boden und knalle es solange gegen die Wand, bis die ersten Federn fliegen. Und das ist erst der Anfang. Dem werde ich's zeigen!

ACHTZEHN
Graffiti-Queen

Es bleibt mir nichts anderes übrig, als in meiner schwarzen Trainingshose das Haus zu verlassen; für meine Lieblingsjeans bin ich dank Schokolade und Wein einfach zu fett geworden: ›*Herzlichen Glückwunsch, Frau Kronbach, Sie sind die Siegerin beim »Blitz-Bratarsch-Contest!« und gewinnen einen XXL-Fernsehsessel für zu Hause und ein Jahr lang jeden Tag eine Palette Cheese & Onion-Chips!*‹ gratuliere ich mir selbst. Zur Jogginghose kombiniere ich wie immer Sonnenbrille, Tuch und Baseballkappe, die ich mir heute besonders tief ins Gesicht ziehe.

Im Hausflur ist alles ruhig, und ich husche schnell die Treppe hinunter. Gut, denn ich möchte auf gar keinen Fall Frau Raabe über den Weg laufen. Langsam öffne ich die Haustür und schaue die Straße und den Bürgersteig hinunter, da sehe ich von links eine Gestalt auf mich zukommen. In weniger als einem Sekundenbruchteil weiß ich, um wen es sich handelt. Dieser Gang ist so unverkennbar – dieses leichte Wippen in den Knien, der Ansatz von O-Beinen –, dass ich mich gar nicht irren kann: Das ist Jens! Ich weiche zurück und lasse die Haustür geräuschlos zurück ins Schloss fallen. Dann erlischt Gott sei Dank das Licht, und ich stehe stoßweise atmend, im dunklen, nach Meister Proper Bergfrühling riechenden Hausflur.

In dem Moment erscheint auch schon die Silhouette von Jens im Glas der Haustür, die sich ein wenig von dem Licht der Straßenlaterne abhebt. Seine Hand greift zu den Klingelknöpfen, und ich höre prompt meine Türklingel oben schellen. Mehrfach. Irgendein Vollidiot hat die Klingeln im Haus so angebracht, dass jeder hört, wenn irgendwer irgendwo klingelt. Wie gerne würde ich jetzt zur Tür rennen, sie aufreißen und dem schönen Jens in die Arme fallen. Ich sehne mich so sehr nach einer liebevollen Umarmung, nach einem Menschen, der sich um mich kümmert, der mir zuhört. Aber wer will schon einer hässlichen, fetten Kuh in hässlichen schwarzen Klamotten zuhören? Dann höre ich Schritte aus der Wohnung von Frau Raabe. Die darf mich hier auf gar keinen Fall erwischen. Ich löse mich aus meiner Versteinerung, husche lautlos zur Kellertreppe und bete zu Gott, dass die Tür offen ist. Ich drücke die Klinke runter, und endlich hab auch ich mal wieder Glück: Die Tür ist offen, und ich verschwinde in dem Augenblick im Keller, in dem Frau Raabe ihre Wohnungstür öffnet und das Licht im Flur anmacht.

»Ja, was ist denn hier los?«, höre ich sie poltern, »wer klingelt denn hier ununterbrochen?«

Ich klebe mit meinem Ohr und meinem Ausschlag an der Kellertür, was der Heilung wahrscheinlich auch nicht gerade zuträglich ist. Ich höre, wie Frau Raabe die Haustür öffnet.

»Ja, sagen Sie mal, was soll denn diese ständige Klingelei?«

Und dann höre ich die sonore Stimme von Jens, die mir wie Lava durch das komplette Nervensystem meines Körpers schießt und mich fast in den Wahnsinn treibt.

»Ähm, guten Abend. Ich wollte zu Jessica, Jessica Kronbach.«

»Zu der Verrückten? Die wohnt nicht hier. Also nicht mehr lang ...«

Frau Raabes Stimme ist voller Hass und Abscheu, und ich würde gerne losbrüllen, dass sie eine bösartige, verleumderische Hexe ist, die man im Mittelalter garantiert auf dem Scheiterhaufen verbrannt hätte. Geistesgegenwärtig beiße ich mir in die Faust und verhindere damit, dass ich mich verrate und wegen Beleidigung angezeigt werde.

»Verrückt? Reden wir von derselben Person? Ich meinte Jessica Kronbach ...«

Jens ist ganz offensichtlich sehr irritiert.

»Ganz genau. Frau Jessica Kronbach«, sie zischt meinen Namen wie eine hochgiftige Natter, der man gerade auf den Schwanz getreten ist, »und ich sage Ihnen eins: Ich will nichts mehr mit dieser unmöglichen Person zu tun haben. Dem Vermieter hab ich auch schon Bescheid gesagt, dass der mal nach dem Rechten kucken sollte ... Und jetzt verschwinden Sie hier und hören auf, mich zu belästigen!«

Ich höre noch ein »Aber ...«, bevor die Haustür ins Schloss kracht. Eine Minute später erlöscht das Flurlicht, das durch die Ritzen der Kellertür gefallen ist. Ich warte noch zwei Minuten und öffne dann leise die Tür. Alles ist ruhig, und ich schlüpfe in den Flur. Dann öffne ich vorsichtig die Haustür und schaue wieder die Straße runter. Jens ist weg, erleichtert atme ich auf. Nach einer gefühlten Ewigkeit mache ich mich endlich auf den Weg zum Baumarkt, immer darauf bedacht, dass mich keiner bemerkt und voller Trauer über die verpasste Gelegenheit, Jens endlich wiederzusehen.

Ich stehe seitlich vom Eingang des Baumarktes, wo man mich nicht sofort sehen kann, und schaue in den hell erleuchteten Verkaufsraum. Dummerweise ist es noch relativ voll, und ich entschließe mich ein bisschen zu warten. Der Parkplatz liegt im Dunkeln und ich drücke mich ziellos zwischen den Autos herum. Früher hätte ich Angst gehabt, hier von irgendwelchen Typen zusammengeschlagen und vergewaltigt zu werden. Heute habe ich überhaupt keine Angst. Wer will mich schon vergewaltigen oder überfallen? Umso mehr erschrecke ich mich, als mir jemand mit einer Taschenlampe voll ins Gesicht leuchtet.

»Was machen Sie hier?«, bölkt mich eine männliche und sehr dunkle Stimme an. Wegen des Lichtstrahls im Gesicht, kann ich leider überhaupt nicht erkennen, wer die Taschenlampe in der Hand hält und das, obwohl ich eine Sonnenbrille trage.

»Wer sind Sie?«, piepe ich unsicher in die Richtung, aus der die Stimme kommt, und versuche aus dem Schein der Taschenlampe zu treten, was mir aber nicht gelingt, weil der Lichtstrahl mir problemlos folgt.

»Sicherheitsdienst! Ich will wissen, was du hier machst.«

»Kennen wir uns oder warum sind wir per Du? Und hören Sie mal auf, mir mit Ihrer Stasi-Lampe ins Gesicht zu leuchten!»

»Ich geb dir gleich Stasi! Wenn du glaubst, du könntest hier in Ruhe Autos aufbrechen, dann hast du dich geschnitten.«

Er kommt bedrohlich auf mich zu, und ich weiche einen Schritt zurück. »Oder möchtest du vielleicht, dass ich dir meinen kleinen süßen Hund auf den Hals hetze?«

Ich höre ein bedrohliches Knurren, was nicht auf einen kleinen Paris-Hilton-Handtaschen-Pinscher schließen lässt, und beschließe kurzfristig, seiner Aufforderung nachzukommen: Ich haue ab. »Und lass dich hier bloß nicht noch mal blicken!«, schallt es mir noch hinterher. Ich renne zwischen den Autos durch, bleibe mehrmals an einem Außenspiegel hängen, rapple mich wieder hoch und verstecke mich auf der anderen Seite des Baumarktes hinter einer Mülltonne. Noch nie hat irgendjemand mit mir gesprochen, als wäre ich der letzte Dreck. Kriminell und asozial. Ich sehe doch nur ein bisschen anders aus, ich bin doch derselbe Mensch geblieben.

Kurz vor Ladenschluss und nachdem ich mich versichert habe, dass der Sicherheitsarsch nicht in der Nähe ist, gehe ich so unauffällig wie möglich in den mittlerweile einigermaßen leeren Baumarkt. Diese Evolutionsbremse in Uniform wird mich nicht davon abhalten, meinen Plan auszuführen.

Ich schleiche mich zu den Regalen mit den Sprühdosen, packe drei Dosen roten Sprühlack – aus Angst vor einem Ladendetektiv mit einer ausholenden Bewegung und gut sichtbar! – in meinen Einkaufskorb und husche zur Kasse. Vor mir ist noch ein Kunde, der gerade acht Mörtelwannen bezahlt. Die Kassiererin nimmt den 100-Euro-Schein, gibt Wechselgeld raus und wünscht dem Mann freundlich lächelnd noch einen schönen Abend.

Als sie mich sieht, zuckt sie kurz zusammen und kassiert ab, ohne mich eines weiteren Blickes zu würdigen.

NEUNZEHN
Montgomery Burns

Der Aufprall ist so hart, dass ich von der Beifahrertür abpralle und wie ein übergewichtiger und volltrunkener Käfer auf dem Rücken und auf der Straße lande. Die Sonnenbrille schlittert über den Asphalt, meine Mütze landet in einer braunen Pfütze am Straßenrand. Die Baumarkttüte knallt ebenfalls auf den Boden, drei Spraydosen rollen scheppernd gegen den Bordstein. Der Fahrer des Wagens, gegen den ich gerade gelaufen bin, geht voll in die Eisen, und das Auto bleibt zwei Meter weiter stehen. Dann höre ich, wie sich eine Autotür öffnet und das Licht im Wagen angeht. Ein Mann kommt auf mich zu und beugt sich über mich. »O mein Gott! Alles in Ordnung mit Ihnen? Sie sehen ja schrecklich aus. Ich rufe sofort einen Krankenwagen!«

Der Mann kramt in seiner Tasche, wahrscheinlich sucht er sein Handy.

»Nein, nicht nötig, alles okay!«, antworte ich und rapple mich schnell hoch. Ich will auf gar keinen Fall noch einmal ins Krankenhaus. Zumindest sitze ich jetzt und liege nicht mehr auf dem Asphalt. Dann greife ich schnell nach der Sonnenbrille und setze sie hastig auf. Die Mütze kann ich vergessen, die steht vor Wasser und Dreck.

»Langsam, langsam! Wirklich alles in Ordnung mit Ihnen?«

Die Stimme klingt ehrlich besorgt und ich nicke mit dem Kopf. Dann sehe ich den Mann zum ersten Mal im Licht des Scheinwerfers, und dieses Mal bin ich diejenige, die sich bei dem Anblick erschreckt. Er hat ein riesiges Feuermal im Gesicht, das sein rechtes Auge, die Nase und einen Großteil der Wange in ein tiefes Rot taucht. Gorbatschows Feuermal ist dagegen ein Fliegenschiss. Die Nase des Mannes ist groß und dominiert sein Gesicht, was allerdings nur wenig von dem lichter werdenden Haar ablenken kann. Er sieht ein bisschen aus wie der junge Montgomery Burns, der Atomkraftwerksbetreiber bei den *Simpsons*.

»Kommen Sie, ich helfe Ihnen auf!«

Er gibt mir die Hand und zieht mich hoch. Ich stöhne, weil mir das Steißbein schrecklich wehtut.

»Wirklich alles okay?«

»Ja, ja, alles so weit in Ordnung, nur ein paar blaue Flecken.«

Ich hample ein bisschen mit Armen und Beinen herum, um zu demonstrieren, dass ich, zumindest was die Beweglichkeit angeht, top in Schuss bin. Dann versuche ich mich nach meiner Tüte und den Sprühdosen zu bücken, muss das aber wegen akutem Blitzeinschlag in die Lendenwirbelsäule sein lassen. Der Mann mit dem Feuermal eilt mir zu Hilfe und hebt alles für mich auf, auch die schmutzige Mütze.

»Kommen Sie, ich fahr Sie zu einem Arzt. Sie sehen wirklich nicht gut aus.«

»Warum wollen mich eigentlich alle zum Arzt fahren und nicht in ein schickes Restaurant oder in eine coole Bar? Im Übrigen seh ich immer so aus, also im Moment immer!«

Er schaut mich besorgt an. Wahrscheinlich überlegt er, ob er mich besser in die Psychiatrie als in ein Krankenhaus fahren soll.

»Es geht mir wirklich gut, machen Sie sich keine Sorgen. Wahrscheinlich nur eine Rückenprellung.«

»Ich weiß nicht! Darf ich Sie wenigstens nach Hause bringen? Oder haben Sie Ihr Auto hier irgendwo stehen?«

Ich seufze, weil er es offensichtlich wirklich ernst meint.

»Nee, kein Auto. Also, wenn Sie unbedingt wollen, bringen Sie mich nach Hause. »

Er schaut zufrieden und öffnet die Beifahrertür. Dann hinkt er um das Auto herum und steigt ein.

»Haben Sie sich auch wehgetan?«, frage ich ihn, als er sich auf den Fahrersitz plumpsen lässt.

»Nein, wieso?« Er schaut mich irritiert an.

»Na, weil Sie hinken!«

Er fängt herzhaft an zu lachen. »Ach, das meinen Sie, nein, nein, ich hinke immer, also nicht nur im Moment immer, sondern wirklich immer. Mein linkes Bein ist ganze fünfzehn Zentimeter kürzer als das andere. Man hat mir bei einer Leisten-OP aus Versehen eine Vene durchtrennt, und das Bein ist dann nicht mehr so gewachsen, wie es wachsen sollte.«

»Oh, das tut mir leid.«

»Ach, mein Gott, damals war ich sechs. Mit den Jahren gewöhnt man sich dran. Und welcher Mann kann schon von sich behaupten, dass er rechts Schuhgröße vierzig und links Schuhgröße sechsundvierzig hat?« Er lächelt und blickt mir offen ins Gesicht. »Ich heiße übrigens Christian Wiedmann. Vielleicht interessiert es Sie ja, mit wessen Beifahrertür Sie da so intensiv Bekanntschaft geschlossen haben.«

Er streckt mir seine Hand entgegen. Ich ergreife sie und sage »Kronbach, Jessica Kronbach«.

»Freut mich sehr, Frau Kronbach. Wo darf ich Sie denn hinfahren?«

»Ich wohne in der Hardtstraße in Klettenberg.«

»Ach, die Hardtstraße. Da hat mal eine Freundin von mir gewohnt. Sehr nett, also die Straße, aber die Freundin auch.« Er schmunzelt über sich selbst. »Und schnallen Sie sich bitte an, ich möchte nicht, dass Sie auch noch meine Windschutzscheibe besser kennenlernen. Auch wenn sich mein Auto ganz bestimmt darüber freuen würde.«

Diesmal muss auch ich lachen. Wie gut das tut, nachdem ich so schlecht behandelt worden bin, dass jemand nett zu mir ist.

Ich schnalle mich an, Christian Wiedmann legt den ersten Gang ein, und der Wagen setzt sich in Bewegung, ohne dass ich ein Motorengeräusch höre.

»Sagen Sie mal?«, frage ich ihn, »ist das ein Auto oder ein Ufo? Ich kann den Motor nicht hören.«

Herr Wiedmann lacht schon wieder. Ich muss ihn unbedingt fragen, was er für Drogen nimmt. Die hätte ich auch gerne.

»Das ist ein Dreier-Prius, ein Vollhybrid. Also Vierzylinder-Benzin-Motor kombiniert mit einem superleisen Elektromotor«, referiert er voller Stolz. »Fahren übrigens auch George Clooney und Leonardo DiCaprio!

»Kein Wunder, dass ich Sie nicht gehört habe …«

»Ja, eine gewisse Mitschuld trage ich schon. Die Leute verlassen sich im Verkehr zu sehr auf ihre Ohren. Allerdings hat man im Normalfall ja auch noch Augen im Kopf.« Er blickt zu mir rüber.

»Na, dann ist es ja gut, dass Sie sich für ein schwarzes Auto entschieden haben. Das sieht man im Dunkeln so gut.«

»Nun ja, ohne Sonnenbrille besteht schon die Möglichkeit, dass man dieses blaue Auto sieht.«

Er lächelt amüsiert. Als er sich wieder dem Verkehr zuwendet, betrachte ich ihn unauffällig von der Seite und muss feststellen, dass dieser Mann in etwa so weit weg ist von George Clooney, wie Cindy aus Marzahn von Nadja Auermann. Kurz bevor wir bei mir zu Hause ankommen, fällt mir ein, dass ich ja noch ein paar Lebensmittel einkaufen muss. In meiner Küche befindet sich kein einziger essbarer Krümel mehr, und wenn ich nicht einen noch traurigeren Abend als die letzten Abende verbringen möchte, brauch ich zumindest was zu essen. Auch Alkohol ist keiner mehr im Haus, und ohne meine tägliche Dröhnung Weißwein ist an Schlaf nicht zu denken. Hässlich sein ist schlimm, aber hässlich, hungrig und nüchtern sein, kommt in etwa einem Dritten Weltkrieg gleich.

»Herr Wiedmann ...«

»Christian, einfach nur Christian.«

»Also gut, Christian, könnten Sie mich vielleicht doch nicht nach Hause fahren. Ich müsste noch in den Supermarkt. Der in der Sülzburgstraße hat bis 22:00 Uhr geöffnet. Sie können mich da gerne absetzen.«

»Natürlich! Ich fahr Sie gerne zum Einkaufen und dann nach Hause!«

Wie biegen an der nächsten Ecke ab, und Christian fährt zum Supermarkt. Gott sei Dank gibt es einen Parkplatz direkt vor dem Eingang. Er humpelt um das Auto herum und öffnet mir die Tür. Als ich aussteigen will, schießt mir ein fieser Schmerz in den Rücken, und ich stöhne auf.

»Wissen Sie was, bleiben Sie einfach sitzen. Ich besorge Ihnen, was Sie brauchen«, bietet Christian freundlich an, »nicht dass Sie mir mit Ihrer Sonnenbrille gegen die Obsttheke laufen.« Und weil ich sowieso nicht scharf darauf bin, durch den hell beleuchteten Supermarkt zu latschen, willige ich dankbar ein. Außerdem bin ich mir nicht wirklich sicher, ob ich mit Christian so zusammen gesehen werden möchte. Dr. Jekyll und Mrs Monsters kaufen ein, na herrlich!

»Was brauchen Sie denn?«, holt mich Christian zurück in meinen Beifahrersitz.

»Nudeln auf jeden Fall und ähm ... Maggi Fix für verschiedene Nudelsoßen, Yoghurt, Nutella, Toast, Marmelade und ... ach ja, und Weißwein, irgendeinen, nichts Besonderes und davon bitte drei Flaschen. Ach, und 'ne Packung OB Super Plus bitte.«

»Super Plus? Ich glaub nicht, dass die hier Benzin haben.«

Vielleicht hätte ich mir die Tampons doch lieber selber besorgen sollen, aber zu spät. »Sorry, das sind ... Tampons. OB Super Plus. Das äh ... klingt zwar groß, sind aber die kleinsten!«, lüge ich, weil die meisten Männer bei großen Tampons immer komische Assoziationen haben. Ich glaube, der eine oder andere medizinisch wenig geschulte Mann hat Angst, dass seine Freundin schneller ausleert, wenn sie so große Tampons benutzt. Aber ich bin ja nun mal nicht Christians Freundin, sondern lediglich sein Unfallopfer, und ich möchte nicht, dass er über die Größe meiner Vagina nachdenkt.

»Gut, dann geh ich mal und besorge die kulinarischen Hochgenüsse, äähhhm ... und alles andere.«

Dann eiert er auf seinen unterschiedlich großen Füßen und den verschieden langen Beinen in den Laden. Während er für mich einkauft, schaue ich mich in seinem Auto um. Ich versuche irgendeinen Hinweis zu finden, dass es sich bei dem Auto doch um ein Ufo handelt, es wirkt aber alles einigermaßen normal, es gibt noch nicht mal einen Hinweis auf Christians Familienstand. Kein Kindersitz, kein vergessenes Plüschtier und keine *Bibi-Blocksberg*-CDs lassen auf keine Familie schließen. Ich öffne den Aschenbecher, aber der ist unbenutzt. Es befinden sich lediglich ein paar Münzen darin. Der Fußraum ist nicht besonders sauber und das Auto wirkt nicht übermäßig gepflegt. Anscheinend ist das George-Clooney-Auto kein Statussymbol, sondern ein Gebrauchsgegenstand, sehr sympathisch. Wenn der jetzt noch aussehen würde wie George ... aber dann säße wahrscheinlich eher Sarah Larson und nicht Jessica Matschauge auf dem Beifahrersitz.

Kurz darauf kommt Christian auch schon wieder aus dem Supermarkt, links und rechts eine Einkaufstüte am Arm. Er packt die Tüten in den Kofferraum, steigt wieder ein, startet den Wagen und biegt in die falsche Richtung ab. Mir wird ein bisschen mulmig.

»In die Hardtstraße geht es aber da lang!«, sage ich ihm.

»Ich weiß, ich muss aber eben noch den Wein besorgen. Keine Angst, der Laden ist direkt hier um die Ecke.«

»Meinen Sie ›Dein Wein‹? Aber der hat doch längst zu!«

»Stimmt! Aber ich habe den Schlüssel!«

»Arbeiten Sie da?«

»Ist mein Laden!«

»Echt? Sie sind Weinhändler? Was für ein toller Beruf!« Ich bin wirklich begeistert. Ein Mann, der an der Quelle sitzt! Wir parken direkt vor dem Laden auf einem Privatparkplatz.

»Kommen Sie doch mit rein und suchen sich einen schönen Wein aus.«

»Warum nicht!«

Für einen guten Wein hieve ich mich auch gerne aus dem Auto. Er schließt auf, macht Licht, und wir betreten den großen Raum, in dem diverse Kisten aufgebaut sind, auf denen die verschiedensten Weinflaschen stehen. Große Weinregale an den Wänden beherbergen weitere Kostbarkeiten. Christian geht in eine Ecke, in der zwei riesige Weinkühlschränke stehen.

»So, Jessica, hier sind die gekühlten Weißweine. Ich würde mich freuen, wenn Sie sich drei Flaschen aussuchen würden.«

»Aber die sind alle furchtbar teuer, und den Einkauf bin ich auch noch schuldig!«

»Sie sind mir gar nichts schuldig! Ich hab Sie über den Haufen gefahren und möchte das wieder gutmachen. Bitte tun Sie mir den Gefallen!«

»Aber ...«

»Tun Sie's einfach!«

Er schaut mir in die Augen, ich sehe, dass ich ihm damit tatsächlich eine Freude machen würde. Ich suche mir also drei Weine aus, wobei eigentlich Christian das für mich macht, da ich zwar ständig Wein trinke, aber keine Ahnung habe, was ich da trinke. Er packt die Flaschen in eine »Dein Wein«-Tüte, öffnet dann noch mal den zweiten Kühlschrank und packt einen Käse und eine Salami dazu. Dann verlassen wir seinen Laden, in dem ich mich liebend gerne mal eine Woche einsperren lassen würde. Kurz darauf sind wir auch schon in der Hardtstraße. Christian hilft mir zuerst aus dem Auto, holt die Tüten aus dem Kofferraum und gibt sie mir. Ich stehe etwas unbeholfen in der Gegend rum.

»Vielen Dank fürs Einkaufen und nach Hause fahren!«

»Ich finde, das war das Mindeste, was ich tun konnte.« Er drückt mir eine Visitenkarte von sich in die Hand. »Falls noch irgendwas ist!«

»Danke!«

Er gibt mir freundlich die Hand, wünscht mir alles Gute und geht dann zurück zu seinem Wagen.

»Christian?«

Er dreht sich noch mal um.

»Ja?«

»Hätten Sie nicht Lust, ein Glas von Ihrem tollen Wein zusammen mit mir zu trinken?«, frage ich ihn in einem plötzlichem Anflug von Angst vor der leeren Wohnung und der damit verbundenen Einsamkeit, »also, so rein freundschaftlich!«

Er zögert nur kurz, bevor er sagt, dass er sehr gerne noch ein Glas Wein mit mir trinken würde, also so rein freundschaftlich. Ich krame meinen Schlüssel aus der Tasche und schließe die Haustür auf. Christian schließt derweil seinen Hybrid ab, nimmt mir die Tüten wieder ab und folgt mir hoch in meine Wohnung. Ich bin sehr froh, dass wir Frau Raabe nicht über den Weg laufen, mit diesem Mann im Schlepptau würde sie mich dann wohl endgültig für verrückt erklären.

Als ich die Wohnungstür aufschließe, schäme ich mich, weil es in meiner Bude übler mieft, als in einem fensterlosen Affenkäfig. Das ist mir in den letzten Tagen gar nicht aufgefallen. Es riecht vor allem nach Müll, der für längere Zeit nicht mehr entsorgt worden ist, und nach ungewaschener Jessica, die den kompletten Sauerstoff aus der Wohnung weggeatmet und keinen neuen zugeführt hat. Ich gehe gleich in die Küche durch und reiße das Fenster auf. Irgendwie muss mir in den letzten Tagen auch entgangen sein, dass meine Wohnung ziemlich schlimm aussieht. Schmutzige Töpfe, Teller und Gläser stehen überall rum, zwei leere Pizzakartons liegen auf dem Boden, und auf dem Herd schimmelt der Rest einer Dosensuppe munter vor sich hin, der an dem feinen Düftchen in meiner Wohnung wahrscheinlich nicht ganz unbeteiligt ist. Highlight sind aber die sieben leeren Weißweinflaschen und die beiden leeren Sektflaschen, die ebenfalls in einer Ecke auf dem Boden stehen und liegen.

»Tut mir leid, dass es hier so aussieht. Ich hatte gestern eine kleine Party und bin noch nicht zum Aufräumen gekommen«, versuche ich mich rauszureden und würde mir selbst kein Wort glauben. Christian ist davon ziemlich unbeeindruckt. Er räumt kommentarlos ein paar dreckige Teller zur Seite, als wären es lediglich alte Zeitschriften, und stellt die Einkaufstüten auf die Arbeitsplatte. Dann fängt er an, die Sachen, die er gekauft hat, aus der Tüte zu holen und in den verwaisten Kühlschrank zu räumen. Es ist wesentlich mehr als das, was ich bestellt hatte. Ich sehe unter anderem Tomaten, Orangen und frischen Basilikum und erinnere mich kurz an ein Leben, in dem ich sehr auf meine Ernährung geachtet habe. Was der Kilocoach wohl macht? Wahrscheinlich hat er mich schon aufgegeben, so wie ich mich selbst aufgegeben habe. Ich schnappe mir schnell den Topf mit der alten Suppe und verlasse die Küche Richtung Bad.

Der Schmerz ist groß, als ich mit meinem Kopf voll gegen das Regal im Flur donnere. Noch schlimmer ist allerdings, dass mir durch den Aufprall der Topf mit der schimmeligen Suppe aus der Hand rutscht und auf den Laminat knallt, natürlich so, dass sich der komplette widerliche Inhalt auf den Boden ergießt und sich ein säuerlicher Verwesungsgeruch in meinem Flur ausbreitet. Oder bin ich das, die so langsam vor sich hin fault? Ich fühle mich plötzlich unendlich schwach und rutsche mit dem schmerzenden Rücken an der Wand entlang, bis ich schließlich mit angewinkelten Beinen vor der Sauerei auf dem Fußboden zum Sitzen komme. Christian kommt aus der Küche, um nachzusehen, was passiert ist.

»O Gott! Alles in Ordnung, haben Sie sich verletzt?«

Och bitte, nicht schon wieder diese Frage!

»Neeeeeeeeiiiiiiiiin …!«

»Aber so was kann doch mal passieren! Das ist doch nicht so schlimm!«

»Dooooooooochhhhhhhh …!«

Dachte ich vor einigen Tagen noch, dass man nicht weiter sinken kann, werde ich jetzt eines Besseren belehrt. Die Wege nach unten sind anscheinend endlos.

»Sie haben da eine Beule an der Stirn!«, bemerkt Christian, »sind Sie vor das Regal gelaufen?«

»Nein, Sie Schlaumeier, das ist das internationale Warenzeichen für Schönheit und Intelligenz!«

Jetzt habe ich also auch noch eine Beule auf der Stirn. Wenn ich so weitermache, gibt es in meinem Gesicht bald keinen Quadratzentimeter mehr, der nicht in irgendeiner Form verunstaltet ist.

»Vielleicht sollten Sie die Sonnenbrille im Dunkeln absetzen und Licht anmachen. Das würde Ihr persönliches Unfallrisiko ganz bestimmt stark minimieren.«

»Sie klingen wie ein Versicherungsvertreter und nicht wie ein Weinhändler.«

Er lacht, packt mich wie bei der Rettung eines Schiffbrüchigen unter den Armen, zieht mich hoch und schiebt mich dann ins Wohnzimmer.

»So, Sie setzen sich jetzt mal hier hin … – nanu, haben Sie … gar kein Sofa?

ZWANZIG
Kurzurlaub

Ich erzähle Christian von den verkauften Möbeln, von meinem attraktiven Ex und von meiner Geburtstagsfeier, auf der ich besonders gut aussehen wollte. Und natürlich erzähl ich ihm auch, dass Roland mein Gesicht absichtlich zu Klump gespritzt hat. Ich nehme sogar meine Sonnenbrille ab und zeige Christian mein Matschauge mitsamt Ausschlag, was ihn aber wenig beeindruckt, zumindest lässt er es sich nicht anmerken.

»Sind Sie wirklich sicher, dass er das mit Absicht gemacht hat?«, fragt er mich.

»Ganz sicher! So schlecht kann doch kein ausgebildeter Arzt sein. Außerdem hab ich ihn betrogen, er hat also ganz eindeutig ein Motiv!«

»Aber sagten Sie nicht, dass Ihr Ex, also dieser Roland, mittlerweile verheiratet ist und Kinder hat? Ich meine, das Ganze ist dann doch schon ein paar Jährchen her, oder?«

Ich nicke. »Roland war schon immer ein Mensch, der einem alles ewig nachträgt. Er hat mir zum Beispiel vorgehalten, dass ich aus Versehen all seine Kontakte im Handy gelöscht habe. Tagelang!«

»Nun ja, das ist ja auch ziemlich ärgerlich …«

»Na toll! Erst überfahren Sie mich, und dann nehmen Sie auch noch diesen Botox-Terroristen in Schutz …«

Mein Magen fängt plötzlich an zu knurren, und zwar so laut, dass auch Christian es hört. Außer der Schokolade hab ich heute noch nichts gegessen.

»Wissen Sie was? Ich mach jetzt mal das Malheur im Flur weg, und dann, also wenn Sie erlauben, mach ich Ihnen was Schönes zu essen. Ich glaube, Sie können es vertragen.« Ich will gerade anfangen zu protestieren, aber er lässt mich erst gar nicht zu Wort kommen. »Keine Widerrede! Sie bleiben hier sitzen und ruhen sich ein bisschen aus.«

Dann steht er auf und verlässt den Raum. Ich höre ihn erst im Flur und dann in der Küche hantieren und bin sehr froh, dass ich mich nicht rühren soll, obwohl es mir natürlich schon ein bisschen peinlich ist, dass ein fremder Mann meine verschütteten und verdorbenen Essensreste wegputzt und in einer total versifften Bude auch noch für mich kocht. Ein paar Minuten später bin ich auf meinem Sitzkissen eingeschlafen.

Ich träume gerade davon, wie ich Roland meinen Namen – und zwar den kompletten – auf sein bestes Stück tätowiere, als Christian mich weckt. Erst erschrecke ich fürchterlich, was nicht nur an dem Traum liegt, sondern auch an diesem kontinentgroßen Feuermal, das sich ungefähr zehn Zentimeter vor meinem Gesicht befindet. Ich hoffe, dass er das nicht gemerkt hat, wenn, lässt er es sich zumindest nicht anmerken.

Wir gehen durch den mittlerweile gereinigten Flur in die Küche, und ich bin echt gerührt. Alles ist aufgeräumt, es riecht herrlich nach frischer Pasta, mein kleiner Tisch ist für zwei gedeckt, mit Servietten und allem drum und dran. Die Flasche Weißwein steckt in dem Kühler, den ich schon lange nicht mehr benutzt habe, weil der Wein gar nicht so schnell warm werden konnte, wie ich ihn getrunken habe. Ich stehe ganz verschüchtert in meiner eigenen Küche. Christian bemerkt es und schiebt einen der Stühle zurück, damit ich mich setzen kann. Auf dem Stuhl liegt ein Kissen für mein angeschlagenes Steißbein. Der Mann denkt mit und hat Benehmen. Wahrscheinlich ist das der Ausgleich für sein, na, sagen wir mal, suboptimales Aussehen.

Vielleicht sollte ich auch mal drüber nachdenken, ob ich zukünftig nicht etwas höflicher sein sollte. Christian setzt sich ebenfalls an den Tisch und füllt die Wein- und Wassergläser. Fast könnte man meinen, er hätte mich zu einem romantischen Dinner eingeladen. Aber das ist meine Wohnung und mit diesem Mann könnte ich niemals ein romantisches Dinner haben, auch wenn er nett ist und wir rein äußerlich im Moment ganz gut zusammenpassen würden. Allerdings mit dem Unterschied, dass mein miserabler Zustand vorübergehend ist, während er wohl bis an sein Lebensende so aussehen wird. Ich finde ja, dass der liebe Gott ihm zumindest die Haare hätte lassen können, aber Gott hat wahrscheinlich andere Probleme.

Trotz so geballter Hässlichkeit an einem Tisch genieße ich den Abend in vollen Zügen. Endlich mal nicht alleine angesoffen vor dem Fernseher hängen, endlich kein Fastfood auf einem schokoladenfleckigen Sitzkissen, endlich muss ich mich mal nicht verstecken. Ich sitze ohne Mütze und Schal, allerdings mit Brille, am Tisch und fühle mich kein Stück unwohl, ja, ich vergesse sogar für kurze Zeit, dass mit mir was nicht stimmt. Es ist ein bisschen so, als würde man im tiefsten Winter für ein paar Stunden auf die Kanaren fliegen, mit 20 Grad plus, azurblauem Himmel und goldgelbem Sandstrand. Nachdem Christian und ich kiloweise Nudeln gegessen, stundenlang über Gott und die Welt geredet haben und nach der zweiten Flasche zum »Du« übergegangen sind, verabschiedet sich Christian gegen ein Uhr von mir. Er drückt mir ein Küsschen auf die Wange und verschwindet die Treppe hinunter.

Ich starre ihm hinterher. Das hatte nicht mal den Hauch von einer Anmache. Nix. Einfach Nix! Er hat noch nicht mal versucht, mich zu küssen! Bin ich wirklich so unattraktiv, dass noch nicht mal ein Mann wie Christian einen winzigen Funken sexuelles Interesse an mir zeigt? Oder hat er es vielleicht einfach nicht gewagt, eine Frau wie mich zu verführen? Aus Selbstschutz entscheide mich für Lösung b).

EINUNDZWANZIG
Süße Rache

Am nächsten Morgen wache ich wesentlich besser gelaunt auf als die letzten Tage. Ich gehe duschen, putze mir die Zähne und kämme mir die Haare. 20 Minuten dauert das Ganze insgesamt. Der Blick in den Spiegel, der immer noch verhängt ist, beschränkt sich nach wie vor darauf, zu überprüfen, ob sich mein Zustand irgendwie verändert hat. Hat er nicht!

Meine anfangs verhältnismäßig gute Laune verabschiedet sich wieder, vor allem, als ich mir meinen Körper etwas genauer anschaue. Man könnte ja meinen, dass ich in meinem Zustand verstärkt auf eine gute Figur setze und alles dafür tun würde, dass zumindest die erhalten bleibt, aber das Gegenteil ist der Fall. Anstatt zu trainieren und mich vernünftig zu ernähren, setze ich alles daran, dass ich nicht nur eine Gesichtsbaracke bin, sondern auch noch eine fette Qualle mit tellergroßen Dellen in den Oberschenkeln und einem Arsch, für den Ryanair mir demnächst zwei Sitzplätze in Rechnung stellt. Tütensuppen, Chips, Schokolade, Pasta, literweise Weißwein und null Bewegung – Kleidergröße 42, ich komme!

Aber vielleicht liegt die Ignoranz, die ich meinem Körper im Moment entgegenbringe, ja auch an einem unterbewussten Ästhetikempfinden, von dem ich bisher gar nicht wusste, dass ich es habe. Vielleicht sorgt dieses Ästhetikempfinden ja dafür, dass mein Körper auch jetzt zu meinem Kopf passt. Scheiße. Dann messe ich meine Oberschenkel, und meine Scheißlaune wird zu einer Riesenscheißlaune. Was hat dieser Arsch von Roland mir nicht alles angetan! Den Tag verbringe ich damit, Rammstein zu hören und mir vorzustellen, was ich mit Roland alles anstellen würde, wenn Folter in Deutschland erlaubt wäre. Elektroschocks, Schlafentzug und Waterboarding in Guantánamo sind dagegen Ferien auf dem Bauernhof.

Am Abend bereite ich mich auf meine Racheaktion vor. Ich bin komplett schwarz angezogen, trage eine schwarze Wollmütze auf dem Kopf und natürlich meine schwarze Sonnenbrille. Sogar schwarze Turnschuhe habe ich an. Als ich, mit meinem Rucksack auf dem Rücken, gerade das Haus verlassen will, klingelt es an der Tür. Es ist Christian. Er hat eine Einkaufstüte und einen Blumenstrauß aus dem Supermarkt in der Hand.

»Hilfe! Eine Einbrecherin!«, scherzt er, als er mich sieht. »Jetzt weiß ich wenigstens, was du beruflich machst!«

»Wer weiß, vielleicht schule ich ja tatsächlich noch um! Ein Job in der Dunkelheit käme mir im Moment auf jeden Fall entgegen«, kontere ich und lasse Christian in die Wohnung. Er geht direkt in die Küche und stellt die REWE-Plastiktüte auf die Arbeitsplatte. Ich bleibe im Türrahmen stehen.

»Oder warst du heute etwa schon einkaufen?«

»Natürlich nicht. Du weißt doch, dass ich im Moment ein bisschen unpässlich bin.«

»Unpässlich? Ich find dich ganz passend!«

Das hört sich ja fast wie ein Flirtversuch an und irgendwie bin ich doch erleichtert, dass Christian zumindest versucht, mit mir zu flirten, wenn er mich schon sexuell unattraktiv findet. Mein Unterbewusstsein hat sich anscheinend doch für Lösung a) in der Frage: a) zu unattraktiv oder b) unerreichbar entschieden. Man kann sich selbst einfach ganz schlecht verarschen.

»Passend wozu?«

»Hmmm, passend zu dem Lammfilet, dem Rucola-Salat den Prinzessbohnen und dem Chardonnay zum Beispiel.«

»Da bin ich aber froh, dass du keine rote Grütze und Haferschleim mitgebracht hast.«

»Und zum Nachtisch gibt es eine wunderbar zart schmelzende Mousse au Chocolat.«

»Christian, das hört sich wirklich super an, aber sei mir nicht böse, heute passt es mir leider nicht, ich muss noch was erledigen.« Er guckt enttäuscht, fängt sich aber verblüffend schnell.

»Kein Problem! Ich lass dir aber die Sachen da, vielleicht für später.«

»Christian, das ist wirklich ganz lieb von dir, aber das brauchst du echt nicht ...«

»Ich weiß, dass ich das nicht brauche, aber ich möchte es gerne. Ich bin auch gleich wieder weg.«

»Oh. Ich ...«

»Was hast du denn vor? Ein Date?«, fragt er und räumt gleichzeitig die Mousse au Chocolat in den Kühlschrank. Ganz schön neugierig, der Mann.

»So ähnlich!«

Ich schaue ihm beim Auspacken der ganzen Leckereien zu und ich bekomme schon wieder Hunger. Er guckt mich durchdringend an, und ich habe für einen Moment das Gefühl, dass wir uns schon seit Ewigkeiten kennen. Er hält diesen Blick bestimmt zehn Sekunden durch, und ich kann ihm nicht standhalten. Ich hab schon als Kind immer bei dem Spiel »Wer kann dem anderen länger in die Augen gucken« verloren. Ich senke den Blick und werde auch noch rot dabei.

»Du machst doch keine Dummheiten, oder?«

»Wenn du es unbedingt wissen willst: Ich will zu Roland.«

»Zu deinem Ex? Was hast du vor?« Er wirkt ehrlich beunruhigt.

»Hmmm, sagen wir mal so, es handelt sich um eine kleine künstlerische Aktion. Eine hübsche Überraschung, die endlich mal ein bisschen Farbe in das Leben dieses Scharlatans bringen wird.«

Ohne es zu wollen klinge ich wie Klaus Kinski als Mephisto, und Christian legt entsetzt das Bündel frischen Rucola beiseite.

»Jessica, was um Himmels willen hast du vor?«

ZWEIUNDZWANZIG
Botox-Terror

Christians Hybridwagen rollt lautlos aus der Innenstadt Richtung Marienburg. Ich konnte ihn partout nicht davon abbringen, erst für mich zu kochen und mich dann auch noch zu fahren. Es ist kurz nach Mitternacht und nicht mehr viel los auf den Straßen. Lediglich ein paar unmotivierte Studenten fallen noch angetrunken aus den Veedels-Kneipen in Klettenberg. Je weiter wir aus der Innenstadt kommen, desto weniger Kneipen gibt es, aus denen Menschen fallen könnten. Immer weniger Fenster sind beleuchtet, auf den Straßen sieht man niemanden mehr, noch nicht mal einen älteren Herrn, der seinen Dackel spazieren führt.

»Was meinst du, Christian, warum gehen die Leute in der Vorstadt so viel früher ins Bett, als die in der Innenstadt?«

»Na, wahrscheinlich weil die Leute in der Stadt gar nicht früher schlafen können. In den Innenstädten ist es einfach zu laut.«

»Hmmmm, das glaub ich ja nicht. Ich glaube, es liegt viel eher daran, dass die Leute nicht in die Versuchung kommen, eben noch mal auf ein Bier um die Ecke zu gehen, weil es dort nämlich kein Bier gibt. Keine Kneipe, kein Restaurant, keine Trinkhalle, wahrscheinlich noch nicht mal mehr ein Zigarettenautomat. Ich bin sicher, dass die meisten Vorstädter aus Mangel an Möglichkeiten schon um zehn bewegungsunfähig vor dem Fernseher liegen, weil Anne Will oder Frau Maischberger sie ins Koma gequatscht haben.«

Christian muss lachen. »Schon mal dran gedacht, dass die meisten Menschen, die weiter draußen leben, Kinder haben, die morgens um sechs auf der Matte stehen und bespaßt werden wollen?«

Ich schaue Christian von der Seite an. Das hört sich irgendwie so an, als würde er aus eigener Erfahrung sprechen, und ich merke, dass ich, obwohl wir einen ganzen Abend miteinander verbracht haben, noch nicht sehr viel über ihn weiß. Die meiste Zeit hab ich geredet, und zwar ausschließlich über mich. Zu meiner Verteidigung muss ich allerdings sagen, dass ich ja nun mal so einiges nachzuholen hatte. Christian hat mir zwar erzählt, dass er Single ist, was ja aber nicht heißt, dass er noch nicht verheiratet war oder keine Kinder hat. Mittlerweile ist ja die Scheidungswelle schon tsunamigleich über ein Drittel meiner Altersgenossen hinweggerollt, was mir wieder einmal vor Augen führt, dass ich noch nicht viel hinbekommen hab, noch nicht mal eine gescheiterte Ehe.

»Hast du Kinder?«, frage ich Christian.

»Ja, einen Sohn. Zehn Jahre alt.«

Das ist das erste Mal, dass ich eine Art Wehmut in seinem Gesicht sehe, die das fast stete Lachen kurz aus seinem Gesicht wischt. Ich bin mir nicht sicher, ob ich noch mehr fragen sollte, aber er spricht von alleine weiter.

»Er lebt bei meiner Exfrau in Bonn. Ich seh ihn alle zwei Wochen, viel zu selten.«

Er seufzt und wirkt sehr traurig. Ich drücke seine Hand, weil ich nicht weiß, was ich sagen soll. Meine Geste treibt wieder ein kleines Lächeln in sein Gesicht und ich bin erleichtert, hoffe aber gleichzeitig, dass er meine Geste als das erkennt, was sie ist, nämlich als eine rein freundschaftliche.

Die Abstände zwischen den Häusern werden immer größer, was mir zeigt, dass wir bereits im Ü-150 000-Netto-Viertel angekommen sind. Die Häuser weichen außerdem immer weiter von der Straße weg und versuchen sich hinter großen Tannen und perfekt geschnittenen Hecken zu verstecken. Christians Navigationssystem zeigt an, dass wir noch zweimal abbiegen müssen und dann an unserem Ziel angekommen sind. Eine Ecke später gebe ich ihm ein Zeichen, dass er anhalten und das Licht ausmachen soll. Hier ist so wenig los, dass jedes Auto auffällt. Ein Segen, dass der Prius fast nicht zu hören ist, auch wenn ich gestern noch aus genau diesem Grund davorgerannt bin.

»Bist du dir wirklich ganz sicher, dass du das machen möchtest?«, fragt mich Christian noch mal.

»Ich bin ganz sicher, Christian, und ich möchte außerdem, dass du jetzt einfach nach Hause fährst. Ich will dich in nichts mit reinziehen. Ich komm schon irgendwie wieder in die Stadt. Versprochen?«

Er nickt zaghaft. Dann greife ich mir den Rucksack mit den Sprühdosen, den ich auf die Rückbank geschmissen habe, steige aus dem Wagen und schließe ganz leise die Autotür. Es ist unglaublich still in Marienburg. Kein Anzeichen für die Existenz von menschlichem oder tierischem Leben, noch nicht mal Hundescheiße auf dem Gehweg. Ich habe nicht den Schimmer einer Ahnung, warum man hier wohnen will, außer vielleicht wenn man homophob ist oder so aussieht wie ich. Allerdings muss ich zugeben, dass auf Roland meines Erachtens beides nicht zutrifft und auf seine Frau wahrscheinlich auch nicht.

Rolands Haus versucht sich hinter ein paar Bäumen zu verstecken, was ihm aber nicht ganz gelingt, weil die Bäume noch ziemlich jung und lichtdurchlässig sind. Ich stehe vor dem Holzzaun und schaue durch eine Tannenlücke zu dem zweistöckigen Gebäude. Es ist weiß, modern und groß, Stilrichtung Bauhaus würde ich sagen. Geschmack hat er ja, der Arsch.

Vor dem Haus befindet sich der obligatorische Basketballkorb für die verwöhnten und amerikanisierten Neureichen-Blagen und natürlich eine große Terrasse mit feinsten Teakholzmöbeln und einem High-Tech-Monster-Gas-Grill, der wahrscheinlich so viel gekostet hat wie ein gebrauchter Kleinwagen. Ich will mir gar nicht vorstellen, wie Roland hier Tofuburger und Biobratwürste auf den Grill schmeißt und einen auf glückliche Familie macht.

Mein Blick schweift über das Haus. Auf beiden Etagen brennt kein Licht, so wie ich es mir gedacht habe. Ich bin mir sicher, dass Mr Quacksalber bereits mit seiner Gattin im Bett liegt und pennt. Roland ist schon immer früh ins Bett gegangen, was mir damals fürchterlich auf die Nerven ging. Spätestens um halb elf kam das erste Gähnen und exakt zehn Minuten später der Satz »So, schon spät, ich geh dann mal ins Bett« und das auch, wenn ein Film, den wir uns den ganzen Abend lang angesehen haben noch lief, unabhängig davon, ob er gut oder schlecht war. Auch am Wochenende. Heute bin ich froh darüber, dass er so unglaublich spießig ist. Neben dem Haus entdecke ich die Einfahrt zu einer riesigen Doppelgarage, in der locker zwei Hummer Platz hätten. Ist ja auch wichtig, dass Frauchen ihren schnuckeligen BMW sicher parken kann und nicht aus dem Auto steigen muss, um das Garagentor zu öffnen. Ein Regentropfen könnte ihr die 120-Euro-Frisur verwüsten oder das zarte Chanelkleidchen versauen. Meine Phantasie geht mit mir durch, ich kenne die Frau noch nicht mal.

Gott sei Dank ist der Zaun an dieser Stelle nicht so hoch, so dass ich kein Problem haben werde, darüberzuklettern. Das Wichtigste ist allerdings: Man kann die Garage hervorragend von der Straße aus sehen. Schließlich sollen ja auch oder insbesondere die Nachbarn was von meiner kleinen bunten Aktion haben. Ich schiebe die Tüte mit den Spraydosen durch den Zaun und klettere ziemlich ungeschickt über die spitzen Holzpfosten. Gebückt schleiche ich mich zu den Garagen, immer den Blick auf das Haus gerichtet, ob sich was tut. Der Kies knirscht unter meinen Turnschuhen. An den Garagen angekommen, nehme ich mir sofort eine der beiden Sprühdosen und fange an, in den größtmöglichen blutroten Buchstaben an die Garage zu sprühen. Ich schreibe so groß, dass das Wort über beide Garagen reicht, und zum Schluss knubbeln sich die Buchstaben sogar ein bisschen. Macht aber nichts, schließlich ist das kein Kalligraphiewettbewerb hier, sondern eine astreine Racheaktion.

Als ich fertig bin, trete ich einen Schritt zurück und betrachte mein Werk. Es hat sich definitiv gelohnt, ein bisschen mehr Geld für die fluoreszierende Farbe auszugeben. Leider ist aus ursprünglich zwei Wörtern eins geworden. Aber Hauptsache jeder kann lesen, was auf der Garage von Herrn Saubermann steht, der Rest ist egal. Zufrieden trete ich den Rückzug an. Als ich über den Zaun klettere, bleibe ich mit der hinteren Hosentasche am Zaun hängen und ramme mir die Zaunspitze in den Hintern. Ich schreie kurz auf und fluche dann leise. Jetzt habe ich mir wegen diesem Vollidioten auch noch den Arsch aufgerissen, tolle Wurst.

Ein Hund fängt auf dem Nachbargrundstück an zu bellen, und ich mache mich, so schnell es eben mit einem zweiten Loch im Hintern geht, vom Acker. Das Bellen kommt immer näher, jemand ruft »Hasso!?«, womit wahrscheinlich der Hund gemeint ist, dann folgt ein »Hey Sie! Bleiben Sie stehen!«, das wiederum höchstwahrscheinlich an mich gerichtet ist. Ich glaube nicht, dass gerade mehrere Menschen in Marienburg flüchten. Als ich um die Ecke rase, knalle ich voll gegen ein Auto, das gerade lautlos und ohne Licht vorgefahren kommt. Ich falle auf meinen sowieso schon schmerzenden Hintern und habe ein Déjà-vu. Nur dieses Mal kommt niemand um das Auto gelaufen, um mir aufzuhelfen. Lediglich die Beifahrertür wird von innen geöffnet, und Christian, der halb auf dem Fahrersitz und halb über dem Beifahrersitz hängt, sagt: »Alles in Ordnung?«, ich nicke, »Dann los! Steig ein!« Eigentlich sollte ich ja sauer sein, dass er nicht auf mich gehört hat und sogar ein Versprechen gebrochen hat. Ich höre, wie das Bellen näher kommt, rapple mich schnell hoch und lasse mich völlig außer Atem auf den Beifahrersitz fallen. Christian fährt lautlos und ohne Licht in die Nacht. Aus dem

Augenwinkel sehe ich einen Mann und einen riesigen Hund, die gerade um die Ecke biegen. Ich bin doch ein bisschen froh, dass Christian auf mich gewartet hat. Wir entfernen uns schnell, und ich bin mir sicher, dass der Mann ohne Licht das Kennzeichen des Wagens nicht erkennen kann. Es sieht so aus, als wäre ich, beziehungsweise als wären wir, entkommen.

»Und, fühlst du dich jetzt besser?«, fragt er mich, als wir wieder in die beleuchtete Großstadt zurückkehren und ich mich ein wenig beruhigt habe. Ich muss kurz nachdenken.

»Absolut!«

»Was hast du überhaupt gemacht?«

»Ich habe Rolands Doppelgarage ein wenig verschönert!«

»Und wie? Hast du sie mit Blümchen bemalt?«

»So ähnlich! Aber ich hab nicht gemalt, sondern geschrieben.«

»Und was?«

»ArschStümper!«

»Arschstümper?«

»Ja, ArschStümper! Was ist daran so schwierig?«

»Das ist alles? Arschstümper? Was genau soll das denn heißen? Hat dir dein Ex auch den Allerwertesten verkleinert ... oder warum Arschstümper?« Christian ist sichtlich amüsiert, was mich ärgert.

»So was kann der doch gar nicht. Der hätte ihn mir wahrscheinlich aus Versehen aufgepumpt statt abgesaugt. Obwohl ich fast das Gefühl habe, dass er es tatsächlich getan hat, wenn ich mir meinen Hintern so anschaue. Zumindest ist er schuld daran, dass ich mindestens vier Kilo zugenommen habe, seit er mich verstümmelt hat. Also passt das schon mit dem ArschStümper.«

»Na ja, Hauptsache, du fühlst dich jetzt besser.«

»O ja, das tue ich!«, sage ich trotzig. »Aber weißt du was?«

»Was?«

»Vielleicht sollte ich zur Verdeutlichung doch noch ›Gesichtsverstümmler‹ unter den ›ArschStümper‹ schreiben. Meinst du, wir können noch mal umdrehen?«

»Nein! Das können wir nicht.«

»Warum nicht? Können Hybridautos nicht wenden?«

»Nicht, wenn sie von einem Tatort flüchten, an dem ein schlecht gelaunter Pitbull gemeinsam mit seinem Besitzer höchst wahrscheinlich gerade auf die Polizei wartet«, sagt er sehr bestimmt und hat wahrscheinlich auch recht. Es nervt mich, auch wenn ich in einem Alter bin, in dem mich so was nicht mehr nerven sollte, wenn andere recht haben und ich nicht.

»›Gesichtsverstümmler‹ hätte sowieso nicht auf die Garage gepasst!«

DREIUNDZWANZIG
Praxisverbot

Am nächsten Morgen klingelt das Telefon. Es ist erst 07:30 Uhr, und ich melde mich verschlafen.

»Jaaah …«

»Jessica?«

»Jaaaa?«

»Roland hier! Sag mal, spinnst du eigentlich?«

Ich bin sofort hellwach. Woher weiß er … – weiß er überhaupt?

»Worum geht's denn bitte?«, frage ich steif.

»Worum es geht?«, schreit Roland mich an, »du weißt verdammt gut, um was geht.«

»Ich habe keine Ahnung, wovon du redest, Roland. Es ist noch ziemlich früh, und du schreist mich an. Ich glaube, ich würde jetzt lieber wieder ins Bett gehen.«

»Das kann ich mir gut vorstellen, so nachtaktiv wie du gestern warst.«

Mist! Er weiß es tatsächlich. Ob der Nachbar mich vielleicht doch erkannt hat? Kann eigentlich nicht sein. Wer soll mich in komplett schwarzen Klamotten, mit Schal über der Hälfte des Gesichts, Sonnenbrille und Mütze bitte schön erkennen? Und trotzdem muss ich einen Fehler gemacht haben.

»Nachtaktiv? Ich? Ich weiß wirklich nicht, was –«

»O doch! Das weißt du ganz genau. Du hast *ArschStümper* an meine Garage geschmiert!«

»Was? *ArschStümper*? Was soll das überhaupt heißen?«, frage ich übertrieben entsetzt, »also entweder man ist ein Arsch oder ein Stümper aber ein ... was stand da?« Ich höre ein Schnauben am anderen Ende der Leitung, freue mich diebisch darüber und mache weiter: »Also ich kann das nicht nachvollziehen, für mich bist du eher ein Stümper aber ... wie gesagt, es tut mir leid, ich war's nicht!«

»Natürlich warst du es, Jessica. Es gibt nur eine Frau, die das »s« so schreibt wie du, und es gibt nur eine Frau, die so ein bescheuertes Schimpfwort benutzen würde.«

Mist! Das »s«! Daran hatte ich nicht gedacht. Mein »s« hat einen ganz besonders eigenwilligen Schwung, der jedem sofort auffällt. Meine Lehrer in der Grundschule haben jahrelang versucht, mir das abzugewöhnen, sind aber allesamt gescheitert. Ich hätte den *ArschStümper* definitiv nicht in Schreibschrift schreiben dürfen!

»Glaub doch, was du willst, Roland. Ich war's nicht! Aber derjenige, der es war, hat verdammt recht! Also mit Stümper!« Damit knalle ich den Hörer auf die Gabel. Sofort klingelt das Telefon wieder.

»Ich warne dich, Jessica. Ich zeig dich an, wenn so was noch mal vorkommt und das mein ich verdammt ernst. Ich werde es mir nicht gefallen lassen, dass du mich und meine Familie diffamierst.«

»Und ich lasse nicht zu, dass du mich und andere Menschen verstümmelst!«

Damit lege ich wieder auf. Zwei Minuten später klingelt es erneut. So langsam geht mir dieser Nichtskönner echt auf die Nerven. Ich nehme den Hörer.

»Was ist denn jetzt noch, verdammt noch mal?«

»Frau Kronbach?«

Offensichtlich ist das nicht Roland.

»Ja, wer denn sonst? Wer is'n da?«, frage ich genervt

»Hier Rademann, ihr Chef. Und ich sag Ihnen auch gerne, was jetzt verdammt noch mal noch ist, Frau Kronbach.«

»Das ist aber eine nette Idee,« hüstle ich so freundlich es irgendwie geht.

»Frau Kronbach, im Ernst: Wann kommen Sie wieder? Die Anfragen stapeln sich, außerdem habe ich eine Beschwerde von einem sehr wichtigen Kunden, der sagt, Sie hätten ihm ein heißes Bad empfohlen und einfach aufgelegt, anstatt ihm den Kundendienst zu schicken. Stimmt das?«

»Na ja, also ganz so war das jetzt bestimmt nicht ...« Ich versuche krampfhaft mich zu erinnern, mir fällt aber nur dunkel irgendein Kunde ein, der mich genervt hat, als ich mich um den Partyservice für meinen Geburtstag gekümmert habe. Ich verdränge den Gedanken und versuche, mich wieder auf das Gespräch mit meinem dusseligen Chef zu konzentrieren.

»Herr Rademann, da hat der Kunde was falsch verstanden, das habe ich natürlich so nie gesagt!«

»Und warum haben Sie dann nicht den Kundendienst beauftragt?«

»Das kann ich Ihnen nicht sagen, schließlich bin ich krank und zu Hause und kann meine Gedanken ganz schwer ordnen, also wegen der Kopfschmerzen, die ich noch habe.« Um mein Kranksein noch zu unterstreichen, huste ich wie eine Tuberkulosepatientin im Endstadium. Herr Rademann bleibt unbeeindruckt.

»Das ist mir schon klar, Frau Kronbach. Aber Ihre Krankschreibung geht nur noch bis Freitag. Ich erwarte von Ihnen, dass sie am Montag hier wieder antreten! Wiederhören!«

Er hat aufgelegt, bevor ich noch irgendetwas dazu sagen kann, dieser Sklaventreiber. Das ist doch illegal, einen Mitarbeiter so unter Druck zu setzten. Vielleicht sollte ich auch mal bei Herrn Rademanns Garage vorbeischauen. Und wieso ruft der mich überhaupt über Festnetz an? Unangenehmen Leuten gebe ich grundsätzlich nur meine Handynummer und speichere sofort deren Nummer in meinem Handy. Herrn Rademann habe ich unter Osama eingespeichert, mein Vermieter heißt Saddam und Frau Kaufmann von der Sparkasse ist die Blutgräfin. Hätte Herr Rademann mobil angerufen, wäre das mit der zugegeben leicht unhöflichen Begrüßung gar nicht erst passiert.

Ich suche mein Handy und finde es unter meinen Sitzkissen. Der Akku hat sich verabschiedet. Ich schließe das Telefon ans Stromnetz an und schalte es ein. Sofort blinken mir drei Anrufe in Abwesenheit von meinem Chef und eine Mailboxnachricht entgegen. Vielleicht hat Julia sich ja doch endlich gemeldet. Erste neue Sprachnachricht, Gestern 21:00 Uhr: Hi, Jessi, Jens hier. Ich war gestern bei dir, du warst aber nicht da. Hab so 'ne komische Nachbarin von dir getroffen, die irgendwas faselte, von wegen, du wärst verrückt geworden oder so. Total krass! Meld dich doch bitte mal, sonst muss ich mir vielleicht doch Sorgen machen, dass dir das hübsche Oberstübchen durchgebrannt ist ... also meld dich bitte! Auch wegen der Wohnung, die ich immer noch suche!

Ende der neuen Sprachnachrichten.

Keine Nachricht von Caro, keine Nachricht von Simone und keine Nachricht von Julia. Ich bin schwer enttäuscht von den dreien, insbesondere von Julia, der ich mittlerweile bestimmt dreißig Nachrichten auf ihrem komischen Anrufbeantworter hinterlassen habe. Bei Jens muss ich mich unbedingt melden, sonst denkt der womöglich wirklich noch, dass ich völlig meschugge geworden bin. Aber was soll ich ihm sagen? Dass ich mittlerweile aussehe wie ein frisch erschüttertes Erdbebengebiet? Ich schreibe Jens eine SMS: Hi, Jens, das war wahrscheinlich Frau Raabe. Einsame alte Frau, die heute Morgen in die Psychiatrie eingeliefert wurde. Mach dir keine Sorgen, bei mir alles total normal. Meld mich die Tage. LG Jessi

Erstes Problem zumindest im Ansatz gelöst. Das nächste Problem ist die Krankmeldung. Ich kann unmöglich am Montag ins Büro gehen. Ich darf gar nicht daran denken, wie meine Kollegen auf mein Aussehen reagieren würden. Wahrscheinlich würden sich alle über das neue Gesicht der Firma totlachen. Christine würde sich auf jeden Fall ein Loch in den Bauch freuen, weil damit der Weg für sie zur Miss Interpool endgültig frei ist. Wenn ich mir vorstelle, dass ich jeden Morgen in Christines windschiefe Hackfresse gucken muss, die mich vom Plakat über der Eingangstür anlächelt, wird mir schlecht. Ich nehme das Telefon und wähle Rolands Nummer. Der brauch gar nicht denken, dass er aus der Sache raus ist!

»Was willst du noch, Jessica?«, fragt er barsch.

»Eine nettere Begrüßung wäre ein Anfang!«

»Ich finde, es gibt keinen Grund mehr, nett zu dir zu sein.«

»Eine Krankmeldung würde mir auch schon reichen. Ich kann unmöglich so ins Büro gehen.«

»Vergiss es, Jessi. Wenn du nachts meine Garage beschmieren kannst, dann kannst du auch arbeiten. Ich wünsch dir was!«

Bevor ich mich aufregen kann, hat Roland auch schon wieder aufgelegt. Das mit der Auflegerei wird langsam zu einer unangenehmen Modeerscheinung. Ich drücke die Wahlwiederholungstaste, es ist besetzt. Ich versuche es noch eine halbe Stunde lang, auch mit unterdrückter Nummer, aber es ist immer besetzt. In der Praxis scheitere ich an der Sprechstundenbohnenstange, die sich weigert, mich zu Roland durchzustellen.

»Vielleicht sollte ich persönlich vorbeikommen!«, drohe ich ihr.

»Tun Sie, was Sie nicht lassen können. Ich werde Sie aber so oder so nicht zum Doktor lassen. Sie haben Praxisverbot.« Damit legt sie auf und liegt damit ebenfalls voll im Trend. Vor Wut trete ich gegen eine Aufbewahrungsbox, die auf dem Boden steht. Die Box fliegt zwei Meter weit und verteilt während des

Fluges jede Menge Fotos auf dem Boden. Ich bücke mich und nehme eines der Bilder in die Hand und betrachte es genau. Es sind die Abzüge von den Fotos für die Miss-Interpool-Kampagne. Ich im Bademantel, lächelnd neben der »Quirlie 2000« in hundert verschiedenen Posen, immer lächelnd, immer total glücklich darüber, neben so einer sensationellen Badewanne stehen zu dürfen.

Damals war ich so stolz darauf, fand mich unglaublich sexy und umwerfend. Jetzt sehe ich etwas anderes in den Fotos: eine geschminkte Schaufensterpuppe im Bademantel, die dümmlich und maskenhaft grinsend neben einer beschissenen Badewanne steht, als hätte sie gerade den Oscar gewonnen.

Ich lege die Fotos beiseite, in der Hoffnung, dass es sich vielleicht nur um eine Wahrnehmungsstörung handelt. Ein paar Minuten später schaue ich sie mir erneut an, nur um festzustellen, dass ich mich noch schlimmer finde als vorher. Das soll ich gewesen sein? Unfassbar ... Ich gehe in die Küche, nehme ein Feuerzeug und verbrenne die Fotos in der Spüle. Ich beobachte, wie sich das Papier langsam wellt und mein lächelndes Gesicht erst braun, dann schwarz wird und schließlich völlig auseinander fällt.

Nachdem ich alle Fotos so weit verbrannt habe, nehme ich die Reste, kippe sie in die Toilette und spüle mehrfach. Vielleicht treffen sie ja in der Kanalisation meine Post-its und freunden sich mit ihnen an! Danach fühle ich mich ein bisschen so, wie man sich fühlt, wenn man gerade gekotzt hat und das Gift, das die Übelkeit verursacht hat, endlich den Körper verlassen hat. Auch ein übler Nachgeschmack ist da. Ich sprühe mir eine Ladung Odol in den Mund und rufe dann in der Praxis von Dr. Heintze an, dem Chirurgen mit den Hirschen im Sprechzimmer, und sage der Sprechstundenhilfe, dass ich eine Krankmeldung brauche.

»Da müssen Sie schon vorbeikommen. Das muss der Doktor entscheiden.«

VIERUNDZWANZIG
Die Vorher/Nachher-Show

Um Viertel nach zehn ruft mich die Sprechstundenhilfe ins Zimmer von Dr. Heintze. Der sitzt bereits an seinem riesigen Mahagonischreibtisch unter seinen fressenden Hirschen und Rehen und hackt mit einem Finger etwas in seinen PC, wobei er nach jedem Buchstaben den Blick von der Tastatur hebt und in den Bildschirm schaut. Ich trete vor den Schreibtisch, und er bemerkt erst jetzt, dass jemand ins Zimmer gekommen ist.

»Ach, guten Tag, Frau …«, er greift nach der Patientenakte, »ähhh, Frau Kronbach. Was kann ich für Sie tun?« Er schiebt die Tastatur zur Seite und legt stattdessen meine noch recht jungfräuliche Krankenakte vor sich.

»Ich brauche eine Verlängerung meiner Krankschreibung.«

Er liest in aller Ruhe in meiner Akte und schaut mir dann ins Gesicht.

»Ach ja, die Ptosis. Lassen Sie mal sehen.«

Er kommt um den Schreibtisch rum und betrachtet mein Gesicht eingehend.

»Na, das sieht doch schon wesentlich besser aus.«

Er schaut zufrieden, so als wäre das, was gar nicht vorhanden ist, auch noch sein persönlicher Verdienst.

»Was sieht denn da bitte besser aus?«

Ich bin ehrlich erstaunt und irritiert. Nichts hat sich verbessert, ich sehe definitiv noch genauso schlimm aus wie vor einer Woche – und als ob der noch genau wüsste, wie ich vor sieben Tagen aussah. Ich hätte die Fotos von meiner Lippe mitnehmen sollen.

»Na, ich würde sagen, die Ptosis ist leicht zurückgegangen,

und auch die Auswirkungen der Nesselsucht sind meines Erachtens geringfügiger. Ich denke, Sie können so auf jeden Fall wieder zur Arbeit.«

»Wie bitte? Sie wollen mich so ins Büro schicken?«

Ich lasse vor Schreck meine Handtasche fallen, die auf meinem Schoß lag, und muss sie nun umständlich wieder unter dem Mahagonikoloss hervorholen. Dr. Heintze spricht ungerührt weiter: »Na ja, warum nicht. Das Ganze ist schließlich nicht ansteckend.«

Ich bin vollkommen entsetzt. Dieser Mann will mich tatsächlich ins Verderben rennen lassen. Als ich wieder unter dem Schreibtisch hervorkomme stoße ich mir meinen Kopf schmerzhaft an der Tischkante. Aber das interessiert Herrn Dr. Heintze auch nicht. Wahrscheinlich könnte ich hier vor seinen Augen blau anlaufen und elendig krepieren, und er würde mich trotzdem zur Arbeit schicken.

»Aber Herr Dr. Heintze! Es geht doch nicht darum, ob das ansteckend ist. Was glauben Sie, wie meine Kollegen reagieren, wenn die mich so sehen! Ich bin das Gesicht der Firma, das zurzeit aussieht wie eine Pizza. Die werden mich jahrelang aufziehen. Können Sie sich denn gar nicht in eine Frau versetzen, die nicht völlig verunstaltet ins Büro gehen will?« Ich schaue Dr. Heintze flehend an, und er scheint kurz nachzudenken.

»Nein. Das kann ich nicht, tut mir leid! Ich schreib Ihnen noch eine Salbe auf, damit keine Narben im Gesicht bleiben.«

Er nimmt seinen Rezeptblock, schreibt was drauf, reißt den Zettel ab und hält ihn mir hin.

»Alles Gute, Frau ... ähh ... Kronbach.«

Als ich vor der Praxis von Herrn Dr. Heintze auf der Straße stehe, verwandelt sich meine Sprachlosigkeit in unkontrollierte Wut. Ich trete gegen den Mülleimer, der an einer Laterne angebracht ist. Die alten und rostigen Klammern, die den Mülleimer an der

Laterne gehalten haben, lösen sich und der Mülleimer fliegt in hohem Bogen auf die Straße, wo er leere Coladosen, Bierflaschen und einen halben Döner ausspuckt. Ein weißer und tiefergelegter Opel mit rotem Rallyestreifen legt eine satte Vollbremsung hin und kommt quietschend zum Stehen. Der Fahrer, der aussieht wie Meister Proper in unfreundlich, dreht die Fensterscheibe runter und brüllt aus seinem popeligen Auto raus:

»Sach ma, wer hat dir denn ins Jehirn jeschissen?«

»Das geht dich einen Scheißdreck an, du Arschkrampe!«, schreie ich zurück.

»Arschkrampe? Hasse ma in Spiegel jekuckt, du Vojelscheuch?«

Jetzt verliere ich den letzten Rest meiner Beherrschung. Wütend stampfe ich auf das Auto zu und trete voll gegen die Fahrertür. Die Delle bleibt. Ich renne, was das Zeug hält. Um mich zu verfolgen, muss Meister Proper aus dem Auto steigen und erst mal die Mülltonne wegräumen. In der Zeit biege ich in eine kleine Seitenstraße ein, die er nicht einsehen kann, biege noch mal ab und verschwinde in einem Bürohaus, aus dem gerade eine Frau kommt. Ich schließe mich etwa zwanzig Minuten ins Klo ein, gleichzeitig froh, diesem Asi entkommen zu sein und stocksauer, dass ich am Montag wieder zur Arbeit soll. Und während ich hier auf einem Klo hocke und mein Leben von Tag zu Tag mehr den Bach runtergeht, macht Dr. Roland Stümper einfach weiter, als ob nichts gewesen wäre. So darf der einfach nicht davon kommen. Ich muss was tun, und ich weiß auch schon was!

An der nächsten Straßenecke gehe ich in ein Internetcafé, tippe die Adresse von »Interpool« in den Browser und blicke sofort in mein lächelndes und unversehrtes Gesicht. Ich suche eine Seite raus, auf der ich besonders gut zu erkennen bin, und drucke sie aus. Dann öffne ich Word und verfasse einen kurzen Text, den ich ebenfalls ausdrucke.

Nachdem ich meine Zeit im Netz bezahlt habe, gehe ich zum nahe gelegenen Bahnhof und setze mich in einen Passfotoautomat. Ich wähle das größtmögliche Bild, ziehe Sonnenbrille, Mütze und Schal aus und reibe mir mit einem feuchten Erfrischungstuch das Camouflage aus dem Gesicht. Das 4711 brennt fürchterlich auf meiner entzündeten Haut, aber das kann ausnahmsweise mal hilfreich sein. Dann drücke ich auf das Knöpfchen, und zehn Sekunden später blitzt es viermal nacheinander. Ich versuche so leidend und unglücklich wie nur möglich zu gucken, was mir nicht schwerfällt und auch gelungen ist, wie ich sehen kann, als die vier Fotos aus dem Lüftungsschlitz des Automaten gleiten.

Als nächstes gehe ich in den Copyshop, lege die beiden Bilder nebeneinander auf ein Blatt Papier, schreibe links »Vorher« und rechts »Nachher« über die Fotos und klebe sie fest. Der Unterschied auf den beiden Bildern ist wirklich erschreckend, ich bin mir noch nicht mal sicher, ob man erkennt, dass es sich auf beiden Bildern um ein und dieselbe Person handelt. Dann leihe ich mir eine Schere, schneide den Text, den ich geschrieben habe, aus und klebe ihn unter die beiden Bilder:

Dringende Patientenwarnung!

Was Sie auf den Fotos sehen, ist das Ergebnis einer fehlerhaften Behandlung durch Roland Schübel. Begeben Sie sich nicht in die Hände dieses Arztes, wenn Sie nicht auch so aussehen wollen, wie die Frau auf dem Foto. Der Mann ist gemeingefährlich!

ACHTUNG! Roland Schübel ist ein unfähiger Arzt! ACHTUNG! Gehen Sie nicht zu diesem ArschStümper! ACHTUNG! Wenn Ihnen Ihr Äußeres lieb ist, bleiben Sie diesem Arzt unbedingt fern!

Ich muss zugeben, dass ich mit diesem Text wahrscheinlich nicht den Pulitzerpreis gewinnen würde, aber darum geht es jetzt auch nicht. Ich kopiere das Ganze 200-mal und mache mich auf den Weg zu Rolands Praxis. Dort stelle ich mich vor die Eingangstür. Als erstes drücke ich einer Passantin mittleren Alters meinen Zettel in die Hand. Die nimmt ihn, schaut kurz drauf und geht dann völlig ungerührt weiter. Ich beobachte, wie sie den Zettel ungelesen in einen Papierkorb wirft. Am liebsten würde ich ihr hinterherlaufen, ihr mein Gesicht direkt vor die Nase halten und sie dann fragen, ob ihr das Schicksal ihrer Mitmenschen wirklich so am Arsch vorbei geht. Die nächste Frau ist mindestens 80 Jahre alt, bleibt aber interessiert stehen.

»Ist das die aktuelle Ausgabe der Straßengazette?«

»Straßengazette?«, frage ich sie.

»Ja, die Obdachlosenzeitschrift, die kauf ich doch immer. Ist das die September-Ausgabe?«

Um nicht erneut zu randalieren, atme ich sehr tief ein und wieder aus und zähle innerlich bis fünf.

»Nein, gute Frau, das ist nicht die Straßengazette! Das ist eine Aktion gegen einen schlechten Arzt.«

»Na, dann geben Sie mal her.«

Ich drücke ihr meinen Flyer in die Hand. Sie kramt daraufhin in ihrer Manteltasche, fischt einen Euro heraus und gibt ihn mir. Dann wackelt sie unsicher davon. Ich lasse mich aber nicht entmutigen. Im Gegenteil!

Ich verteile meine Zettel an alle, die nur in die Nähe der Praxis kommen, schiebe sie unter die Wischer von jedem Auto im Umkreis von 300 Metern. Als ich ein paar grölende FC-Fans an der Straßenbahnhaltestelle stehen, kommt mir eine Idee. Ich rase in den Kiosk auf der gegenüberliegenden Straßenseite und kaufe schnell einen Kasten Kölsch. Ich schleppe den Kasten zur Haltestelle, stelle ihn den Jungs vor die Füße, und überrede sie damit, mir einen kleinen Gefallen zu tun. Schon auf dem Weg zu Rolands Praxis brüllen die Fünf mit den roten FC-Schals lautstark »HALT DICH VOM SCHÜBEL FERN!« auf die Melodie von »Du hast die Haare schön«. Vor der Praxis machen sich die Jungs erst mal ein Bier auf, um dann noch lauter das komplette Viertel mit »HALT DICH VOM SCHÜBEL FERN, HALT DICH VOM SCHÜBEL FERN – HALT DICH; HALT DICH VOM SCHÜBEL FERN« zu beschallen. Ich bin total begeistert und mach mir zur Feier des Tages auch ein Bier auf. Es dauert nicht lang, bis Roland aus der Tür schießt. Sein Gesicht ist rot und wutverzerrt, und er hat einen meiner Flyer in der Hand.

»Jessica! Es reicht! Du verschwindest sofort von hier!«

Er fuchtelt mir mit dem Zettel vor dem Gesicht rum. Die Jungs machen einfach weiter: »HALT DICH VOM SCHÜBEL FERN, HALT DICH VOM SCHÜBEL FERN, HALT DICH VOM SCHÜBEL FERN«

»Das werde ich nicht tun, lieber Roland«, entgegne ich und bin dabei so ruhig wie ein umgekippter Waldsee im Morgengrauen. Ich entreiße Roland den Flyer wieder. Er versucht, mir daraufhin alle Zettel wegzunehmen, ich drehe mich aber rechtzeitig zur Seite, und er stolpert auf den Gehweg, was ein bisschen nach einer Slapstick-Einlage aussieht und mich zum Lachen bringt.

Meine Fußballjungs stellen sich schützend vor mich, klatschen und skandieren jetzt »ZIEHT DEM SCHÜBEL DEN WEISSEN KITTEL AUS! DEN WEISSEN KITTEL AUS! DEN WEISSEN KITTEL AUS!«

Als Roland sieht, dass er keine Chance gegen uns hat, stapft er wütend zurück zu seiner Praxis ohne mich eines weiteren Blickes zu würdigen.

»DU KANNST NACH HAUSE GEHN! DU KANNST NACH HAUSE GEHN!«, untermalen die Jungs seinen Abgang und ich jubele! Als Roland verschwunden ist, verabschieden sich die fünf FC-Fans zu ihrem Spiel ins Stadion und wünschen mir noch viel Glück mit meiner Aktion. Ich verteile weiter fleißig Flyer an alle

Passanten. Keine fünf Minuten später biegt die Polizei um die Ecke, was ich mir ja eigentlich hätte denken können. Ich sollte das Weite suchen, aber mir ist schnell klar, dass es dafür zu spät ist. Außerdem hab ich mein Fahndungsfoto ja gerade großzügig an die Kölner Bevölkerung verteilt, es hätte also absolut keinen Sinn, davonzulaufen, zumal der Wagen bereits vor meiner Nase angehalten hat. Eine junge Polizistin und ein vielleicht fünfzigjähriger Polizist mit Schnauzbart steigen aus und kommen direkt auf mich zu.

»So, guten Tag die Dame, können Sie uns mal bitte sagen, was Sie hier machen?«, fragt mich der Polizist.

»Ich kläre auf!«

»Aha! Und darf man fragen, wen Sie hier über was aufklären?« Er guckt mich an, als wäre ich nicht mehr ganz richtig im Kopf.

»Ich warne die Menschen vor einem völlig unfähigen Arzt!«

»Meinen Sie Dr. Schübel mit dem unfähigen Arzt? Der hat uns nämlich angerufen. Geben Sie mir doch mal bitte einen Ihrer Zettel, die Sie hier so großzügig verteilen.«

Ich gebe ihm den Zettel, er liest ihn sich in aller Ruhe durch.

»Sie wissen schon, dass das Verleumdung und damit verboten ist?«

»Wieso Verleumdung? Es entspricht alles den Tatsachen, und Tatsachen darf ich ja wohl weitergeben, oder?«

»Geben Sie mir doch mal bitte Ihren Ausweis.«

Ich fange an, in meiner Tasche zu kramen und fische meinen Ausweis nach gefühlten zehn Minuten aus einem Seitenfach. Der Polizist sieht ihn sich genau an und ruft dann seine Kollegin. Jetzt gucken sich die beiden gemeinsam den Ausweis an.

»Ähm, sind Sie sicher, dass das Ihr Ausweis ist?«, fragt mich jetzt die Polizistin.

»Natürlich ist das mein Ausweis!«

Die beiden Polizisten tauschen einen bedeutungsschweren Blick, und die Polizistin schüttelt ihren Kopf. »Tja, da wir nicht sicher sind, ob Sie das wirklich sind, müssen wir Sie leider mit auf die Wache nehmen, um Ihre Personalien zu überprüfen. Steigen Sie doch bitte ein!«

»Aber das ist mein Personalausweis! Was gibt es da noch zu prüfen?«

»Nun ja, auf dem Bild sehen Sie ganz anders aus. Wir können Sie so nicht eindeutig zuordnen.«

»Ich seh anders aus?«, schreie ich ihn an, »was denken Sie denn, warum ich hier stehe? Ich stehe hier, weil ich nicht mehr so aussehe wie auf dem Foto! Weil ich, verdammt nochmal, nach einer Behandlung von Roland Schübel anders aussehe, Herr Superschlau!«

»Steigen Sie einfach ein, bitte!«

Die Polizistin öffnet die hintere Tür des Polizeiautos und wartet, dass ich mich auf den Rücksitz setze. Ich will aber nicht.

»Und dann wird man auch noch wie ein Schwerverbrecher abgeführt. Darf man in diesem Land nicht mal mehr die Wahrheit verbreiten«, krakeele ich. Ein paar Passanten sind mittlerweile stehen geblieben und beobachten die Szene.

»Die Wahrheit schon, aber manchmal gibt es eben unterschiedliche Wahrheiten, und da muss man erst mal rausfinden, welche die richtige ist. Dr. Schübels Wahrheit ist auf jeden Fall eine andere als Ihre. Und jetzt bitte!« Er deutet auf die immer noch offene Tür des Polizeiwagens.

In dem Moment kommt eine Frau vorbei, die in das Gebäude will, vor dem wir stehen. Ich drücke ihr natürlich sofort einen Flyer in die Hand. Der Polizist reißt ihn der Frau wieder aus der Hand.

»Entschuldigung, aber das ist Beweismaterial! Bitte gehen Sie weiter!« Mit diesen Worten schiebt er sie in den Hauseingang.

»Jetzt reicht es aber! Steigen Sie sofort ein!«, blafft er mich dafür an. Er reißt mir die restlichen Blätter aus der Hand, ich greife sofort wieder danach und reiße sie ihm meinerseits wieder aus der Hand! Die Polizistin kommt dazu und reißt meine Arme nach hinten. Die Flyer fallen zu Boden und verteilen sich auf dem Bürgersteig. Der Polizist flucht und versucht sie schnellstmöglich wieder einzusammeln, bevor der Wind meine Arbeit übernimmt und die Flyer im ganzen Viertel verteilt.

In diesem völlig bizarren Moment biegt ein Mann um die Ecke, ein Mann mit einem unverkennbaren Gang, leicht federnd in den Knien, mit einem leichten Ansatz zu O-Beinen: Es ist Jens, der da völlig ahnungslos auf uns zukommt. Wieso muss der ausgerechnet heute und um diese Uhrzeit hier rumlatschen? Es gibt eine Millionen Straßen in dieser Stadt, durch die man heute und um diese Uhrzeit laufen kann. Der liebe Gott muss im Moment wirklich richtig viel zu tun haben, wahrscheinlicher noch: Er hat mich einfach vergessen. Jens zögert, als er den kleinen Menschenauflauf bemerkt, geht dann aber weiter.

»Jetzt seien Sie doch vernünftig und steigen Sie in den Wagen, verdammt! Sie machen doch alles nur noch schlimmer!«

»Schon gut! Schon gut!«, sage ich schnell. »Ich bin vernünftig, sehr sogar! Ich steig ein!«

Jens ist in etwa auf unserer Höhe, als mich die Polizistin mit der Hand auf meinem Kopf in den Streifenwagen schiebt.

»Jessica?«, höre ich ihn plötzlich und leicht unsicher fragen. Gott sei Dank fällt in diesem Moment die Tür ins Schloss, und die getönten Scheiben schützen mich vor Jens' Blicken. Die Polizistin lässt sich währenddessen auf den Beifahrersitz fallen. Sie dreht sich zu mir um: »Kennen Sie den Mann? Kann der vielleicht Ihre Personalien bestätigen?«

»Nie gesehen. Können wir jetzt bitte losfahren?«

FÜNFUNDZWANZIG
Die Wache

»Kanzlei Westerhoff und Partner, Peter Subinsky mein Name. Was kann ich für Sie tun?«

»Jessica Kronbach hier. Kann ich bitte mal mit Caro sprechen?«

»Caro, äh, Frau Schüller ist im Moment in einer Besprechung. Ist es dringend?«

»Ja! Sehr!«

»Sind Sie sicher?«

»Ja, verdammt!«, blaffe ich ihn an.

»Ich frage das nur, weil ich das letzte Mal Ärger bekommen habe, als ich Frau Schüller für Sie zum zweiten Mal aus der Sitzung geholt habe.«

»Dann seien Sie beruhigt, dieses Mal ist es noch viel dringender.«

»Hmmm …«

»Unfassbar dringend! Und wichtig noch dazu.«

Herr Subinsky tut mir jetzt zwar ein bisschen leid, worauf ich in meiner Situation aber leider keine Rücksicht nehmen kann.

»Also gut, einen Moment bitte.« Ich höre, wie er den Hörer neben den Apparat legt. Während ich auf Caro warte, wandert mein Blick über den grauen, fleckigen Teppich, die abgenutzten Schreibtische und die zerbeulten Aktenschränke aus Metall. Man könnte meinen, man hätte mich in eine *Tatort*-Kulisse aus den frühen Achtzigern und nicht in eine moderne Polizeiwache aus dem 21. Jahrhundert gesetzt. Mich würde nicht wundern, wenn Schimanski und Thanner gleich zur Tür reinkommen würden.

»Jessi?«

»Caro, gut, dass du drangegangen bist, ich brauch deine Hilfe.«

»Jessi, wie geht's dir denn? Siehst du wieder normal aus?«

»Leider nicht. Aber darum geht es jetzt auch nicht. Kannst du mir einen Gefallen tun und auf die Polizeiwache kommen, auf der ich gerade bin?«

»Polizeiwache? Wieso? Hast du wieder einen Lippenstift geklaut?«

»Nein, ich hab nicht wieder einen Lippenstift geklaut!«, sage ich genervt, und die Polizistin hebt den Blick, »ich hab noch nie Lippenstift geklaut! Ich hab ein paar Flyer verteilt, und man hat mich deshalb verhaftet.«

»Verhaftet? Flyer? Was denn für Flyer? Und was soll ich da jetzt machen?«

»Das mit den Flyern erklär ich dir später! Das Problem ist, dass die hier glauben, dass ich den Perso von Jessica Kronbach geklaut hab!«

»Aber du bist doch Jessica Kronbach!?!«

»Eben. Und wenn du jetzt herkommst und denen genau das sagst, dann ist auch schon wieder alles gut.«

»Puh … ich hab ziemlichen Stress hier gerade. Reich mich doch mal weiter, dann sag ich denen, dass du Jessica Kronbach bist.«

»Ich glaub nicht …« Ich nehme den Hörer vom Ohr und frage die Polizistin, ob meine Freundin auch am Telefon meine Identität bestätigen kann, was diese natürlich verneint. Ich nehme den Hörer wieder ans Ohr.

»Nein, Caro, du müsstest schon vorbeikommen!«

Es dauert eine gefühlte Ewigkeit, bis Caro darauf etwas sagt.

»Wenn's nach mir ginge, würde ich das ja sofort machen, aber mein Chef lässt mich auf gar keinen Fall gehen. Kannst du nicht jemand anders fragen?«

»Aber ...«

»Jessi, echt, es tut mir leid, aber es geht wirklich nicht. Aber sag mal, was ist denn jetzt eigentlich mit deiner Geburtstagsparty. Steigt die? Ich müsste das so langsam mal planen.«

Ich kann nicht fassen, was ich da höre. Vielleicht sage ich deswegen: »Ich muss jetzt auflegen. Tschüs, Caro!«

Die Polizistin schaut mich mitleidig an. »Sind Sie sicher, dass das eine Freundin von Ihnen war? Wollen Sie jemand anderen fragen?«

Bevor ich antworten kann, klingelt mein Handy. Die Polizistin nickt mir aufmunternd zu: »Vielleicht ist das ja jemand, der Ihre Personalien bestätigen kann!«

Ich schaue aufs Display. Es ist Jens.

»Sie dürfen ruhig rangehen!«, fordert mich die Polizistin auf, und so wie sie es sagt, sollte ich das wahrscheinlich auch tun. Ich drücke auf den grünen Hörer und melde mich.

»Jessi! Gut, dass ich dich erreiche! Alles in Ordnung bei dir?«

»Ja klar! Alles bestens! Wieso fragst du?«

»Ich hab gedacht, man hat dich verhaftet!«

Das ist also das erste Telefongespräch seit vier Jahren mit meiner großen Liebe.

»Verhaftet? Mich? Wie kommst du denn auf so was? Ich sitze gerade in einer ... äh ... Besprechung äh ... bei einer Behörde ... weil die überlegen nämlich, sich einen Whirlpool anzuschaffen!«

Die Polizistin schaut mich wieder missbilligend an.

»Whirlpool in einer Behörde? Ich glaub, ich werd doch noch Beamter! Aber ich bin froh, dass du das eben nicht warst. Die Frau, die die da verhaftet haben, sah auch irgendwie ganz schief aus, eher nach Junkie oder so. Aber sag mal, können wir uns heute noch treffen? Vielleicht kann ich dich ja in dieser Behörde abholen?«

»Ähhhm, das ist jetzt schlecht ... die wollen hier nämlich so eine Sonderanfertigung mit extrem vielen Düsen ... das wird wohl noch ein bisschen dauern.« Ich gucke die Polizistin an, die wedelt mit ihrer Hand vor ihrem Hals und will mir damit offensichtlich deutlich machen, dass ich auflegen soll.

»Dann lass uns wenigstens morgen Abend essen gehen, ich lad dich ein!«

»Also das ist ganz schlecht ...!«

»Ach, komm schon! Noch einen Korb ertrag ich nicht! Du darfst auch das Restaurant aussuchen!«

»Kommen Sie jetzt bitte zum Ende, Frau Kronbach.« Die Polizistin wird langsam, aber sicher ungeduldig.

»Jens, das geht echt im Moment –«

»Wann soll ich dich abholen? Um acht?«

»Frau Kronbach, bitte!« Die Polizistin sieht aus, als würde sie gleich ihre Dienstwaffe ziehen, wenn ich nicht auflege.

»Also gut. Ich sims dir nachher das Restaurant, wir treffen uns dann da!«

»Aber nicht vergessen. Ich freu mich!« Dann legen wir auf. Bevor ich mich über mich selbst ärgern kann, hab ich auch schon wieder die Polizistin an den Hacken: »Na, darf's noch ein Milchkaffee sein oder vielleicht ein Stückchen Kuchen?«

»Gerne! Haben Sie Käsekuchen?«

Die Polizistin schüttelt entnervt den Kopf.

»Wer könnte uns denn jetzt bitte schön Ihre Identität bestätigen?«

Ich nehme mein Telefon, das ich auf den Tisch gelegt habe, und gehe durch mein Handytelefonbuch. Der Einzige, der wirklich noch in Frage kommt, ist Christian. Ich rufe ihn an, und er verspricht in spätestens zwanzig Minuten da zu sein. Mir fällt ein Stein vom Herzen, und zwar ein ziemlich großer. Die Atmosphäre auf so einer Polizeiwache ist doch irgendwie bedrohlich. Man bekommt die irrationale Angst, dass die Fänge der Justiz einen nie wieder freigeben, dass man vielleicht sein Leben lang unschuldig in einem dunklen und kalten Gefängnis verbringen muss. Aber wer weiß, vielleicht ist diese Angst auch gar nicht so irrational. Mich fröstelt es bei dem Gedanken.

»Also, Sie glauben, dass Ihr Exfreund sich an Ihnen rächen wollte und diese Botox-Spritze absichtlich falsch gesetzt hat?« Die Polizistin guckt mich zugleich fragend und skeptisch an.

»Ja, das glaube ich.«

»Und warum haben Sie ihn nicht einfach angezeigt?«

Sie lehnt sich in ihrem abgewetzten Bürostuhl zurück. Ihr langer blonder Zopf wippt neugierig von links nach rechts. Erst jetzt sehe ich, wie attraktiv sie ist, mit ihren hellblauen Augen, der hellen Haut und den glänzenden sonnenblonden Haaren.

»Ach, kommen Sie, da hat man doch sowieso keine Chance«, rege ich mich auf, »man weiß doch, dass bei den Medizinern die eine Krähe der anderen kein Auge aushackt. Die decken sich doch alle gegenseitig. Wenn ein Chirurg aus Versehen einer Frau mit Brustkrebs die falsche Brust abnimmt, wird ein Kollege garantiert aussagen, dass das medizinisch durchaus sinnvoll war. Und mal ehrlich, bis ein deutsches Gericht in so einem Fall eine Entscheidung getroffen hat, laufen hier Tausende von todunglücklichen und suizidgefährdeten weiblichen Zyklopen rum.«

»Aber Sie wissen schon, dass Ihr Exfreund Sie anzeigen kann?«

»Mein Gott, jetzt schauen Sie mich doch mal an. Was würden Sie denn tun, wenn Sie jemand so verunstaltet? Auch wenn man es im Moment nicht glauben kann, aber ich war bis vor kurzem mindestens genauso attraktiv wie Sie! Und jetzt? Jetzt muss ein Freund hierhin kommen und bestätigen, dass ich ich bin. Ich sehe mir noch nicht mal mehr ähnlich. Das kann ich doch nicht so einfach hinnehmen! Und ich kann doch nicht riskieren, dass er das mit anderen Frauen auch so macht!«

Sie seufzt.

»Ich kann Sie ja verstehen! Sie können sich aber nicht so einfach auf die Straße und einen Arzt an den öffentlichen Pranger stellen.«

»Auch nicht, wenn er völlig unfähig ist?«

»Auch nicht, wenn Sie glauben, dass er vollkommen unfähig ist.«

»Tolle Wurst! Tolles Land, in dem Ärzte machen können, was sie wollen, ohne in die Verantwortung genommen zu werden.«

»Wie gesagt, Sie haben die Möglichkeit, den offiziellen und einzig richtigen Weg zu gehen, Sie können ihn immer noch anzeigen!« Sie dreht sich zur Tür. »Ah, da kommt, glaube ich, Ihr Erlöser!« Ihre Stimme wird leiser, und sie hält sich konspirativ die Hand vor den Mund: »War der auch bei Doktor Schübel in Behandlung?«

Ich drehe mich um und sehe Christian in den Raum humpeln. Ich freue mich unglaublich ihn zu sehen, obwohl ich das Gefühl habe, dass sein Feuermal heute noch stärker leuchtet als sonst. Christian bestätigt, dass ich Jessica Kronbach bin.

»Okay, Frau Kronbach, wir haben jetzt Ihre Personalien. Solange Dr. Schübel Sie nicht anzeigt, belassen wir es bei einer Verwarnung. Aber ich bitte Sie, sich von Dr. Schübel und seiner Praxis fernzuhalten, in Ihrem eigenen Interesse. Beim nächsten Mal müssen wir Sie ansonsten in Verwahrungshaft nehmen. Okay?« Sie schaut mich durchdringend an, und ich nicke, schließlich will ich so schnell wie möglich hier raus.

»Ach und eine Sache noch ...«

»Ja?«

»Ich glaube nicht, dass Sie mindestens so attraktiv waren wie ich.«

Noch bevor ich antworten kann, packt mich Christian an der Hand und zieht mich aus dem Zimmer.

»Komm, Jessica, ich fahr dich nach Hause.«

Christian, der Retter in jeder Lebenslage. Wir gehen den Flur in Richtung Ausgang lang. Auf der rechten Seite steht eine Tür offen und ich höre eine bekannte Stimme sagen:

»Isch sach et Ihnen, diese Bekloppte hätt ohne Jrund einfach in ming Auto jetreten. Isch hän jetzt ne Schaden von mindestens 200 Euro, wer zahlt mir dat dann? Wenn isch die erwische ...«

Ich ziehe Christian schnell an der Tür vorbei und sehe im Augenwinkel den kahlen Kopf von Meister Proper im Licht der Deckenlampe glänzen.

Im Auto will Christian dann ganz genau wissen, was ich eigentlich angestellt habe.

Ich erzähle ihm von meiner Vorher/Nachher-Aktion, lasse aber die Geschichte mit der Delle in der Autotür weg.

»Da hast du aber noch mal großes Glück gehabt!«, meint Christian.

»Hmmm, vielleicht. Das Blöde ist nur, dass die mich viel zu früh gekriegt haben. Ich hätte noch viel mehr Flyer verteilen müssen. Das nächste Mal muss ich das echt geschickter anstellen.«

»Das nächste Mal? Du willst doch so eine Aktion nicht wiederholen, oder?« Er guckt mich entsetzt an.

»Ja denkst du, dass das alles war? Denkst du, dass ich jetzt nach Hause fahre und so weitermache wie die letzte Woche? Neiiiiin!«

»Also gut, wenn du was anderes machen willst, dann geh doch morgen Abend einfach mit mir essen. Ich finde, das wäre ein Anfang!«

Er guckt mich erwartungsvoll an.

»Essen? Neee, morgen ist ganz schlecht.«

»Ach, komm schon, Jessica, immerhin hab ich dich aus dem Knast geholt!«

»Von der Wache hast du mich geholt, nicht aus dem Knast. Wenn du mich aus dem Knast geholt hättest, dann würde ich morgen mit dir essen gehen, aber so ...«

»Jetzt komm schon. Warum denn nicht?«

»Na ja, weil zurzeit irgendeine Messe ist, und da sind ja immer alle Restaurants voll und auch viel teurer als sonst und die Qualität ist dann auch nicht so ...«

Christian guckt mich an, als wäre ich nicht ganz richtig, und ich ärgere mich, dass ich ihm nicht einfach gesagt habe, dass ich bereits verabredet bin.

»Klingt ehrlich gesagt ein bisschen so, als ob du grundsätzlich nicht mit mir essen gehen möchtest.«

»Doch, natürlich, aber im Moment ist mir nicht so nach öffentlichen Auftritten, so wie ich aussehe«, versuche ich mich weiter rauszureden, rede mich aber stattdessen immer weiter rein – in die Scheiße.

»Aber mir macht das nichts aus, ich möchte trotzdem mit dir essen gehen und mal ganz ehrlich, ich finde, so langsam solltest du dein Aussehen mal akzeptieren.«

Damit hat er definitiv das Falsche gesagt. Ich deute auf mein Gesicht.

»Akzeptieren? Ich soll das hier akzeptieren? Für dich ist es vielleicht normal, hässlich zu sein. Aber ich, ich war immer hübsch und da ist es ein bisschen schwerer, wenn man von einem Tag zum anderen aussieht wie ein Monster als wenn man immer eines war.«

Wir bleiben an einer roten Ampel stehen. Christian hat einen Ausdruck im Gesicht, der mich zusammenzucken lässt.

»So siehst du mich also. Als Monster.«

In seiner Stimme liegt eine tiefe Enttäuschung. Er spricht sehr ruhig, was mich aggressiv macht. Warum schreit er mich nicht an, wenn ich ihn so beleidige?

»Das war doch nur ein Beispiel. Es ist nun mal so, dass du nicht gerade aussiehst wie Brad Pitt, aber das weißt du wohl selbst.« Die Ampel springt auf Grün, und wir biegen in die Hardtstraße ein.

»O ja, das weiß ich, und weißt du was? Bisher war das auch nicht so wichtig. Aber mein Äußeres scheint dich ja sehr zu stören. Vielleicht rufst du das nächste Mal lieber Herrn Pitt an, wenn du Hilfe brauchst. Wir sind da.« Er guckt stoisch durch die Windschutzscheibe auf die Straße, er hat wohl nicht vor, sich von mir zu verabschieden.

»Weißt du was? Das mach ich auch! Trotzdem danke!«

»Ich glaub nicht, dass er rangeht!«

In seiner Stimme liegt unendlich viel Bitterkeit. Ich nehme meine Handtasche, öffne die Beifahrertür, steige aus und knalle die Tür zu. Vielleicht laden sich ja dadurch die Batterien von dieser hässlichen Hybridkarre wieder auf!

SECHSUNDZWANZIG
Arschloch auf zwölf Uhr

Für das Date mit Jens habe ich mir das erste und einzige Dunkelrestaurant in Köln ausgesucht: die Unsichtbar. Ich sitze nervös an einem Zweiertisch und warte auf ihn. Es ist stockfinster, man sieht die Hand vor Augen nicht, was das Beste ist, das mir passieren konnte. Peter, ein blinder Kellner, hat mich an meinen Tisch geführt, nachdem ich mich für das vegetarische Menü entschieden habe. Man muss sich sein Essen aussuchen, bevor man das Restaurant betritt, da man im Dunkeln ja nun mal keine Speisekarte lesen kann.

Eigentlich wollte Kellner Peter mich dazu überreden, auf meine Verabredung zu warten, damit er das ganze Procedere nicht doppelt erklären muss, aber ich habe vehement darauf bestanden, schon mal reinzugehen. Peter kann natürlich nicht wissen, dass ich extra zwanzig Minuten zu früh gekommen bin, um auf jeden Fall vor Jens im Restaurant zu sein.

»Jessica, möchten Sie vielleicht schon mal was zu trinken?«

Man muss hier seinen Namen sagen, damit die Kellner einen im Dunkeln ansprechen können. Ich bestelle eine Weißweinschorle, die wenige Minuten später kommt. Peter stellt sie, wie er mir sagt, auf zwei Uhr und führt meine Hand zum Glas. In einem Restaurant zu sitzen und absolut nichts zu sehen ist wirklich skurril, man weiß nicht, was für andere Gäste da sind, ob Bilder an der Wand hängen und man weiß noch nicht mal, wie der Tisch gedeckt ist, obwohl ich mal davon ausgehe, dass die Deko nicht sonderlich aufwendig ist.

Wenn man nichts mehr sieht, nimmt man viele Dinge ganz

anders wahr, man stürzt sich auf die Gerüche im Raum, man konzentriert sich sehr auf die Geräusche um einen herum, um sich irgendwie zu orientieren. Rechts von mir sitzt ein Pärchen, ich schätze mal so um die dreißig. Sie unterhalten sich gedämpft, ich kann aber trotzdem verstehen, dass es darum geht, dass er nicht zum Mittagessen zu ihren Eltern will und ständig neue Ausreden findet. Links sitzt eine größere Gruppe, mindestens vier Leute, die sich köstlich darüber amüsieren, dass man hier ja endlich mal ein wahres Blind Date haben kann und dass es ja ab einem gewissen Alter von Vorteil ist, wenn man seinen Partner nicht mehr sehen muss. Dann bin ich ja richtig hier, denke ich mir. Es riecht nach Backofenkartoffeln und Thierry Muglers »Angel«. Irgendjemand hat sich zu sehr einparfümiert. Man hört gedämpftes Geklapper und leise Stimmen aus der Küche.

Ich bin sehr froh, dass man zumindest was hören kann. Mit der Handfläche streiche ich über den Tisch. Ich glaube, es ist ein Holztisch. Auf der rechten Seite liegt das Besteck, und ich pikse mich sofort mit dem Messer. Mit der linken Hand halte ich verkrampft mein Weinglas fest. Ich habe große Angst, dass ich es nicht mehr wiederfinde, wenn ich es abstelle und loslasse. Meine Hände zittern ein bisschen, und in meinem Magen liegt ein riesiger Felsbrocken, was aber weniger an dem Restaurant liegt, sondern viel mehr daran, dass Jens jeden Moment hier reinschneien wird. Ich kann einfach nicht einschätzen, wie ich auf ihn reagiere, und das macht mich nervös. Zur Beruhigung bestelle ich noch eine Weinschorle, indem ich einfach »Peter?« in die Dunkelheit rufe, der wie Kai aus der Kiste sofort mit einem »Ja, bitte?« antwortet.

»Peter, ich hätte gerne noch eine große Weinschorle und eine Frage: Ist das wirklich sicher, dass man mich hier nicht sieht?«

»Also, ich kann Sie auf jeden Fall nicht sehen.«

»Ohhh ... stimmt ja, Entschuldigung. Blöde Frage.«

Mir ist das total peinlich, aber Peter lacht und hat mit solchen Bemerkungen offensichtlich kein Problem.

»Das macht nichts. Für uns Blinde ist es schön, dass es Orte gibt, an denen unser Handicap nicht sofort ins Auge fällt, beziehungsweise wir sogar noch einen Vorteil haben. Aber machen Sie sich keine Sorgen, in diesem Restaurant sieht man wirklich nichts. Es gibt verschiedene Vorsichtsmaßnahmen, die verhindern, dass auch nur ein einziger kleiner Lichtstrahl in den Raum fallen kann. Man darf beispielsweise nicht rauchen, weil die Glut zu hell wäre, und muss Uhren und Handys, die man beleuchten kann, vorne abgeben. Weinschorle kommt sofort!«

Das beruhigt mich ein bisschen, und kurz nachdem mir Peter meine Weinschorle gebracht hat, erscheint auch schon Jens. Peter nimmt meine Hand und führt sie zu Jens' Hand, damit wir uns begrüßen können. Als er mich in den Arm nimmt und mir einen zarten Kuss auf die Gott sei Dank unversehrte Wange drückt, fange ich noch stärker an zu zittern, werde puterrot und bin unfassbar glücklich, dass das keiner und vor allem er nicht mitbekommt. Jens fühlt sich gut an, er trägt ein Hemd aus einem weichem Baumwollstoff, das bestimmt nicht billig war. Außerdem benutzt er noch immer Cool Water von Davidoff, was mir einen Schauer über den Rücken jagt, und seine Wange kratzt ein bisschen, so als würde er zur Zeit einen Drei-Tage-Bart tragen, den ich schon immer an ihm geliebt habe.

»Du hast vielleicht Ideen, Jessi! Wie bist du denn bitte auf dieses Restaurant gekommen?« Seine Stimme klingt genau wie früher.

»Na ja, ich dachte es würde dir gefallen, mal im Dunkeln zu essen! Mit Beleuchtung kann doch jeder!«, antworte ich so gut gelaunt wie möglich.

»Sicher, aber ehrlich gesagt, ich hätte dich nach vier Jahren auch ganz gerne mal wiedergesehen.«

»Später vielleicht. Ich find's schön, dass wir uns mal so … äh … so anders miteinander beschäftigen können!«

Bei dem Satz verziehe ich das Gesicht, als hätte ich in ein Stück Seife gebissen, und finde Gefallen daran, dass ich meine Mimik nicht unter Kontrolle haben muss.

»Na, das klingt ja vielversprechend! Hab schon gedacht, ich schaff's nicht mehr rechtzeitig. Hab da so einen extrem wichtigen Kunden, der ohne mich keine einzige Entscheidung mehr treffen kann.« Jens seufzt.

»Wo arbeitest du denn jetzt überhaupt? Ich bin ja nicht wirklich auf dem Laufenden.« Ich versuche eine erotische Nuance in meine Stimme zu legen, aber anstatt wie Kim Cattrall in *Sex and the City* klinge ich wie Kermit der Frosch.

»Ach ja, stimmt ja, das weißt du ja noch gar nicht. Ich hab jetzt einen sehr geilen Job bei Deutschlands größter Unternehmensberatung. Bin Seniorberater. Hab nur richtig große Kunden, Ferrero, Ford, Daimler-Chrysler und so. Deshalb bin ich auch aus Hamburg zurückgekommen. Hamburg konnte mir beruflich einfach nichts mehr bieten ...«

Es folgt ein fünfzehnminütiger Monolog über seine großartige Karriere in Hamburg: »Gestern hatten wir eine super Sitzung mit dem Vorstand von Porsche ... blablabla ... bei so einem Großkunden muss man schon was auf dem Kasten haben ... blablabla ... nachdem ich diesen Riesendeal nach Hause gefahren hab, haben da alle nach meiner Pfeife getanzt ... blablabla ... 'ne Riesensumme haben die mir geboten, damit ich bleibe ... blablabla.«

Ich versuche zwar mehrfach, das Gespräch in eine andere Richtung zu lenken, aber Jens geht gar nicht darauf ein. Er redet einfach weiter. Ich glaube, er ist ziemlich fasziniert von sich selbst. Während er von sich, über sich und auch mit sich redet, halte ich mich an meiner Weinschorle fest und bin froh, dass ich nicht interessiert gucken, sondern nur aufpassen muss, dass ich geräuschlos gähne. Mich würde ja viel eher interessieren, was aus Barbie geworden ist, der dürren Blondine, mit der er damals nach Hamburg gegangen ist, und nicht, welcher langweilige Kunde was für einen viel zu geringen Etat hat. Dann kommt Gott sei Dank das Essen und der blinde Kellner Peter beendet damit Jens' Vortrag.

»Also, Sie, Jessica, haben das vegetarische Menü bestellt. Der Blumenkohl-Kartoffel-Auflauf befindet sich auf zwölf Uhr, die karamellisierten Karöttchen auf drei Uhr und die Tofutaler auf halb acht. Für Sie, Jens, das Entrecôte auf sechs Uhr mit den Pommes frites auf drei Uhr und einem Allerlei aus Erbsen und Karotten auf neun Uhr. Guten Appetit!«

»Wurde ja auch langsam Zeit!«, blafft Jens den armen Peter an. Seine Unhöflichkeit gegenüber unserem netten Kellner ärgert mich, weshalb ich mich besonders laut und deutlich bei Peter bedanke, während ich mit den Fingern mein Essen befühle.

Es ist mir nicht geheuer, etwas in den Mund zu schieben, was ich nicht sehen kann, und das gilt nicht nur fürs Essen. Es könnten ja schließlich auch Känguruhoden auf verrottetem Tausendfüßlermousse sein, die man mir als gesunde Biokost verkaufen möchte. Mit dem Gedanken hab ich mir dann auch schon selbst den Appetit verdorben, super! Jens hat damit weit weniger Probleme, er schmatzt lautstark. Ich frage mich, ob er schon immer so schlechte Tischmanieren hatte, und wenn ja, ob mir das im Hellen auch so aufgefallen wäre.

»Und du?«, fragt er, während er zeitgleich auf seinem Fleisch rumkaut.

»Wie – ich?«

»Was machst du beruflich?«

Immerhin, die erste persönliche Frage, die er an mich richtet.

»Ich bin immer noch bei Interpool.«

»Echt? Und in welcher Position?« Ich höre seine Gabel über den Teller rutschen.

»Immer noch in der gleichen. Ich kümmere mich immer noch um die Logistik und die Kundenbetreuung.«

»Das glaub ich nicht! Du bist immer noch in der gleichen Klitsche und immer noch Sachbearbeiterin? Echt? Das muss doch total langweilig sein, nach so vielen Jahren.«

Bisher wusste ich gar nicht, dass Jens neben dem Abitur auch noch einen Einser-Abschluss der Dieter-Bohlen-Charme-Schule vorweisen kann. Ich fühle mich in die Ecke gedrängt, vielleicht ein bisschen so wie das karamellisierte Möhrchen, das ich mir zwischen die Finger geklemmt habe und das mir jetzt aus der Hand glitscht und irgendwo in den unendlichen Weiten der Unsichtbar verschwindet.

»Was war das? Irgendwas hat mich getroffen!« Jens klingt erschrocken.

»Ich glaube, hier gibt's so große Lebensmittelmotten. Diese ekligen braunen. Vielleicht hat dich ja eine in der Dunkelheit für 'ne Tüte Haferflocken gehalten!«

»Immer noch die alte Spaßmacherin! Hahaha. Aber jetzt mal im Ernst, hast du nicht mal darüber nachgedacht, beruflich irgendwann was anderes zu machen?«

»Wer sagt, dass man dauernd den Job wechseln muss? Ich bin ganz zufrieden.«

»Sag mal«, wechselt Jens abrupt das Thema, »kennst du vielleicht einen guten Makler hier in Köln? Ich such nämlich immer noch 'ne Wohnung, was richtig Großes, schöner Altbau ...« Und dann redet er die nächsten zehn Minuten über die Wohnung, die er sucht, und ich verfalle in eine Art Wachkoma.

»Terrasse wäre gut, nach Süden natürlich ... blablabla ... großer Stellplatz ... ab 180 Quadratmeter ... blablabla ... Parkett, bloß kein Laminat ... bodentiefe Fenster müssen schon sein ... blablabla.«

Hunger habe ich keinen mehr, aber es merkt ja auch keiner, dass ich mein Essen noch nicht mal probiert habe. Ich schiebe ein paarmal meine Gabel über den Teller, damit es sich so anhört, als würde ich essen. Jens redet und redet in einem fort. War der Mann schon immer so? Oder haben die Hanseaten ihn zu so einem ignoranten Angeberarsch gemacht? Ich bin mir seltsamerweise nicht ganz sicher und muss mir eingestehen, dass sein gutes Aussehen für mich schon immer eine sehr große Rolle gespielt hat. Ich war verliebt in sein Lächeln, in seine schönen grünen Augen und seinen tollen Körper. Aber war ich auch verliebt in sein Wesen? Wenn man ihn auf das reduziert, was er so von sich gibt, hat er tatsächlich was von einer Tüte Haferflocken: Trocken und langweilig! Aber der Gedanke, dass ich mich vielleicht wegen eines Mannes mehrere Jahre verrückt gemacht habe, aus dessen Mund nur Müll rauskommt, verwirrt mich, und ich beschließe zu glauben, dass er erst in Hamburg zu einer hohlen Hupe mutiert ist. Alles andere wäre nicht gut für mich.

»Hörst du mir überhaupt zu?«, fragt er mich.

»Ähmm, klar! Höchstens vierzig Quadratmeter, kein Balkon und Einbauküche! Keller wäre schön, muss aber nicht unbedingt sein. Wenn ich was höre, sag ich dir natürlich Bescheid.«

»Nein, Jessie. Ich sagte mindestens hundertachtzig Quadratmeter, Terrasse, Tiefgaragenstellplatz und Sauna wär nicht schlecht.«

»Meint ich doch! Wie gesagt, wenn ich was höre ...«

»Sehr gut! Darfst mich auch gerne mal besuchen!

»Klasse!«

So langsam wird mir übel.

»Sag mal, auf deine Geburtstagsparty, was kommen denn da so für Leute?«

»Nur Arschgeigen und Kotzbrocken!«, rutscht es mir raus.
»Wieso?«

»Ach Jessi! Schön, dass du nach so vielen Jahren bei deiner Badewannenfirma deinen Humor nicht verloren hast. Echt bemerkenswert. Aber jetzt mal ernsthaft.«

»Na ja, Freunde und ein paar Arbeitskollegen eben, warum

fragst du?« Ich kann ihm ja nicht sagen, dass die Party höchstwahrscheinlich aufgrund kleiner körperlicher Indispositionen ins Wasser fällt.

»Tja, ich kenne ja jetzt nicht mehr allzu viele Leute hier in Köln, und das wäre natürlich schon eine gute Gelegenheit, ein paar Kontakte zu knüpfen. Social Networking ist mittlerweile eine meiner großen Stärken!«

Also, jetzt reicht's! Dieses dumme Gelaber muss sich noch nicht mal eine Frau mit Matschauge antun. Da ist mir ja die dicke RTL-Psychologin noch lieber, sogar mit Herrn Rademann würde ich eher essen gehen, als noch mal mit diesem ungefüllten Arschkrapfen.

»Du, Jens, ich müsste mal kurz auf die Toilette. Bin gleich wieder da!«

Ich rufe nach Peter, der direkt neben unserem Tisch gestanden haben muss, denn der antwortet wieder sofort. Dann führt er mich, indem ich meine Hände auf seine Schulter lege und wie ein kleines hässliches Entenkind hinter der blinden Enten-Mama herwatschle, aus dem Raum. Man muss zunächst durch eine Art Schleuse, damit kein Licht in das Restaurant fällt. Als ich aus der Schleuse komme, bin ich zunächst schwer geblendet, aber glücklich über das Licht und noch glücklicher, dass ich diesen Vollidioten los bin. Nach und nach kann ich wieder normal sehen und bin sehr erleichtert.

»Die Toiletten sind rechts, Fräulein Jessica.«

»Ich muss gar nicht zur Toilette. Können Sie mir bitte meine Jacke bringen?«

»Sie wollen schon gehen? Aber Sie haben doch noch gar nichts gegessen und Ihre Begleitung –«

»Meine Begleitung bleibt und zahlt!«

»Aber er weiß doch gar nicht, dass Sie gehen. Soll ich ihm sagen, dass –«

»Nein! Er wird schon irgendwann merken, dass ich nicht

mehr wiederkomme, und ehrlich gesagt, der Mann braucht sowieso keinen Gesprächspartner.«

Peter lacht. »Das wäre tatsächlich möglich. Ich hol Ihnen die Jacke.«

Offensichtlich hatte Peter noch mehr mitbekommen, als das mit dem Essen. Zwei Minuten später ist er mit meiner Jacke wieder da, ich bedanke mich bei ihm, und er nimmt mir das Versprechen ab, bald wieder, vielleicht mit jemand anderem, vorbeizukommen und dann das Essen auch mal zu probieren. Dann verlasse ich schnell das Restaurant.

Die Luft ist kühl und frisch, und ich atme ein paarmal tief ein und aus und laufe ein paar Meter am Rhein entlang. Als der erste Ärger über Jens verflogen ist, rollt eine Welle der Enttäuschung über mich hinweg. So viele Jahre hab ich ihm hinterhergeheult, mich eine Million Mal gefragt, warum er gegangen ist, und war in der Zeit nie wirklich bereit für einen anderen Mann.

Ich schaue über den Rhein, auf den beleuchteten Dom und das hässliche blaue Musicalzelt aus Plastik, das man neben das Weltkulturerbe gezimmert hat, und lasse auch die letzten Tage noch einmal Revue passieren. Rein menschlich kommt da irgendwie nur Christian vor. Ich sehe Christian, der sich, nachdem er mich angefahren hat, besorgt über mich beugt, Christian, der sich nicht zu schade ist, in meiner miefigen Bude Ordnung zu schaffen, der für mich kocht, der wegen mir zum Mittäter wird und sich sogar strafbar macht, Christian, der mich aus den Fängen der Justiz befreit. Ich sehe keine Julia, keine Caro und keine Simone.

Eine unglaubliche Traurigkeit überkommt mich bei dem Gedanken, dass ich den einzigen Menschen, der in den letzten schweren Tagen zu mir gestanden hat, mit Füßen getreten habe. Ich hab ihn stehen lassen, damit ich mit Jens essen gehen kann. Ich war mir, wenn ich ehrlich bin, zu fein dafür, mit einem Mann auszugehen, der aussieht wie Christian. Ihm hätte es nichts ausgemacht, mit einer Frau mit Matschauge und Nesselsucht auszugehen. Ich schäme mich in Grund und Boden für mein Verhalten. Millionen von Schlechte-Gewissen-Zwergen ziehen an mir und beschimpfen mich.

Ein holländisches Kohleschiff schippert behäbig vorbei und erinnert mich an die vielen Gelegenheiten in meinem Leben, die ich gehabt habe, um etwas gut zu machen, und die ungenutzt an mir vorübergezogen sind. Dieses Mal will ich das Schiff nicht einfach so davonschwimmen lassen. Ich nehme die Sonnenbrille und die Baseballkappe ab, ziehe das Tuch aus und mache mich entschlossen auf den Weg.

SIEBENUNDZWANZIG
Funny Faces

Christian wohnt in einem schönen weißen Altbau. Man sieht schon von außen die hohen Decken mit aufwendigen Stuckverzierungen. Die Haustür ist ebenfalls weiß, mit Milchglasscheibe und einem Blumenmuster in der Mitte. Da die Haustür nicht richtig zu ist, muss ich nicht klingeln, sondern kann direkt reingehen. Christian wohnt wie ich in der zweiten Etage. Ich gehe eine alte ausgetretene und knarrende Holztreppe mit rotem Geländer hoch und stehe dann vor seiner Tür. Ich drücke auf den Klingelknopf und höre Vogelgezwitscher. Ich muss lächeln, das passt zu ihm. Dann höre ich Schritte, und die Tür geht auf.

»Jessica. Was willst du? Hat Herr Pitt heute etwa keine Zeit für dich?« Christians Stimme ist bitter, und mir rutscht das Herz in die Hose. Er sieht sehr blass aus, aber ich wette, dass ich in diesem Moment mindestens genauso blass bin wie er. Seine Augen schauen mich kalt und unnahbar an, keine Spur von einem Lächeln in seinem Gesicht. Ich versuche, mich dadurch nicht unterkriegen zu lassen.

»Ich wollte mich bei dir entschuldigen. Ich weiß nicht, was gestern ... – Ich hab das wirklich nicht so gemeint. Ehrlich! Es tut mir furchtbar leid!«

Wir stehen ein bisschen verloren im Hausflur. Er starrt mich an. Ich warte auf eine Reaktion, auf irgendwas, aber es passiert absolut nichts. Christian steht wie vom Donner gerührt in seiner Tür, und ich habe das Gefühl, dass er selbst nicht sicher ist, wie er auf meine Entschuldigung reagieren soll. Deshalb frage ich ihn, ob ich reinkommen kann. Er tritt zögernd zur Seite und lässt mich in die Wohnung. Ich stehe in einem langen Flur mit Decken, die mindestens fünf Meter hoch sind und an denen moderne Halogenstrahler hängen. Die Wände sind sonnengelb gestrichen, der Boden ist ein alter dunkelbrauner Dielenboden, alles wirkt hell und freundlich. An der Wand hängen gerahmte Kinoplakate aus den 50er Jahren, meistens mit Audrey Hepburn. Ich gehe an *Frühstück bei Tiffanys*, *Infam* und *Wie klaut man eine Million* vorbei, Christian folgt mir. Vor *Funny Face* bleibe ich stehen, da ich nicht weiß, wo genau ich jetzt hingehen soll. Vom Flur gehen drei Türen ab. Ich schaue Christian an, der immer noch nichts gesagt hat. Erst jetzt sehe ich, dass seine Augen gerötet sind, als ob er gerade geweint hätte. Ich bekomme sofort ein unfassbar schlechtes Gewissen. Wie konnte ich ihm das nur antun.

»Christian, wirklich, ich hab das nicht so gemeint. Bitte, sei nicht so traurig, weil ich so eine dumme Kuh bin, die nicht damit zurechtkommt, dass sie im Moment nicht hübsch ist …«

»Ich hab das Sorgerecht für meinen Sohn nicht bekommen.«
»Oh!«
»Ich hab so gekämpft, ich hab die besten Anwälte engagiert und trotzdem verloren.«

Seine Stimme zittert. Ich drehe mich ganz zu ihm und nehme ihn – auch wenn ich Angst habe, dass er mich wegstößt – in den Arm, woraufhin er anfängt zu schluchzen und mich Gott sei Dank gewähren lässt. So stehen wir dann bestimmt zehn Minuten im Flur unter dem »Funny Face« von Audrey Hepburn, das eher hübsch als »funny« ist und sagen kein Wort. Ich hab noch nie einen weinenden Mann im Arm gehalten. Meine Freunde waren dann doch mehr die Machotypen, die sich eher den Finger abgebissen hätten, als vor einer Frau zu heulen. Bisher fand ich das auch immer ganz gut, aber in diesem Moment empfinde ich anders als gedacht. Ich fühle eine ganz große Stärke, die von Christian ausgeht, und das obwohl er weinend in meinen Armen liegt, und bin erstaunt. Dann löst sich Christian von mir, um sich die Nase mit seinem Stofftaschentuch zu putzen.

»Tut mir leid, Jessica.«

»Das muss dir nun wirklich nicht leidtun. Was das Heulen angeht, steht es immer noch hundert zu eins für mich, da lieg ich ganz weit vorne!«

Er bringt ein kleines Lächeln zustande, und ich frage ihn, ob er vielleicht auch ein Wohnzimmer hat, in das wir gehen könnten.

»Ja, sogar eins mit Möbeln.«

Und tatsächlich, in Christians Wohnzimmer steht eine große einladende Couch, auf der ich garantiert bei jedem Film einschlafen würde, ein antiker Sekretär, der mit Papieren und Kram vollgestopft ist, ein Hightech-Flachbildfernseher, ein Couchtisch, ein Esstisch aus dunklem Holz mit apfelgrünen Stühlen, an dem locker sechs Personen Platz haben, und natürlich ein riesiger und gut gefüllter Weinkühlschrank. Sehr geschmackvoll und gemütlich und im Gegensatz zu meiner Wohnung total gepflegt. Ich bin mir sicher, dass der Dielenboden noch keine Liaison mit einer schimmeligen Dosensuppe hatte. An der Wand hängen ganz viele Fotos von einem kleinen hübschen dunkelhaarigen Jungen, der fröhlich in die Kamera guckt, und selbstgemalte Kinderbilder. Wir setzen uns auf die Couch, beziehungsweise wir sinken in die Couch, und dieses Mal ist es Christian, der redet. Er erzählt mir die ganze Geschichte von seiner Exfrau, die immer noch was von ihm will, er aber nicht von ihr, und die ihm deshalb den Umgang mit dem eigenen Sohn verbietet. Daraufhin hat Christian das Sorgerecht beantragt, ist aber heute vor Gericht gescheitert. Jetzt ist er abhängig von der Laune seiner Exfrau, die meistens schlecht ist, was ihn verständlicherweise sehr unglücklich macht, zumal der Junge unter der Situation sehr leidet. Ich höre lange zu, bis alles gesagt ist, und merke, dass er sich ein wenig entspannt hat. Als wir eine Weile geschwiegen haben, frage ich ihn vorsichtig: »Darf ich dich heute vielleicht mal zum Essen einladen?«

»Du willst mich zum Essen einladen? Etwa in ein Restaurant?«

»Wenn wir eins finden sollten, das noch offen hat, würde ich das sehr gerne tun.« Er schaut auf seine Armbanduhr.

»Es ist schon halb elf, ich fürchte, wir müssen mit einem Döner vorliebnehmen. Aber ich kenne einen sehr guten Türken hier um die Ecke.«

»Dann mal los! Ich hab Hunger bis unter beide Arme«, sage ich und hieve mich schwerfällig aus der Couch. Wir nehmen unsere Jacken und verlassen Christians Wohnung. Im Treppenhaus fragt er mich: »Hey, heute ohne Sonnenbrille und Mütze? Ist mir vorhin gar nicht aufgefallen.«

»Ja, heute ohne Sonnenbrille und Mütze.«

»Gefällst mir auch viel besser ohne. Komm!«

Drei Minuten später stehen wir vorm »Happy Döner«, einer Mischung aus 70er-Jahre-Retrobar, mit orangenen Plexiglaslampen über weißen Resopaltischen, und klassisch-türkischem Imbiss, mit Dönerspieß und napfartigen Aluschalen voll mit Salat und eingelegtem Gemüse hinter der Thekenscheibe. Auf der Schaufensterscheibe steht der wirklich schlechteste Werbespruch, den ich je gehört habe, von dem man aber meinen könnte, dass er für Christian und mich gemacht wurde: »*Happy Döner makes you schöner!*« Ich finde, wer bräsig Mantras vor sich hin faselt, um ein Matschauge loszuwerden, kann sich in der Hoffnung auf Schönheit auch einen Döner mit Zaziki reinzwirbeln. Vielleicht handelt es sich ja auch um einen Wallfahrtsort für äußerlich benachteiligte Menschen, die hoffen, hier mit einem Döner von ihrer Hässlichkeit befreit zu werden, und der türkische Dönermann ist kein Dönermann, sondern ein anatolischer Heiler, der an den Anblick von bemitleidenswerten Gesichtsbaracken gewöhnt ist. Ich bin sehr nervös, als wir den Laden betreten, fühle mich ohne Sonnenbrille und Mütze immer noch ein bisschen nackt und verletzbar. Christian merkt es und nimmt meine Hand. Zwei der vier Tische sind besetzt, aber keiner achtet auf uns, weil alle mit ihren riesigen Teigtaschen beschäftigt sind.

»Und? Was hättest du gerne?«, fragt mich Christian, als wir vor der Theke stehen.

Ich muss nicht lange überlegen. »Mit allem und mit ganz viel scharf!«

»Für mich auch, bitte!«

»Zweimal Döner mit allem und ganz viel scharf, kommt sofort!«

Der Happy-Dönermann eilt zum Dönerspieß und schneidet das knusprig-braune Fleisch ab, packt es in zwei Teigtaschen, garniert das Ganze mit Salat und roter Chilisauce. Er ist sehr freundlich, fragt, ob ich auch Zwiebeln und Knoblauchsoße will, und mein Matschauge und Christians Feuermal scheinen ihn dabei so überhaupt nicht zu irritieren, zumindest merkt man es ihm kein bisschen an. Also doch ein Wallfahrtsort.

»Zum Mitnehmen oder zum hier essen?«

Christian antwortet für uns und bestellt »zum Mitnehmen«.

»Hey, wir können gerne hier drinnen essen, es macht mir wirklich nichts aus«, sage ich ihm.

»Ich weiß! Aber ich würde, glaube ich, lieber draußen essen. Sollen wir uns vielleicht da vorne vor die Mensa setzen?«

Er deutet auf das Universitätsgelände, das nur ein paar Meter entfernt beginnt. Ich nicke und wir gehen in Richtung Mensa. Das Gebäude ist bereits ziemlich heruntergekommen, nirgendwo brennt Licht, jedes freie Fleckchen Wand ist mit einem Plakat überklebt, das auf irgendeine der zahlreichen Studenten-Partys in der Stadt hinweist. Wir gehen eine Treppe hoch und kommen auf eine Terrasse, auf der Biertische und -bänke stehen, ein idealer Platz um zu essen, quasi dafür gemacht, und wir sind völlig alleine. Es ist herbstlich frisch, und ich friere ein wenig. Christian zieht seine Jacke aus und legt sie mir über die Schulter.

»Aber –«, möchte ich mal wieder protestieren. Er legt den

Finger auf die Lippen. Nach ein paar Minuten, in denen wir vor allem über die Vor- und Nachteile der türkischen Küche gesprochen haben, traue ich mich, ihn endlich das zu fragen, was mich beschäftigt, seitdem wir uns kennengelernt haben: »Sag mal Christian, wie machst du das? Wie kommt es, dass du, na ja, dass du trotz deines Äußeren … also ich meine wegen des Feuermals … und na ja, wegen der Füße und so …« Er guckt mich neugierig an, hilft mir aber nicht, meinen Satz zu Ende zu bringen. »Und bitte, bitte, versteh mich jetzt nicht falsch, aber anscheinend macht es dir so wenig aus, na ja, dass du nicht, wie soll ich sagen, na ja, so ganz der Norm entsprichst, also …«

»Du meinst, du willst wissen, warum ich trotz meines Aussehens meistens gut gelaunt bin und mich noch nicht von der Hohenzollernbrücke gestürzt habe?«

Ich nicke. Gott sei Dank, das klingt nicht, als ob er wieder sauer wäre. Er überlegt eine Weile.

»Weil ich davon überzeugt bin, dass das Aussehen nicht so eine große Rolle im Leben spielt, wie du denkst, und letztlich bin ich der lebende Beweis dafür.«

»Wie jetzt …«

»Weißt du, wenn mir mein Aussehen nicht so wichtig ist, ist es den anderen Menschen auch nicht so wichtig. Ich gehe auf die Leute so zu, als ob ich ein gut aussehender Mann wäre, mit zwei gleich langen Beinen und gleich großen Füßen und einem makellosen Gesicht und vollem Haar, und ob du es glaubst oder nicht, so behandeln mich die Menschen dann auch. Es ist wirklich einfacher als man denkt.«

Er sagt das voller Überzeugung.

»Vielleicht gilt das für dich als Mann. Aber mal ehrlich, als Frau hast du doch sofort verloren, wenn du scheiße aussiehst … äh, also ich wollte damit jetzt nicht sagen, dass du sch…«

Er schmunzelt und pickt ein kleines Fleischstückchen aus seiner Dönertasche.

»Schon gut, schon gut! Dein Problem ist, dass du denkst, dass du scheiße aussiehst und das auch ausstrahlst! Wenn du mit gesenktem Kopf durch die Gegend läufst, dich nicht traust, den Leuten in die Augen zu gucken, dann siehst du tatsächlich scheiße aus. Obwohl ich sagen muss, dass du Fortschritte machst. Immerhin gehst du mittlerweile nicht mehr total vermummt aus dem Haus. Und vielleicht ist dir eins nicht so wirklich klar: Es gibt genug Männer, die auf Frauen mit Charakter und Selbstbewusstsein stehen, denen eine perfekte Hülle nicht so wichtig ist.«

Wie gerne würde ich ihm das glauben, aber mal ehrlich, welcher Typ guckt denn schon als Erstes auf die inneren Werte und erst danach auf die Brüste? Obwohl die ja bei mir eigentlich noch in Ordnung sind ...

»Ach, wenn es nur so einfach wäre ...!« Ich seufze. Ein großer Flatschen Zaziki tropft auf Christians Jacke. Ich reibe mit einer Serviette ein bisschen daran rum, mache es aber nur noch schlimmer.

»Aber was ist so schwierig? Was an deinem Leben hat sich denn durch dein Aussehen jetzt so verändert?«, fragt mich Christian sehr eindringlich. Zu dem Fleck auf seiner Jacke sagt er nichts.

»Alles! Einfach alles!«, bricht es aus mir heraus. »Meine Freundinnen sind weg! Meinen Job kann ich wahrscheinlich vergessen, wenn ich morgen nicht erscheine. In zehn Tagen habe ich Geburtstag und werde ihn wahrscheinlich nicht mit ganz vielen Freunden und Bekannten verbringen, sondern mit einem Matschauge, einer dicken Lippe und einer Flasche billigem Chianti. Und das mit fünfunddreißig! Ich dachte, wenn ich mal so alt werde, dann stehe ich mitten im Leben: Karriere, Beziehung, Kinder und so weiter und jetzt ...«

»Aber Jessica, das kannst du doch alles trotzdem haben. Ich meine, was willst du mit Freundinnen, die dich im Stich lassen, wenn es dir schlechtgeht? Das waren dann doch sowieso nie wirkliche Freundinnen. Sei doch froh, dass du jetzt weißt, woran du bist. Und warum gesund werden? Du bist doch gesund und arbeitest doch auch nicht als Model, dann könnte ich dich ja noch verstehen. Du könntest jederzeit wieder zur Arbeit gehen. Und wieso kannst du nicht mit deinen Freunden Geburtstag feiern? Nur, weil du zeitweise ein hängendes Augenlid hast? Macht dich das zu einem anderen Menschen?«

»Schön, dass du mir das noch mal vor Augen führst, dass das mit dem Modeln wohl nichts mehr wird.«

»Ach Jessica, das ist doch echt alles nicht so wichtig! Wichtig ist, dass du glücklich bist.«

»Aber ich bin nicht glücklich!«

»Aber vielleicht liegt das an dir, dass du nicht glücklich bist. Vielleicht könntest du glücklich sein, wenn du deine Einstellung ändern würdest. Sieh mich an! Ich bin zwar im Moment unglücklich, weil ich meinen Sohn nicht so sehen kann, wie ich es möchte, aber ich bin nicht unglücklich, weil ich so aussehe, wie ich aussehe. Und ich werde im Gegensatz zu dir auch noch immer so aussehen. Aber ich kann nun mal an meinem Äußeren nichts ändern, jeder schlechte Gedanke dazu führt zu überhaupt nichts.«

»Leichter gesagt als getan! Ich muss ständig daran denken, wie ich aussehe!«

»Keiner hat gesagt, dass es leicht wird! Aber zumindest musst du – im Gegensatz zu mir – nicht mit einem riesigen Zaziki-Fleck auf der Jacke durch die Gegend laufen. Das ist doch schon mal was, oder?«

Christian schafft es wirklich immer wieder, mich zum Lachen zu bringen. Jens hat das heute nicht ein einziges Mal geschafft.

Als ich eine Stunde später dönerschwer in meinem Bett liege, kann ich lange nicht einschlafen. Ich denke über das nach, was Christian gesagt hat, vielleicht hat er ja doch irgendwo recht, und es ist tatsächlich an der Zeit, meine Einstellung zu mir und allem, was dazu gehört, zu verändern. Gegen drei Uhr morgens fasse ich den ersten Entschluss des Tages …

ACHTUNDZWANZIG
Miss Interpool reloaded

Heute ist der erste Arbeitstag in meinem neuen Leben. Es ist noch nicht mal halb acht, und ich sitze bereits geduscht und angezogen am Küchentisch. Mir ist schlecht, an Frühstück ist nicht zu denken. Ich bin zu früh aufgestanden, nämlich zu der Zeit, zu der ich vor der kleinen Botox-Party immer aufgestanden bin, wenn ich arbeiten gehen musste. Nur brauchte ich da noch über eine Stunde im Bad. Heute waren es insgesamt 20 Minuten, inklusive Duschen, Haare kämmen und zu einem Pferdeschwanz binden, leichtes Make-up – das war's. Immerhin ist der Ausschlag mittlerweile so weit verheilt, dass ich ihn ganz gut abdecken kann.

Keiner meiner Kollegen hat mich seit meiner Verschönerungsaktion gesehen, und so langsam macht sich Panik in mir breit. Aber ich habe mir geschworen, heute ins Büro zu gehen, egal wie ich aussehe, und bevor meine Panik die Oberhand gewinnt, verlasse ich das Haus. Ich wollte heute sowieso die erste bei Interpool sein.

Ohne Sonnenbrille, ohne Mütze und ohne Schal laufe ich zur Bahnhaltestelle. Heute wäre die Brille noch nicht mal aufgefallen. Die Sonne scheint, und ich genieße trotz meiner mittlerweile ungewohnten Gesichts-Nacktheit das warme Gefühl auf der Haut. Es ist das erste Mal seit zehn Tagen, dass ich mich in eine Straßenbahn traue. Ich nehme mir Christians Worte zu Herzen und versuche, selbstbewusst durch die Gegend zu laufen.

Die Bahn ist um diese Zeit natürlich voll und kein Platz mehr frei. Ich stehe im Gang und achte darauf, nicht stur auf den Boden zu blicken. Ein Mann im Trenchcoat und Anzug hängt neben mir an einem der grauen Haltegriffe, die an der Decke hängen. In der rechten hat er den Kölner *Express*, der titelt »Der hässliche Deutsche? Bundesbürger schneiden im europäischen Schönheits-Vergleich schlecht ab!« Na also, jetzt weiß ich endlich, was ich bin: typisch deutsch! Das erleichtert doch einiges. Der Mann schaut kurz von seiner Zeitung auf, guckt mich an und reagiert ganz normal. Ganz normal heißt, es gibt in seinem Gesicht keine Regung des Erschreckens oder des Entsetzens. Keine Reaktion ist für mich eine großartige Reaktion. Früher hätte ich mich darüber geärgert und stundenlang darüber nachgedacht, warum der mich nicht attraktiv findet; heute bin ich glücklich, wenn ich kein Mitleid und Ekel in den Gesichtern der Menschen sehe. Zeiten ändern sich.

»Soll ich Ihnen vielleicht einen Teil meiner Zeitung abgeben?«, fragt er mich plötzlich, und mir wird klar, dass ich ihn beziehungsweise den *Express* die ganze Zeit angestarrt habe. Ein paar weitere Leute gucken hoch, und ich merke, wie mir die Röte ins Gesicht steigt.

»Ähhh, nein, entschuldigen Sie bitte, ich wollte nicht ...«

»Ist doch nicht schlimm. Ich gebe Ihnen gerne was von meiner Zeitung ab«, sagt er freundlich, frickelt seine Zeitung auseinander und gibt mir den vorderen Teil. Ich nehme die Zeitung, dankbar, dass ich was habe, das ich mir unauffällig vors Gesicht halten kann. Nach ein paar Minuten hält die Bahn zwischen zwei Haltestellen, also da, wo sie normalerweise eigentlich nicht stehen bleibt. Es dauert fünf weitere Minuten, bis der kölsche Fahrer endlich eine Durchsage macht: »Sähr jährte Fahrjäste, aufjrund eines Verkehrsunfalls zwischen Rudolfplatz un Neumaat verzögert sisch unsere Weiterfahrt um mährere Minuten. Wir bitten um Ihr Verständnis.«

Auch das noch. Ich schaue auf die Uhr: Mittlerweile ist es schon kurz nach acht. Damit ist mein Plan, früher als alle anderen im Büro zu sein, schon mal gestorben. Aber Hauptsache, ich komme nicht auch noch zu spät.

Ich komme zu spät! Als ich über den Interpool-Parkplatz Richtung Hauptgebäude laufe, ist der Parkplatz bereits fast voll. Meine Knie fangen immer stärker an zu zittern, je näher ich der Hauptpforte komme. Dort springt mir als erstes das riesige Plakat mit meinem lächelnden und makellosen Gesicht über dem Eingang ins matschige Auge. Mir rutscht augenblicklich das Herz in die Hose, und ich habe das Gefühl, dass mein gesamter Mut in der Straßenbahn geblieben und jetzt auf dem Weg nach Köln-Poll ist. Man wird sich über mich totlachen, keine Komplimente mehr von den Kollegen, nur mitleidige Blicke, Felix wird mir nicht mehr auf den Busen gucken oder nur noch, und Christine wird sich vor Schadenfreude ins teure Spitzenhöschen pinkeln. Fast hätte ich dem Reflex, einfach abzuhauen nachgegeben, aber die Angst, auch noch meinen Job zu verlieren, lässt mich weiter gehen. Ich würde es auf Dauer nicht überleben, jeden Tag mit Britt, Alexander Hold und Susan Akel zu verbringen.

Im Gebäude angekommen, ziehe ich schnell meinen Mitarbeiterausweis durch den dafür vorgesehenen Schlitz in der Stechuhr. Es kommt mir vor, als wäre ich unendlich lange weg gewesen, und ich atme intensiv den schalen, aber so vertrauten Geruch nach abgenutzten Büromöbeln, alten Teppichen und Kaffee ein. Es ist trotz allem ein bisschen wie nach Hause kommen.

Im Aufzug steigt in der ersten Etage Herr Schulte aus der Buchhaltung zu, und ich erstarre. Er sagt »Guten Morgen, Frau Kronbach!« und schaut demonstrativ auf die Etagen-Anzeige, die gerade auf die 2 springt. Allerdings glaube ich in dem Fall, dass das nicht an meinem Aussehen liegt, sondern an der Tatsache, dass ich ihm kürzlich beim Pinkeln zugeguckt habe. Ich grüße freundlich zurück und steige aus. Der lange Flur liegt vor mir, man hört Telefone klingeln, Finger auf Tastaturen rumhacken, einen Kopierer und verschiedene Stimmen aus unterschiedlichen Büros. Ich stehe immer noch verängstigt vor dem Aufzug, als mein Handy piepst und eine SMS ankündigt: **Du schaffst das schon! Ich denk an Dich! Christian**

Woher weiß dieser Mann, dass ich mich doch dazu entschieden habe, ins Büro zu gehen? Hat er geahnt, was seine Worte bei mir bewirken? Die Nachricht hilft mir, den ersten Schritt in Richtung meines Arbeitsplatzes zu tun. Drei Türen kann ich unbeschadet passieren. In Zimmer Nummer vier sitzt Frau Hoffmeister, die Personalreferentin. Ich will gerade vorbeigehen, als sie mir hinterher ruft.

»Frau Kronbach?«

»Jaaa?«

»Können Sie kurz mal …?«

»Wieso?«, rufe ich, immer noch so auf dem Flur stehend, dass sie mich nicht sehen kann. Mein Magen verkrampft sich, und die Übelkeit verstärkt sich.

»Jetzt kommen Sie doch mal kurz rein! Ich will Sie nur eben was fragen.«

Ich reiße mich mit aller Macht zusammen und stelle mich in den Türrahmen, aber so, dass mein Gesicht im Schatten liegt. Frau Hoffmeister, Mitte fünfzig, ziemlich mollig und rot gefärbt, schaut mich durch ihre ebenfalls rot gerahmte Brille an. Ich zwinge mich, ihr in die Augen zu sehen.

»Frau Kronbach, ich wollte nur wissen, wie es Ihnen geht! Sie waren ja ziemlich lange krank geschrieben.«

»Besser! Nett, dass Sie fragen.«

»Noch ein bisschen blass sehen sie aus! Sind Sie sicher, dass Sie schon wieder arbeiten können?«

Ich bin Frau Hoffmeister sehr dankbar, dass sie meinen Zustand unter »blass« zusammenfasst. Sie lässt sich nichts anmerken, die Gute.

»Ja, ja, es geht schon. Danke der Nachfrage!«

»Nun ja, Ihre Krankheit ist ja auch etwas ungewöhnlich, wenn ich das mal so sagen darf!«

»Da haben Sie allerdings recht! Ich muss jetzt aber auch …«

»Aber doch wohl nicht mehr ansteckend, oder?«

»Ansteckend?«

»Also, so eine Schweinegrippe, man hat ja so viel gelesen drüber und gesehen im Fernsehen!«

Felix, diese elende Laberbacke! Hätte ich mir ja denken können, dass der das durchs ganze Haus tratscht.

»Machen Sie sich keine Sorgen, das war die harmlosere, mit der man erst mit 85 stirbt, nicht die ansteckende Variante. Ich muss dann auch mal …«

»Ja, gehen Sie ruhig, und lassen Sie es langsam angehen!« Sie sieht erleichtert aus.

»Mach ich. Danke, Frau Hoffmeister.«

Ich gehe weiter. Als ich am nächsten Büro vorbeigehe, höre ich Getuschel. Ich bleibe kurz stehen, um zu horchen. »… da sind in Mexiko Leute dran gestorben …«, »… das ist ja echt eklig …«, »aber sonst dürfte sie doch gar nicht wieder ins Büro, oder?« schnappe ich auf und gehe ganz schnell weiter. Ich will nichts mehr hören. Meine Knie zittern, mein leerer Magen fährt Karussell. Ich hätte zu Hause bleiben sollen, Job hin oder her. Ich habe das Gefühl, dass ich das nicht durchstehe. Ohne einen weiteren Zwischenfall erreiche ich dann aber Gott sei Dank mein Büro. Auf meinem Schreibtisch stapeln sich Akten. War ja klar, dass Christine mir nichts abgenommen hat. Ich schalte den Rechner an und lasse mich in meinen Bürostuhl fallen. In dem Moment läuft Felix über den Flur. Als er sieht, dass ich in meinem Glaskasten sitze, kommt er sofort reingestürmt. Ich falle in eine Art Todesstarre. Ich kann mich einfach nicht mehr bewegen, noch nicht mal mehr blinzeln.

»Jessi, gut, dass du wieder da bist«, Felix lässt sich auf den

Stuhl vor meinem Schreibtisch plumpsen, »ich muss dich unbedingt was fragen!«

Er guckt mich an, und ich warte voller Angst auf seine Reaktion. Meine Augäpfel trocknen langsam aus.

»Irgendwas ist anders an dir, warte ... lass mich raten!«

Er betrachtet mein Gesicht sehr genau, und am liebsten würde ich wie in der Früchtequark-Werbung durch den Boden krachen. Das gibt's doch nicht. Es ist ja wohl vollkommen offensichtlich, was mit mir nicht stimmt, aber aus irgendeinem Grund scheint Felix nichts zu sehen.

»Dein Gesicht ist ein bisschen runder geworden, stimmt's?«

Ich nicke völlig irritiert, bin aber wieder Herr über meine Augenlider, also zumindest in meinem bescheidenen Rahmen.

»Aber Jessilein, das steht dir ganz ausgezeichnet! Ich fand sowieso immer, dass du viel zu dünn bist. Toll, was eine Schweinegrippe so alles bewirken kann«, er ist offensichtlich ernsthaft begeistert, »aber jetzt zu meiner Frage: Als ich dich besucht habe und du dich auf dem Klo eingeschlossen hattest«, ich schlucke – das hab ich ja total verdrängt, »da waren doch zwei Freundinnen von dir da.«

»Ja, stimmt. Die haben mir Medikamente gebracht und sich noch einen Sekt, den ich aber nicht –«

Er unterbricht mich: »Meinst du, du kannst mir die Telefonnummer geben von der Blonden? Caro hieß sie, glaube ich. Ich würde sie gerne mal anrufen und vielleicht auf einen Kaffee einladen. Ich hatte das Gefühl, dass sie mich ganz gut fand.«

Ich starre ihn immer noch an.

»Ehrlich! Die hat mich ganz nett zur Tür begleitet und meinen Arm gehalten!« Er guckt mich erwartungsvoll an, und ich schaffe es, mich endgültig aus meiner Erstarrung zu lösen.

»Klar, sie hat mir nachdem du weg warst sogar gesagt, dass sie dich sehr, sehr nett findet. Da freut sie sich bestimmt, wenn du sie anrufst. Die andere aber auch.«

»Echt?«

»Wenn ich's dir doch sage …«

»Dann gib mir doch einfach beide Nummern, man weiß ja nie.«

Ich reiße ein Post-it von einem Block, schreibe Caros und Simones Telefonnummern drauf und gebe sie Felix. Sein breites Grinsen spricht Bände, und auch meine Mundwinkel ziehen sich leicht nach oben. Das kommt davon, wenn man seiner Freundin nicht aus der Patsche hilft! Felix steht auf und geht zur Tür. Kurz bevor er sie öffnet, dreht er sich noch mal Inspektor-Columbo-mäßig um: »Sag mal, ich will ja nicht indiskret sein, aber hast du was an deinen Lippen machen lassen? Die sehen irgendwie voller aus?«

»Nein, ich war nur beim Friseur.«

»Ach so! Ich muss dann auch mal wieder. Bis später, Jessica.«

»Bis später!«

Ich sitze mit offenem Mund am Schreibtisch und verstehe die Welt nicht mehr. Was bitte schön war das? Bevor ich überhaupt dazu komme, über diesen seltsamen Auftritt weiter nachzudenken, kommt Julia um die Ecke und stürmt ebenfalls direkt in mein Büro. Ich erstarre erneut hinter meinem Rechner.

»Jessi! Ich bin wieder da!«

»Das sehe ich! Aber wieso wieder da?« Ich bin völlig verwirrt. Was ist hier nur los?

»Also, dir wird ja wohl aufgefallen sein, dass ich zehn Tage nicht im Büro war. Ich komme direkt aus der Lüneburger Heide!«

Sie schaut mich an, die Hände in die Hüften gestemmt, und eigentlich müsste sie jetzt anfangen zu schreien und fragen, was mir um Gottes Willen Schreckliches zugestoßen ist. Aber nichts passiert.

»Zehn Tage weg?«, frage ich fassungslos, und Julia guckt mich an, als ob ich eine rosafarbene Zwangsjacke mit orangenen Blümchen anhätte.

»Na ja sicher, weißt du doch. Ich war doch mal wieder als Betreuerin auf der Jugendfreizeit, wie jedes Jahr um diese Zeit … aber das musst du doch mitbekommen haben!« Jetzt ist auch sie irritiert.

Natürlich! Wie konnte ich das nur vergessen? Julia war die letzten zehn Tage gar nicht da. Sie hat, wie jedes Jahr, eine Jugendfreizeit für schwer erziehbare Kinder betreut. Sie hat mich gar nicht im Stich gelassen! Julia wusste nicht, wie schlecht es mir ging. Die ganze Zeit nicht!

Mir fällt das komplette Riesengebirge vom Herzen. Ich stehe auf und falle ihr um den Hals.

»Ach Julchen! Das freut mich so, dass du auf dieser Freizeit warst!«

»Du freust dich? Bist du betrunken? Sonst hast du meine Freizeiten immer als Vorbereitungskurs für ein beschissenes Leben auf der Straße bezeichnet, und jetzt freust du dich, als käme ich mit einer neuen Frisur und einem neuen Outfit von der Pariser Modemesse?«

»Ich bin einfach nur total glücklich, dass du wieder da bist. Wir sind doch noch Freundinnen, oder?«

»Natürlich sind wir das! Was für eine Frage … Sag mal … hast du zugenommen? Du siehst irgendwie anders aus!«

»Irgendwie anders aus?« Ich fasse es nicht, hat jetzt auch noch Julia ihr Augenlicht verloren? Sind hier denn alle verrückt geworden?

»Neeeee, ne?! Du hast dir die Lippen aufspritzen lassen. Das gibt's doch nicht. Ich hätte echt nicht gedacht, dass du so weit gehst.«

»Sag mal Julia, bist du bescheuert? Meinst du wirklich, dass ich mir meine Unterlippe zu einem Schlauchboot hab aufpumpen lassen? Ich sehe aus wie ein Zyklop! Ich habe ein Matschauge! Ich …« Mir fehlen die Worte.

»Ach, komm schon, gib es wenigstens zu. Ich kenne dich doch.

Immer auf der Jagd nach Jugend und Schönheit. Und was meinst du mit Matschauge?«

»Na, den Botox-Unfall, den ich im Gesicht habe!«

»Botox auch?« Julia ist entsetzt. »Echt, Jessica, du übertreibst doch total, und sei mir nicht böse, aber ich finde nicht, dass du jetzt besser aussiehst als vorher.«

Ich bin kurz vorm Durchdrehen.

»Julia bitte, jetzt mal ehrlich, was siehst du in meinem Gesicht?« Sie guckt mich ein paar Sekunden lang kritisch an.

»Deine Haut ist relativ unrein, das ist ungewöhnlich, du hast wie gesagt vollere Lippen und trägst weniger Make-up als sonst, was ich ganz schön finde, aber sonst ...«

Also entweder ich bin verrückt oder Julia. Vielleicht hat ja irgendjemand mitbekommen, dass ich ein Matschauge hab, und allen gesagt, sie sollen mich bloß nicht darauf ansprechen? Oder die haben sich abgesprochen, um mich fertig zu machen!

»Und meine Augen, was ist mit meinen Augen? Du bist meine Freundin, ich erwarte, dass du ehrlich bist, egal was man dir gesagt hat.«

»Meinst du vielleicht, dass du heute keinen Eyeliner und keinen Lidschatten aufgetragen hast?«

»Das mein ich nicht!« Ich stehe kurz vor einem Nervenzusammenbruch.

»Kein Mascara?«

»Nein!« Meine Stimme droht zu kippen.

»Ich weiß nicht, was du meinst, Jessi. Was soll mit deinen Augen sonst sein? Und wer soll um Himmels willen mit mir über was geredet haben?«

»Das gibt's doch echt nicht ... los, komm mit!« Ich nehme Julia am Arm und zerre sie zu den Waschräumen auf der anderen Seite des Flurs. Dann müssen wir es eben so machen.

»Jessi, was soll das denn? Bist du jetzt vollkommen wahnsinnig geworden?«

Ich stelle sie vor einen der vier Spiegel im Waschraum und mich daneben. Ich will gerade auf mein Matschauge deuten, doch es ist keines mehr da. Das Augenlid meines rechten Auges sieht genauso aus wie das Augenlid meines linken Auges. Kein Matschauge mehr. Weg. Einfach so. Weg. Ich kann es nicht glauben. Vielleicht ist es ja eine optische Täuschung?!? Ich gehe vor den anderen Spiegel, aber auch in diesem kann ich kein Matschauge entdecken. Ich stürze zum nächsten Spiegel. Das Matschauge ist weg! Und auch die Lippe ist nicht mehr so aufgepumpt wie heute Morgen, sie sieht fast gut aus!

»Alles in Ordnung, Jessi?«

Julia steht immer noch vor dem ersten Spiegel und guckt zu mir rüber. Sie spricht ganz leise. Ich lehne mich an eine gekachelte Wand, rutsche an ihr hinunter, vergrabe mein Gesicht in meinen Händen und fange an zu heulen.

NEUNUNDZWANZIG
Sugarbaby

Es dauert einige Zeit, bis ich so einigermaßen realisiert habe, was passiert ist. Nachdem ich Julia die ganze Geschichte in allen schrecklichen Einzelheiten erzählt habe und sie sich fürchterliche Vorwürfe gemacht hat, dass sie nicht für mich da sein konnte, fahre ich in die siebte Etage des Gebäudes und setze mich für ein paar Minuten auf die für Mitarbeiter eigentlich verbotene Dachterrasse. Neben der Toilette ist das der einzige Ort in diesem Haus, an dem man allein sein kann. Ich schaue ein paar Minuten über Köln, sehe die beiden imposanten Domspitzen aus dem Einheitsgrau der Großstadt ragen und vergieße ein paar Freudentränen. Endlich kann ich wieder ein normales Leben führen. Das alles wieder so wird wie es war, wage ich allerdings zu bezweifeln, dafür ist einfach zu viel passiert.

Als ich mich ein bisschen beruhigt habe, gehe ich zurück in mein Büro, natürlich nicht ohne mich in jedem Spiegel und in jeder Glasscheibe zu vergewissern, dass ich tatsächlich nicht mehr aussehe wie ein Zyklop. Kurz nachdem ich wieder an meinem Platz im Büro sitze, platzt auch schon mein Chef ins Aquarium.

»Wann denken Sie, sind Sie mit den Akten durch?«, blafft er mich schlecht gelaunt an, baut sich vor meinem Schreibtisch auf und stemmt die Arme in die Seiten.

»Ob es mir wieder bessergeht, wollen Sie wissen? Ja, vielen Dank der Nachfrage. Sehr viel besser!«, antworte ich ihm gut gelaunt.

»Davon bin ich ausgegangen, schließlich waren Sie ja lang genug krank geschrieben!«

»Ich finde, Sie sehen gut aus, Herr Rademann! Waren Sie im Urlaub?«

»Nein! Und das steht jetzt auch gar nicht zur Debatte!« Mein Kompliment ist ihm sichtlich unangenehm, »Und sehen Sie zu, dass Sie das ganze Zeug, das in den letzten zwei Wochen angefallen ist, aufarbeiten. Und wenn Sie damit fertig sind, kommen Sie bitte in mein Büro!«

Mit diesen Worten dreht er sich um und rauscht aus dem Zimmer, wie ein Pitbull, der auf dem Flur ein kleines hinkendes Häschen gesehen hat.

»Sehr gerne, Herr Rademann!«, rufe ich ihm noch hinterher, »Ihnen auch noch einen schönen Tag!«

Ich bin so guter Dinge, dass ich mich noch nicht mal über diesen armen alten Mann aufrege. Dann rufe ich Christian an und erzähle ihm aufgeregt, dass mein Matschauge einfach so verschwunden ist.

»Echt? Das ist ja ... na, das ist ja ungewöhnlich!«

»Ungewöhnlich? Christian, das ist eine Sensation!«, jauchze ich in den Hörer.

»Ja, natürlich, eine Sensation«, sagt er ziemlich lahm.

»Christian, das ist der Hammer! Es ist wirklich unglaublich! Weg! Einfach so! Ich bin so glücklich, Christian!«

»Ich freu mich für dich, Jessica, wirklich.«

»Was hältst du davon, wenn ich dich und meine Freundin Julia heute zur Feier des Tages in eine schicke Bar einladen würde. Ins Ivory!?! Um acht?«

»Julia? Habt ihr euch denn wieder vertragen?«

»Ja, stell dir vor, ich hab vergessen, dass sie die letzten zwei Wochen gar nicht da war. Sie war mit ein paar schwer erziehbaren Jugendlichen in einem Camp. Du glaubst gar nicht, wie erleichtert ich bin!«

»Doch, das glaub ich dir! Aber Jessi, sei mir nicht böse, ich muss jetzt hier weitermachen. Es stehen ein paar Kunden im

Laden, und das Telefon blinkt die ganze Zeit. Jemand versucht mich zu erreichen. Wir sehen uns ja heute Abend. Ich hab zwar noch einen Anwaltstermin um sechs, aber ich müsste es pünktlich schaffen. Genieß den Tag!«

»Prima, dann bis später!«

Ich lege auf und drehe mich ein paarmal mit meinem Bürostuhl vor Freude um die eigene Achse. Es ist das Größte, wenn ich mich wieder einfach so verabreden kann, und zwar an Orten, die beleuchtet sind, an Orten, wo Menschen sind. Herrlich, dass ich keine Angst mehr habe, unter Leute zu gehen! Trotz der zusätzlichen Kilos fühle ich mich leicht wie eine Feder! Voller Elan mach ich mich an den Stapel mit Unterlagen auf meinem Schreibtisch und vergesse kurzfristig alles um mich herum. Ich habe gar nicht gewusst, dass Arbeiten so viel Spaß machen kann. Vor zwei Wochen hätte ich geflucht und versucht, die meiste Arbeit irgendwie auf Christine abzuwälzen. Die Mittagspause arbeite ich durch, damit ich auf jeden Fall früh Feierabend machen kann.

Am frühen Nachmittag kommt unser französischer Marketingchef den Flur entlang, hinter ihm läuft Christine und redet aufgeregt auf ihn ein. Leider kann ich nicht verstehen, worüber sie reden, was sich aber ändert, als die beiden in mein Büro kommen.

»Madame Kronbach! Ça va bien? Schön, dass Sie wiédér ier sind unter úns!«, begrüßt mich Monsieur Laval, der Interpool-Marketing-Direktor. Monsieur Laval ist ein typischer Franzose, der absolut nicht gewillt ist, seinen französischen Akzent abzulegen, obwohl ich mir sicher bin, dass er das nach 15 Jahren Leben in Deutschland könnte. Er kommt an meinen Schreibtisch und gibt mir die Hand. Sein Händedruck ist fest und trocken.

»Hallo, Monsieur Laval. Danke der Nachfrage, schon viel besser! Hallo, Christine!« Meine Kollegin steht mit angesäuertem Gesicht im Türrahmen und mustert mich.

»Hallo«, sagt sie kurz angebunden.

»Madame Kronbach, isch muss kurz mit Ihnén redén. Aben Sie einé Minüt für misch?«

»Worum geht's denn?«

»Alors, wie Sie vielleisch geört aben, möschten wir unsér Corporate Design ein bisschen auffrischén. Wir wollen Interpool, en future ein wenisch andérs posisionierén.«

Hätte ich mir ja denken können. Er will mir jetzt verklickern, dass zukünftig eine andere die Miss Interpool sein wird. Wahrscheinlich steht Christine auch deshalb immer noch in der Tür, obwohl sie mit ihrem verkniffenen Gesicht nicht gerade so aussieht, als hätte ihr Monsieur Laval gerade gesagt, dass sie die zukünftige Königin der Whirlpools sein wird. Aber was soll's! Mir ist das sowieso nicht mehr wichtig.

»Ja, ich hab schon davon gehört. Das Image von Interpool soll jünger werden, richtig?«

»Bon alors, nicht unbedingt jüngér. Eher plus fresh et ein bischen erwachsenér«, erklärt er.

»Genau!«, mischt sich jetzt Christine ungefragt ein, »und dazu braucht man auch ein frisches Gesicht, finde ich.«

»Und damit meinst du wahrscheinlich dein eigenes, oder?«, frage ich sie kühl.

»Ganz genau!«

»Hört sich gut an, und vielleicht hat Christine ja wirklich ausnahmsweise mal recht, mit dem, was sie sagt«, wende ich mich wieder an Monsieur Laval. Ich möchte nicht, dass es so aussieht, als ob ich nicht damit gerechnet hätte. Außerdem will ich mir vor Christine schon gar keine Blöße geben. Monsieur Laval lacht.

»Alors, da at sie leider auch in diese Fall nischt réscht. Wir würden uns nämlisch sehr freüen, wenn Sie uns auch für diese Compagne wieder ihr besauberndes Läschlen leihen könnten!«

Er schaut mich an, als würde er ein Oben-ohne-Freudentänzchen auf meinem Schreibtisch von mir erwarten. Aus dem

Augenwinkel sehe ich, dass Christine die Fäuste ballt und das Gesicht verzieht wie ein Kleinkind, dem man gerade seinen Lieblingslolli aus dem Mund gerissen hat. Jetzt hätte ich tatsächlich Lust auf einen kleinen Freudensprung!

»Das kannst du doch echt nicht ... Hast du dir mal angesehen, wie die aussieht? Die ist doch total fett geworden und hat Pickel im Gesicht! Soll so das Gesicht von Interpool aussehen? Das ist doch nicht dein Ernst«, fährt sie Monsieur Laval giftig an. Ihr Kopf ist knallrot, die Adern an ihrem Hals treten deutlich hervor. Monsieur Laval dreht sich zu ihr um und guckt sie feindselig an. Ich lehne mich entspannt zurück und genieße die kinoreife Szene. Ein schöner Tag!

»Madame Elmer! Bitte reißen Sie sich an die Riemén!«, faucht Monsieur Laval nun Christine an.

In ihren Augen funkeln die pure Wut und abgrundtiefer Hass. »Du kannst ruhig wieder Zuckerbaby zu mir sagen, lieber Matthieu, so, wie du es in unserer viersekündigen Liebesnacht auch getan hast!« Damit rauscht sie ab, und Matthieu Laval dreht sich wieder zu mir.

»Alors, Madame Kronbach, wie sieht es aus? Sind Sie wiedér mit in die Boot?«

»Vier Sekunden?«

»Madame, bittè!«

»Also eigentlich ... ich hatte gar nicht damit gerechnet ... aber nun ja, wenn Sie mich so fragen ... warum nicht!«

»Sähr gut! Isch ruf Sie an, sobald die Termin steht!«

Er erhebt sich, und wir verabschieden uns. Ich begleite ihn noch bis zu meiner Tür, wir geben uns die Hand, und ich schaue ihm hinterher. Er verschwindet in Zuckerbabys Büro.

»Sugar, Sugarbaby ... oh oh Sugar, Sugarbaby«, singe ich mit einem 16:9-Grinsen im Gesicht leise vor mich hin, »... oooooh oh, sei doch lieb zu miiiir!« Ich bin mir allerdings sicher, dass Zuckerbaby nicht lieb zu ihm sein wird.

In meinem Büro lasse ich mich glücklich in meinen Schreibtischstuhl fallen. Mein Blick fällt auf meinen Computer, auf dem der Interpool-Bildschirmschoner erschienen ist. Ich sehe mein Gesicht, perfekt geschminkt, lächelnd, unendlich glücklich neben einer 3000-Euro-Badewanne. Heute finde ich es nicht schlimm, dass ich aussehe, als hätte ich gerade den Oscar gewonnen, und bestimmt kann mir die Marketing-Abteilung neue Abzüge von den Bildern besorgen, die ich vor ein paar Tagen verbrannt habe.

DREISSIG
Liebesring

»Ich bring Ihnen das mal in Größe vierzig!«

Die Blondine, die selbst höchstens Größe Null trägt, verzieht verächtlich den Mund, dreht sich um und verschwindet mit der weißen Leinentunika, die ich mir ausgesucht habe, hinter einer großen Eisentür. Ich stehe in der Umkleidekabine bei »Daniels«, einem Laden mit sehr schönen aber nicht gerade preiswerten Klamotten und unfassbar arroganten Verkäuferinnen und versuche mich von einem Oberteil in Größe 36 zu befreien, ohne es zu zerreißen oder meine neue Frisur zu zerstören.

Beim Friseur war ich nämlich schon, und zwar nicht bei irgendeinem. Dieses Mal musste es einfach Salvatore sein, Caros Superfriseur. Es hat mich wirklich all meine Überredungskunst gekostet, diesen Termin heute noch zu bekommen. Erst als ich ihm gesagt habe, dass ich auf einer Kreuzfahrt von somalischen Piraten entführt wurde, meine beste Freundin in der Zeit was mit meinem Verlobten angefangen hat und ich nach sechs Monaten endlich wieder so weit bin, das Haus zu verlassen, hat er sich erweichen lassen. Salvatore war ziemlich erschüttert über den Zustand meiner Haare, hat es aber in einer Stunde und für 120 Euro geschafft, aus dem Vogelnest auf meinem Kopf eine ansehnliche Frisur zu machen, die ich jetzt auf gar keinen Fall in Gefahr bringen will.

Ich betrachte mich in dem großen Spiegel und stelle fest, dass der Fokus des Unbehagens vom Gesicht wieder auf meinen Körper gerückt ist. Größe 40! Wie konnte das nur passieren? In meiner Körpermitte hat sich ein Ring aus Fett gebildet, in den ich so richtig schön mit beiden Händen reingreifen kann, von meinem Hintern ganz zu schweigen. Um den zu greifen, bräuchte ich die Hände von Gérard Depardieu. Aber immerhin ist es mir mittlerweile scheißegal, ob Jens ihn noch genauso süß findet wie früher. Dieser Vollidiot!

Es ärgert mich, dass ich schon wieder unzufrieden mit mir bin. Ich müsste doch eigentlich unglaublich glücklich sein, so ohne Matschauge und Nesselsucht. Aber Probleme sind wie Zigarettenschachteln im Automaten. Zieht man eine heraus, fällt die nächste gleich nach. Und wenn die irgendwann die letzte Packung in den Händen hält, kommt garantiert ein Idiot und füllt den Automaten wieder auf. Trotzdem lasse ich mir heute nicht die Laune verderben. Die Verkäuferin kommt mit dem Oberteil wieder und reicht es mir in die Kabine. Ich streife es über, und zu meiner großen Enttäuschung passt es auch noch. Ich hatte gehofft, dass das Teil in 40 viel zu groß für mich ist. Aber vielleicht fallen die Dinger ja auch extrem klein aus. Auf dem Etikett steht »Sunichi« und ein unverschämter Preis. Wenigstens klingt Sunichi ziemlich japanisch, und die Japaner haben ja grundsätzlich ganz andere Größen als wir. Eine japanische 40 ist also garantiert eine deutsche 36, vielleicht sogar 34!

»Passt es?« Die Verkäuferin steht vor der Umkleidekabine. »Oder isses zu groß? Die fallen nämlich echt groß aus.«

»Nein, passt. Und wissen Sie was, ich nehm es in vierzig UND in sechsunddreißig!«

Ohne mit der Wimper zu zucken bezahle ich die 267 Euro für die beiden Oberteile und shoppe weiter. Ich kaufe zwei neue Hosen, drei T-Shirts, zwei paar Schuhe, einen Kurzmantel, einen Rock und eine Handtasche. Mein Einkaufsbummel hat wesentlich länger gedauert, als ich dachte, und ich habe keine Zeit mehr, um vor meiner Verabredung mit Julia und Christian noch nach Hause zu fahren. Ich gehe zu C&A und ziehe mir in der Umkleidekabine den neuen Rock, eines der neuen T-Shirts und den herrlichen Kurzmantel an. Dann schaue ich noch kurz bei Mäc vorbei, kaufe mir ein neues Make-up und Puder, lasse mich dafür noch von einer der Stylistinnen für den Abend schminken und mache mich auf den Weg ins Ivory.

EINUNDDREISSIG
Mojito Light

Es ist gar nicht so einfach, mit meinen acht Tüten an den Leuten, die mit ihren Getränken an der Bar stehen, vorbeizukommen. Der Gang zwischen Wand und Theke ist extrem schmal, so dass das Ivory im Grunde immer voll wirkt, auch wenn nur ein paar Hansel die Bar bevölkern.

Das Ivory ist, wie ich finde, einer der wenigen richtig schönen Clubs in Köln. Hinter der Bar beleuchten orangefarbene runde Lampen die Spirituosen aus aller Welt, und es gibt italienisches Bier, das zwar nicht schmeckt, aber in den weiß-rot-grünen Flaschen gut aussieht. In zahlreichen lauschigen Nischen, die mit zarten Fadenvorhängen vom Barbereich abgetrennt sind, kann man sich wunderbar auf großen weißen Polstern lümmeln. Wer tanzen will, geht einfach die Treppe runter, wo sich eine kleine aber feine Disco befindet. Das Ivory ist der absolute Lieblingsladen von Caro, Simone und mir, wenn es was zu feiern gibt. Nur halt leider ein wenig eng, wenn man gerade auf Shopping-Tour war.

Mit einem der Schuhkartons reiße ich einen Cocktail von einem Tischchen, mit dem anderen schubse ich ein hübsches Mädchen so, dass sie die Hälfte ihres Drinks verschüttet. Ich muss mich in einer Tour entschuldigen, und es dauert ziemlich lang, bis ich zu Christian vorgestoßen bin, der natürlich im hintersten Teil des Clubs an der Bar sitzt. Ich winke ihm zu, aber er reagiert nicht. Vielleicht hat er mich nicht gesehen. Als er wieder in meine Richtung schaut, winke ich erneut. Diese Mal schaut er hinter sich, als ob er denkt, dass ich jemanden grüße, der hinter ihm sitzt. Ich bin jetzt fast bei ihm, und erst jetzt dämmert ihm, dass ich es bin. Er hat mich nicht erkannt.

»Jessica?«

»Nein, Bob der Baumeister!«

»Wow! Das ist ja … ja … echt unglaublich! Du siehst … du siehst … toll aus!«

Er starrt mich an. In dem Moment sehe ich, wie auch Julia sich durch den schmalen Gang kämpft. Ich winke ihr zu, und im Gegensatz zu Christian erkennt sie mich auf Anhieb.

»Mein Gott, hast du dich wieder aufgebrezelt«, begrüßt sie mich in ihrer bekannt charmanten Art und drückt mir ein Küsschen auf die Wange.

»Aufgebrezelt? Wieso aufgebrezelt? Ich hab mich bloß ein bisschen zurechtgemacht nach all den Tagen!«

»Also mit weniger Make-up hast du mir ehrlich gesagt besser gefallen!«

»Das war klar. Komm, ich stell dir Christian vor.«

Ich mache die beiden miteinander bekannt, und nachdem ich meine acht Tüten beim Barkeeper abgegeben habe, lassen wir uns auf drei Barhocker fallen und bestellen uns Cocktails. Der Barmann legt kleine Servietten für die noch zu mixenden Cocktails auf den Tresen und schiebt ein Schälchen Erdnüsse vor meine Nase. Ich schiebe sie wieder weg, weil ich erst kürzlich gelesen habe, dass in Erdnussschälchen oft ziemlich viel Urin und Koks drin ist. Ich überlege, ob ich Julia und Christian von diesem Artikel erzählen soll, entscheide mich aber in dem Moment dagegen, in dem Julia sich eine Hand voll in den Mund fallen lässt. Der Barkeeper reicht uns die Drinks: einen Mojito für mich, einen Baileys für Julia und den Long Island Ice Tea für Christian. Christian ist immer noch hin und weg von meinem Äußeren.

»Es ist ja nicht nur, dass dein Auge wieder in der Reihe ist, ich finde, deine Gesichtszüge haben sich auch total verändert.

Du strahlst wie ein gerade wieder in Betrieb genommener Atomreaktor!«

»Ich seh aus wie Krümmel? Na, das ist ja mal ein Kompliment!« Ich muss lachen. »Aber mal ehrlich, ich finde, mit Krümmel liegst du gar nicht mal so falsch. Diese ganze Geschichte war für mich schon ein massiver Störfall. Ich hätte nie gedacht, dass mir so was passieren könnte!«

»Ohhhhhh … und ich war nicht für dich da! Es tut mir so leid!« Julia nimmt mich in den Arm.

»Ist schon gut! Ich war ja auch nicht gerade nett zu dir, als wir uns das letzte Mal gesehen haben. Und vielleicht hatte das Ganze ja doch was Gutes. Ich hab echt viel gelernt in dieser Zeit!«

»Und was?«, fragt Julia und guckt mich neugierig an. Christian saugt an seinem Long Island Ice Tea und hört aufmerksam zu.

»Das kann ich dir sagen! Ich weiß jetzt, dass Äußerlichkeiten nicht so wichtig sind, wie ich immer dachte!«

»Aha!« Julia will mir nicht so recht glauben.

»Weil es eben NICHT darauf ankommt, super auszusehen! Man sollte nicht ständig Jugend und Schönheit hinterherrennen, der Mode- und Kosmetikindustrie Tausende von Euro in den Rachen werfen und sich ständig mit sich selbst beschäftigen. Klingt zwar abgedroschen, aber ich weiß jetzt, dass es auf das in uns drinnen ankommt und nicht auf Äußerlichkeiten.«

Die beiden starren mich an. Wahrscheinlich haben sie eine so große Erkenntnis nicht von mir erwartet.

»Und um das zu feiern, hast du dich total aufgemotzt und dir diesen Laden ausgesucht? Und was war in den ganzen Tüten? Literatur?«, fragt Julia.

»Wieso? Was ist mit dem Laden hier nicht in Ordnung?«

»Du bist ja lustig. Schau dich doch mal um. Hier sind ausschließlich Leute, die extrem auf ihr Äußeres achten! Die sehen alle aus, als ob sie sich gleich noch für *Germany's Next Topmodel* bewerben würden.«

Ich schaue mich um.

»Wieso, sind doch ganz normale Leute hier! Und ich finde, dass die Cocktails hier super sind! Ich geh mal kurz aufs Klo und bestell direkt noch 'ne Runde.«

Julia hat mit ihrer negativen Einstellung keine Chance bei mir. Ich rutsche von meinem Barhocker und kämpfe mich zu den Waschräumen. Von den drei Toiletten ist nur eine frei. Pfeifend lasse ich mich auf die Kloschüssel sinken. Ich bin so was von happy. Ich bin hier, ich seh gut aus, der Cocktail hatte es in sich und ich finde das Leben herrlich! Als ich aus dem Klo komme, pralle ich fast mit Simone zusammen.

»Jessi! Das ist ja eine Überraschung! Und uuuuuuiiiiiii … du siehst ja wieder richtig gut aus!«, quiekt sie.

»Danke für das Kompliment.«

»Ach du, ganz gerne! Ich mein das auch echt ernst. Also im Gegensatz zum letzten Mal, als ich dich gesehen habe, siehst du wirklich viel besser aus. Du sahst ja wirklich furchtbar aus, wie eine …«

»Schon gut Simone, ich weiß, wie ich ausgesehen habe!«

Simone steht vor dem Spiegel, pudert sich die Nase, kramt einen knallroten Lippenstift aus ihrer Tasche und trägt ihn auf. Dann frischt sie noch die Rougebalken auf ihren Wangen auf und zuppelt sich an den Haaren.

»Ich würd ja gerne noch einen Cocktail mit dir trinken, Jessi, aber meine Arbeitskollegen warten schon vor der Tür, wir wollten gerade weiterziehen.«

»Kein Problem.«

»Aber sag mal, was machste denn jetzt an deinem Geburtstag? Die Party findet doch wohl nicht statt, oder?« Während sie das fragt, betrachtet sie sich immer noch im Spiegel.

»Wie kommst du darauf?«

»Nun ja, nachdem dein Schönheitsplan so … na ja … in die Hose gegangen ist, hab ich gedacht, dass du –«

»Weißt du was ... Natürlich feier ich!«, unterbreche ich sie. Ich bin so beschwingt, dass ich mich spontan dazu entschlossen habe.

»Eeeeeecht?!? Sensationell! Dann sehen wir uns ja am Samstag! Und ich sag auch noch ein paar Leuten Bescheid ... Tschüssi, Jessica!«

Dann entschwindet Madame Simone aus dem Waschraum und hinterlässt eine intensive Chanel-No5-Duftnote. Eigentlich will ich ja nicht, dass Simone noch ein paar Leuten Bescheid sagt, aber was soll's! Ich bin nicht in der Stimmung, kleinlich zu sein.

Als ich zurück an die Bar komme, unterhalten sich Julia und Christian angeregt. Sie haben gar nicht gemerkt, dass ich so lange auf dem Klo war, und unterbrechen ihr Gespräch auch nicht, als ich mich auf meinen Barhocker hieve. Christian erzählt Julia gerade eine Geschichte von seinem Sohn, als die beiden gemeinsam in Italien waren. Ich winke währenddessen unseren Barmann heran.

»Noch so 'ne Runde bitte! Und könnten Sie für meinen Mojito Süßstoff statt braunen Zucker nehmen?«

Julia und Christian, die mitbekommen haben, was ich bestellt habe, schauen mich mindestens genauso entgeistert an wie der Barmann.

»Hab ich euch eigentlich schon gesagt, dass ich meinen Geburtstag jetzt doch feiere?«

ZWEIUNDDREISSIG
Froschgesicht

Am nächsten Abend hänge ich die weiße Tunika in Größe 36, die neue Jeans, die mir zwei Nummern zu klein ist, und ein T-Shirt in S, in dem ich im Moment noch aussehe wie eine Mettwurst im Darm, außen an den Kleiderschrank, als Mahnmal gegen überflüssige Fettpolster. Ich habe es mir gerade vor dem Fernseher bequem gemacht habe, da klingelt mein Handy. Auf dem Display erscheint ArschStümper. Ich drücke den grünen Hörer und melde mich ziemlich unfreundlich mit einem knappen »Ja?!?«.

»Hallo, Jessica, Roland hier!«

»Was willst du?«, frage ich ihn barsch.

»Jessica, hör zu, ich habe mit ein paar Kollegen gesprochen und vielleicht gibt es noch eine Möglichkeit, die Heilung der Ptosis voranzutreiben. Einige haben mit Phenylephrin-Augentropfen gute Ergebnisse erzielt.«

»Augentropfen? Von dir? Werd ich dann blind oder bekomme ich einfach nur Froschaugen?«

»Ach Jessica, jetzt mach es mir nicht so schwer, ich möchte dir wirklich gerne helfen. Die Geschichte geht mir doch auch nahe.«

Ich bin ehrlich überrascht. Das sind ja mal ganz neue Töne. Ihm geht das nahe! Der arme Kerl.

»Also gut, du willst mir helfen! Wie genau hast du dir das vorgestellt?«

»Komm doch einfach in meine Praxis. Anja macht einen Termin mit dir aus, gerne direkt morgen früh, und wir probieren das mit den Augentropfen. Da kann nichts schiefgehen.«

»Sorry, aber ich setze keinen Fuß mehr in deine Praxis, und deinen Sprechstundendrachen mag ich schon gar nicht mehr sehen.«

»Sprechstundendrachen? Meinst du Anja?«

»Wenn der Hungerhaken hinter dem Bonbon-Tresen Anja heißt, dann mein ich sie. Wenn du mir wirklich helfen willst, dann komm zu mir. Und zwar jetzt gleich.«

»Jetzt? Aber ich bin gar nicht mehr in der Praxis ...«

»Jetzt gleich, Roland.«

»Aber ich müsste dann noch mal zurück –«

»Es schreibt sich mit J wie Jahrhundertpfuscher, dann E wie Eiterbeule, T wie Taugenichts, Z wie Zyklopenspritzer und noch mal T wie ... hilf mir mal!«

Er gibt einen Stoßseufzer von sich. »Schon verstanden. Ich bin in einer Dreiviertelstunde bei dir.«

»In Ordnung. Dann bis gleich!«

Na also! Zufrieden gehe ich ins Schlafzimmer und ziehe mein Bankräubertuch über, von dem ich eigentlich gehofft habe, es nie wieder zu brauchen. Die Baseballkappe hängt an der Garderobe, die Sonnenbrille liegt auf dem kleinen Tischchen im Flur. Nur gut, dass ich nicht dem Impuls nachgegeben habe, alles wegzuschmeißen. Es fällt mir nicht leicht, die Sachen, die mich in dieser harten Zeit begleitet haben, noch mal anzuziehen, aber um Roland eins auszuwischen tue ich es dann doch ganz gerne. Während ich warte, logge ich mich bei eBay ein. Meine Kommoden-Auktion müsste genau jetzt beendet sein. Tatsächlich. Für 380 Euro an »Krümelmonster« versteigert. »Krümelmonster«?!? Was ist denn das für ein bekloppter Alias? Nicht dass ich die Kommode meiner geliebten Oma an einen infantilen Vollidioten verkauft habe, der auf das schöne Stück die farbenfrohen Köpfe von Ernie, Bert und Bibo schmieren wird.

Aber leider ist es unmöglich, so einen Deal rückgängig zu machen, und außerdem brauche ich das Geld. Nachdem ich meinen

Laptop missmutig wieder zugeklappt habe, klingelt Roland an meiner Tür. Ich öffne ihm in voller Matschaugen-Montur. Er trägt Jeans, eine sportliche dunkelblaue Jacke, und in der Hand hat er eine schwarze Arzttasche. Ich bitte ihn rein, und wir gehen in die Küche, wo wir uns an meinen kleinen Tisch setzen.

»Jessi, versprechen kann ich dir nichts, aber ich dachte, dass es vielleicht einen Versuch wert ist.«

Ich schaue ihm direkt in die Augen, was er wahrscheinlich nicht bemerkt, weil ich die riesige Sonnenbrille auf habe. Dann frage ich ihn:

»Woher der Sinneswandel? Das letzte Mal, als wir uns gesehen haben, wolltest du mich noch anzeigen.«

»Und zwar nicht zu Unrecht, Jessica!« Es ist interessant, wie er meinen Vornamen variiert, mal bin ich »Jessi«, mal »Jessica«. Das erinnert mich an meinen Vater, der immer »Mäuschen« gesagt hat, wenn alles in Ordnung war, und »Fräulein!«, wenn er was zu meckern hatte.

»Es war echt blöd von dir, meine Garage zu beschmieren und meine Patienten zu verschrecken.«

»Bist du jetzt gekommen, um mir Vorwürfe zu machen, oder willst du mir helfen?«

»Ich will dir helfen, und zwar weil ich einsehe, dass ich eine gewisse Mitschuld trage.«

»Das heißt, du gibst zu, einen Fehler gemacht zu haben?«

»Nun ja, Fehler ...«

»Gibst du zu, einen Fehler gemacht zu haben?«

Ich glaube, ich bewerbe mich demnächst bei Staranwalt Rolf Bossi.

»Also ...«

»Gibst du es zu?«

»Mein Gott, wenn du darauf bestehst, gebe ich zu, auch einen Fehler gemacht zu haben. Zufrieden?«

»Und, tut es dir leid?«

»Natürlich tut es mir leid! Aber das rechtfertigt trotzdem nicht, dass du –«

»Ha! Na also!«, rufe ich begeistert.

»Können wir anfangen?« Er fühlt sich sichtlich unwohl in seiner Haut und meiner Küche.

»Von mir aus!«

Er holt ein kleines Fläschchen aus seiner Tasche, steht auf, kommt um den Tisch rum, beugt sich zu mir runter und nimmt mir die Sonnenbrille vorsichtig ab. Ich nehme gleichzeitig die Baseballkappe vom Kopf und ziehe das Halstuch runter.

»Aber ...« Er guckt wie ein Eichhörnchen, dem man gerade die letzte Nuss vor einem harten Winter geklaut hat, »... warum lässt du mich hier antanzen, obwohl es dir wieder gutgeht?«

Seine Halsschlagader schwillt bedenklich an.

»Weil ich einmal im Leben von dir hören wollte, dass du einen Fehler gemacht hast und es dir leidtut. Und jetzt noch einen schönen Tag, ich hab zu tun!«

Er schaut mich an, und ich kann überhaupt nicht einschätzen, was als Nächstes passiert. Die Spannung zwischen uns ist unfassbar groß und wenn man eine Glühbirne zwischen uns hielte, würde diese sofort anfangen zu leuchten. Der Zustand dauert ein paar Sekunden an, dann entspannt sich Rolands Gesichtsausdruck wieder, und die Halsschlagader schwillt wieder ab. Er steht auf und nimmt seine Arzttasche: »Gut. Dann ... ich bin wirklich froh, dass es dir wieder bessergeht!«

Er zieht langsam seine Jacke an, und wie er da so steht in meiner Küche mit seiner Arzttasche und ohne diesen blöden distanzieren Arztton, glaube ich ihm das auch. Ganz kurz sehe ich wieder den Mann, in den ich mich vor Jahren mal verliebt habe. Aus einem Reflex heraus nehme ich ihn in den Arm und drücke ihn. Er steht zunächst da wie ein toter Fisch, den man zum Grillen auf einen Stock gezogen hat, entspannt sich aber nach wenigen Sekunden und erwidert meine Umarmung ein kleines bisschen, indem er mit seiner Hand minimalen Druck auf mein rechtes Schulterblatt ausübt. Plötzlich und unerwartet ist mein Hass auf diesen Mann verflogen, und ich habe das Gefühl, dass ich die ganze Geschichte hinter mir lassen muss.

»Roland, ich verzeihe dir!«, sage ich großmütig.

»Du verzeihst mir? Ich denke, ich müsste, wenn, dir verzeihen.«

»Dass du aber auch immer so stur sein musst!«

»Wieso, wer hat mich denn betrogen, mit diesem ... diesem Jens?«

»Ha! Wusst' ich's doch! Doch noch die alte Geschichte!«

Roland grinst frech.

»War nur Spaß! Von mir aus können wir gerne Frieden schließen. Aber nur wenn du mir versprichst, nie wieder eine Sprühdose in die Hand zu nehmen.«

»Nur wenn du mir versprichst, kein Botox mehr zu spritzen.«

»Das mach ich sowieso nicht mehr! Die Geschichte mit dir hat mir echt gereicht! Noch so eine Patientin überleb ich nicht.«

»Gut! Dann sind wir uns ja einig.«

Dann bringe ich ihn zur Tür, und wir verabschieden uns. Als er schon auf der Treppe ist, rufe ich ihm hinterher: »Ach, äh ... Roland?«

Er dreht sich noch mal um und schaut mich an.

»Ja?«

»Sag mal, kannst du eigentlich auch Fett absaugen?«

DREIUNDDREISSIG
Paaaaaaaty!

Es ist Samstag, 19:00 Uhr. Der Partyservice ist gerade gegangen, nachdem er das sündhaftteure Buffet, inklusive Fingerfood und Mitternachtssuppe, in der Küche aufgebaut hat.

Ich hab den ganzen Tag in der Wohnung geschuftet, um sie partytauglich zu machen. Die Badewanne ist bis oben hin gefüllt mit zig Flaschen Prosecco, Weißwein und Bier, die in Millionen von Eiswürfeln schwimmen. Überall stehen Kerzen, sogar auf der Toilette. Die Musik kommt von meinem Laptop und ist so vorbereitet, dass ich mich fast den ganzen Abend nicht mehr darum kümmern muss. Alles ist so, wie ich es mir gewünscht habe.

Ich trage die weiße Tunika in Größe 36, auch die neue Jeans passt perfekt, nachdem ich die ganze Woche trainiert habe wie eine Irre und mich ausschließlich von Salat ohne Dressing ernährt habe. Meine Haare glänzen, der Teint ist makellos, und den kleinen Rest an Hüftgold, der mir geblieben ist, sieht man nicht. Heute sieht mein Arsch nicht mehr besser aus als mein Gesicht, und ich freue mich auf eine große und ausschweifende Party. Ich hab so einiges nachzuholen!

Es klingelt an der Tür. Es ist Julia, die wie abgemacht früher gekommen ist, um mir noch ein wenig zu helfen. Als ich sie sehe, bin ich erstaunt, denn sie sieht richtig schick aus. Sie trägt ein hübsches schwarzes Wickelkleid mit kleinen weißen Blüten, das sehr schlank macht, schwarze Strümpfe und ebenfalls schwarze Riemchenschuhe mit einem kleinen Absatz! Außerdem glaube ich, den Hauch von Make-up in ihrem Gesicht auszumachen.

»Hey! Du siehst super aus, Julia!«, begrüße ich sie.

Ein Lächeln huscht über ihr Gesicht, ihre Wangen werden zu roten Apfelbäckchen. Vielleicht ist ihr ihr Äußeres ja doch nicht so egal, wie ich immer dachte.

»Aber du erst!« Sie guckt mich bewundernd an. »Ich meine, du weißt, was ich von deinem ganzen Diät- und Sportwahn halte, aber ich muss ehrlich zugeben, dass das, was du da machst, echt effektiv ist. Wahnsinn! Du musst wirklich glücklich sein!«

Ja, das müsste ich, denke ich kurz. Dann fällt Julia mir um den Hals und gratuliert mir sehr herzlich zum Geburtstag. Da es nicht mehr viel zu tun gibt, bevor die anderen kommen, öffne ich die erste Flasche Sekt des Tages und stoße mit Julia an. Als nächstes kommt Christian, und ich freu mich sehr ihn zu sehen. Er hat einen riesigen Blumenstrauß in der Hand, hinter dem er fast vollständig verschwindet. Nachdem er mir den Strauß ein bisschen ungeschickt in die Hand gedrückt hat, gehen wir zusammen in die Küche zu Julia.

»Wir haben noch ein Geschenk für dich, liebe Jessica!«, sagt er und guckt dabei Julia auffordernd an.

»Richtig, da war ja noch was!« Julia holt einen Umschlag aus ihrer Tasche und drückt ihn mir in die Hand. In dem Umschlag ist eine Bestätigung von eBay über den Kauf einer antiken Kommode. Verkauft von MariahC, gekauft von Krümelmonster. Es dauert ein paar Sekunden, bis ich verstehe, was Julia mir da in die Hand gedrückt hat.

»Du hast …? Ihr habt …?« Ich starre die beiden entgeistert an. »Ihr zwei seid … Krümelmonster?«

»Nicht nur wir!«, antwortet Julia. »Ich hab noch ein bisschen bei den Kollegen gesammelt.«

»Aber ich hab dafür dreihundertachtzig Eu –«

»Pssssst!« Sie legt ihren Zeigefinger auf die Lippen. »Freu dich einfach!«

Und wie ich mich darüber freue.

»Das ist echt das schönste Geschenk, das ich mir vorstellen

kann. Danke, ihr beiden, vielen, vielen Dank!« Ich nehme Julia und Christian umständlich in den Arm, und eine kleine Freudenträne läuft mir über das Gesicht. Die Schlechte-Gewissen-Zwerge applaudieren und ziehen sich zurück.

»Hey, Jessi, du versaust dir noch dein Make-up und mir mein Kleid mit der Heulerei, und das ist das einzige, das ich habe.«

Ein paar Minuten später trudeln Caro und Simone ein. Caro, die original aussieht, als wäre sie gerade von einem Lagerfeld-Laufsteg gestolpert, hat Markus, den gut aussehenden Anwalt, der sich um ihre Knöllchen kümmert, im Schlepptau. Simone hat einen Frank mitgebracht, der mit seinem groben Durchschnittsgesicht und den kurz geschorenen Haaren neben Simone ziemlich mausgrau wirkt.

»Hier Süße! Dein Geschenk von uns.«

Caro drückt mir einen weißen Umschlag auf dem »Für Jessi!« steht in die Hand.

»Vielen Dank! Wenn's okay ist, mach ich ihn später auf! Erst mal besorg ich euch was zu trinken!«

»Gute Idee!«, meint Caro, drängelt sich an mir vorbei und geht ins Wohnzimmer. Die anderen folgen ihr und drapieren sich um einen Stehtisch, ich bringe den vieren eine Flasche Prosecco und Gläser. Nach und nach treffen alle meine Gäste ein. Einige wenige von meinen Arbeitskollegen, ein paar Leute, die ich aus dem Fitnessstudio kenne, und vor allem Menschen, die aus dem Dunstkreis von Caro und Simone kommen und bei denen ich anscheinend auch schon mal auf irgendeiner Party gewesen bin, an die ich mich aber nicht mehr erinnern kann. Das behaupten zumindest Caro und Simone.

Im Wohnzimmer ist es mittlerweile total voll, und es herrscht dementsprechend gute Stimmung. Ich geselle mich zu Caro und Simone, die gerade mal für einen Moment nicht von den Männern umringt sind, da die sich im Bad um die Getränke kümmern.

»Jessi, da bist du ja! Wie fühlt man sich denn so mit Mitte dreißig?«, Simone lächelt mich an. Was für eine bescheuerte Frage. Ich finde, es gab in den letzten Wochen bessere Gelegenheiten nach meinem Wohlbefinden zu fragen.

»Ehrlich gesagt, fühl ich mich natürlich wieder ganz gut. Aber das war echt eine harte Zeit für mich, Mädels. Ihr glaubt gar nicht, wie das für mich war, plötzlich so entstellt zu sein, so –«

»Ach Jessilein! Das ist doch jetzt vorbei«, unterbricht mich Caro, »lass uns doch lieber über was Schönes reden. Über Markus zum Beispiel. Wie gefällt er dir?«

»Na ja, ich weiß nicht …«

In dem Moment kommen die Jungs wieder, und es gibt ein großes Hallo, weil sie Massen an Alkohol in den Händen haben. Markus nimmt Caro ein wenig ungeschickt in den Arm, die sich aber lieber darum kümmert, den Weißwein aus der Flasche großzügig in die Gläser zu verteilen. Man sieht, wie verliebt der arme Kerl in sie ist und dass er absolut keine Chance bei ihr hat. Sie wird ihn abschießen, sobald er die Verkehrspolizei und alle anderen verklagt hat, die sie nicht leiden kann. So einfach ist das.

»Ach übrigens, dein komischer Kollege, Felix heißt der, glaube ich, hat mich angerufen. Hast du eine Ahnung, woher dieser Schwachmat meine Telefonnummer hat?« Caro guckt mich durchdringend an.

»Deine Nummer? Neee, keine Ahnung.«

Es klingelt erneut an der Tür, und ich verlasse schnell die ausgelassene Truppe. Zunächst sehe ich nicht, wer es ist, da derjenige – ähnlich wie Christian – ebenfalls komplett hinter einem riesigen Blumenstrauß verschwindet. Zunächst freue ich mich, bis der Blumenstrauß anfängt zu sprechen.

»Da ist sie ja!«, begrüßt mich die Stimme von Jens. »Herzlichen Glückwunsch zum Geburtstag, liebe Jessi! War doch heute, oder?« Dann drückt er mir den Blumenstrauß in die Hand.

Das Licht im Flur geht genau in diesem Moment aus. Ich nehme die Blumen und drücke auf den Lichtschalter. Als das Licht wieder angeht, fällt mir vor Schreck fast der Blumenstrauß aus der Hand. Ich starre meinen Ex mit großen Augen und offenem Mund an, bevor ich laut anfange zu lachen.

»Wie siehst du denn aus?«, pruste ich.

Jens starrt mich entsetzt an.

»Wie? Wieso? Wie seh ich denn aus?«

»Na, dein Hals! Der ist ja fast so dick wie dein Kopf!? Und was ist ... hattest du nicht mal einen Hintern?« pruste ich.

»Na, den hab ich ja wohl immer noch!« Jens ist sichtlich angegriffen und wird zusehends unsicherer.

»Ja, aber an der falschen Stelle! Der ist dir wohl auf den Bauch gerutscht! Jetzt weiß ich auch, warum du unbedingt Karriere machen musstest!«, lache ich. Jens starrt entsetzt auf seinen Bauch, der sich kugelig unter seinen Hemd abzeichnet. Er verzieht das Gesicht und die Falten, die sich dabei in seinem Gesicht bilden, erinnern an Ausläufer des Grand Canyon. Jens ist in den letzten vier Jahren immens gealtert, und man kann sagen, dass er ganz schön scheiße aussieht. Ich könnte mich wegschreien vor Lachen. Jens lacht nicht. Er steht ziemlich bedröppelt in der Tür und tut mir trotz allem irgendwie leid. Ich höre auf ihn auszulachen und ziehe ihn am Arm in die Wohnung.

»Na, komm schon rein! Wir trinken einen zusammen!«

Er überlegt kurz, ob ich das wirklich ernst meine, entspannt sich dann ein wenig und betritt meine Wohnung.

»Also, ich muss sagen, Jessi, du gefällst mir immer noch ganz gut! Und ich dachte schon, du hast mich in dieses Dunkelrestaurant geschleppt, weil du nicht wolltest, dass ich dich sehe. Aber dafür besteht ja überhaupt kein Anlass. Da könnt ich mich doch glatt noch mal verlieben!«

Er grinst mich schmierig an und ich bin fasziniert, wie schnell er sich von meinen negativen Kommentaren über sein Äußeres erholt hat. Vielleicht glaubt er ja tatsächlich, dass Männer nicht gut aussehen müssen.

»Jens, geh doch schon mal nach nebenan, da sind Caro und Simone, die kennst du ja noch.«

Damit schiebe ich ihn in Richtung Wohnzimmer. Hauptsache, ich muss ihn nicht mehr sehen. Meine Wohnung platzt mittlerweile aus allen Nähten. Es laufen immer mehr Leute rum, die ich gar nicht kenne und die anscheinend von Caro und Simone eingeladen worden sind. Wenn ich sie darauf anspreche, heißt es nur »Aber die kennst du doch aus dem Triple A ... oder aus dem Nachtflug ... oder aus dem Muschiclub, erinnerst du dich denn nicht?«

Meistens erinnere ich mich nicht, und ich hab auch gar nicht wirklich viel Zeit, um mich zu erinnern, da ich pausenlos Aschenbecher leere, zwischendurch spüle, weil es kein Geschirr mehr gibt, und ständig Eis in die Badewanne nachfülle. Die einzigen, die mir helfen, sind Christian und Julia, alle anderen lassen sich bedienen. Auch Christian läuft den ganzen Abend rum, sammelt das Geschirr ein und guckt, dass es an nichts fehlt, Julia spült. Man könnte fast meinen, die Getränke verschwinden durch den Ausguss, so schnell ist immer wieder alles weg.

Unterhalten kann ich mich mit keinem so richtig, ich bekomme immer nur irgendwelche Gesprächsfetzen mit: »... Hast du gehört, dass der Besitz von Yves Saint Laurent über dreihundert Milliarden gebracht hat? Ach, was man mit dem Geld alles kaufen könnte ...« oder »... eine Freundin von mir arbeitet bei Daniels, die bekommt auf alles zwanzig Prozent. Nur schade, dass sie so beschissen verdient, dass sie sich die Klamotten trotzdem nicht leisten kann ...«, dann folgt Gelächter, oder »Die sieht doch mittlerweile total scheiße aus, deshalb war es auch überhaupt kein Problem, ihr den Typen auszuspannen ...«, wieder Gelächter und so weiter. Im Grunde bin ich ganz froh, dass ich so viel zu tun habe. Ich wüsste ehrlich gesagt gar nicht, zu wem ich mich dazustellen sollte. Jens hat sich mittlerweile an eine Blondine rangeschmissen, die mich vom Typ her schwer an Barbie erinnert, mit der er damals nach Hamburg abgehauen ist. Es ist mir mehr als egal. Als ich gerade ein paar leere Gläser einsammle, spricht mich Caro an: »Sag mal, wo hast du denn eigentlich diesen Kellner her? Der geht ja gar nicht!«

»Kellner? Was für ein Kellner?«

»Na, der mit dem riesigen Flecken im Gesicht. Nicht nur, dass der eklig aussieht, der kann noch nicht mal richtig laufen, und wenn man dem sagt, dass er was wegräumen soll, wird der auch noch pampig. Echt unglaublich. Du solltest dich auf jeden Fall bei der Catering-Firma über diesen Typen beschweren! Und wenn die sich stur stellen, setzen wir Markus darauf an, der wird schon dafür sorgen, dass so einer nicht mehr im Service arbeitet–«

Ich starre Caro an. »Was hast du denn zu Christian gesagt?« Meine Stimme ist ein bedrohliches Zischen, und Caro merkt, dass irgendwas schiefläuft.

»Christian? Heißt der so, der Kellner?«

»Christian ist kein Kellner! Christian ist ein Freund von mir!«, blaffe ich sie an.

»Ohhh ... seit wann hast du denn ... behinderte Freunde?«

Das ist zu viel für mich! Eine Welle des grenzenlosen Zorns überrollt mich plötzlich, und alles, was sich an Wut und Enttäuschung in den letzten Tagen und Wochen angesammelt hat, löst sich und strömt aus mir heraus.

»Raus«, sage ich laut, aber ruhig.

»Was?« Caro guckt mich irritiert an.

»Du hast mich schon verstanden. Raus hier!«

»Du wirfst mich raus?«

»Ja, und zwar nicht nur dich, deine ganzen sauberen Partyfreunde auch.«

Plötzlich wird es still im Raum. Jemand hat die Musik ausgemacht, alle starren mich an. Es macht mir nichts aus.

»Ich möchte, dass ihr alle geht! Und zwar sofort! Alle außer Christian und Julia.«

Man hört ein Murren und ein Flüstern. Ich höre Satzfetzen wie »… wohl verrückt geworden …«, »… seit dieser Botox-Geschichte …« »… vielleicht betrunken …«, »… wohl 'ne Midlifecrisis … lass uns ins Ivory …«

Meine Arbeitskollegen verabschieden sich zumindest noch von mir, und ich kann mich bei ihnen entschuldigen und ihnen sagen, dass es nichts mit ihnen zu tun hat. Die meisten gehen aber einfach so, ohne ein Wort zu sagen, und keine fünf Minuten später sind fast alle verschwunden. Als Letzter kommt Jens auf mich zu.

»Ich … hab meinen Namen eben gar nicht gehört bei denen, die bleiben dürfen.«

»Das kann daran liegen, dass ich ihn nicht gesagt habe.«

»Nicht dein Ernst, oder?«

»Schön, dass du hier warst, Jens. Du hast entschieden zu meiner Genesung beigetragen.«

»Was denn für eine Genesung?«

»Tschüs, Jens!«

Er starrt mich feindselig an. »Weißt du, in Hamburg hab ich oft gedacht, dass ich vielleicht einen Fehler gemacht habe, dich zu verlassen, aber weißt du was, ich glaube, es war absolut die richtige Entscheidung.«

»Und weißt du was? Das finde ich auch! Schönes Leben noch!«

Während ich das sage, öffne ich die Haustür. Jens zögert nur kurz, verschwindet dann aus der Wohnung und damit Gott sei Dank aus meinem Leben.

Jetzt sind nur noch Julia und Christian da. Erschöpft lasse ich mich auf einen Stuhl in der Küche fallen. Christian reicht mir sofort ein Glas Weißwein. Ich trinke einen großen Schluck und schiebe mir eine Handvoll Chips in den Mund.

»Warum hast du das gemacht?«, fragt mich Christian in seinem angenehm unaufgeregten Tonfall.

»Weil das alles ignorante Schmocks sind! Menschenverachtend und oberflächlich! Und in meiner Wohnung beleidigt keiner meine Freunde! Keiner!«

Christian schaut mich an: »Kann es sein, dass es um mich ging?«

Ich zögere kurz, entscheide mich aber dann, bei der Wahrheit zu bleiben, und nicke.

»Wegen mir hast du alle Leute rausgeworfen?« Christian ist sichtlich beeindruckt.

»Ehrlich gesagt warst du nur der Auslöser. Ich konnte diese oberflächlichen Affen nicht mehr ertragen. Jens, Caro, Simone, Markus und wie sie alle heißen. Von den meisten kenne ich noch nicht mal den Namen. Dass mir das früher nicht aufgefallen ist, was das alles für Vollidioten sind.« Ich seufze. »Tja, jetzt hab ich halt keine Freunde mehr und werde wahrscheinlich nie wieder auf eine Party eingeladen.«

»Aber du hast doch uns, Jessi!« Julia nimmt mich in den Arm.

»Stimmt«, seufze ich dankbar, »ich hab doch – hä?« Ich schaue von meinem Weinglas hoch und sehe, dass Julia rot geworden ist. »Ich hab ›uns‹? Ich meine, euch ... also, ihr zwei ...?«

Julias Wangen glühen regelrecht, und sie sieht hübscher aus als je zuvor. Sie schaut ein bisschen verschämt zu Christian, der ihren Blick liebevoll erwidert. Manchmal bin ich wirklich so was von schwer von Begriff! Zumindest daran hat sich nichts geändert. Ich stehe auf, drücke beide gleichzeitig und bin das erste Mal an diesem Abend wirklich glücklich. Keine Problem-Zigarettenschachtel weit und breit! Ich weiß, dass dieser Zustand nicht ewig anhalten wird und der Zigarettenautomat garantiert demnächst wieder aufgefüllt wird, aber in dieser Sekunde bin ich glücklich, und das, obwohl ich 35 Jahre alt bin, Single und nach der Packung Chips und einer Flasche Wein mindestens ein Kilo schwerer.

Julia, Christian und ich köpfen noch eine Flasche Champagner, die ich vor der gierigen Meute retten konnte, und feiern noch ein bisschen zu dritt. Um halb drei verabschieden sich die beiden von mir und versprechen, am nächsten Tag zum Aufräumen und Resteessen vorbeizukommen. Auf dem Weg ins Bett entdecke ich den weißen Umschlag von Caro und Simone auf der Kommode im Flur und öffne ihn. Darin ist eine Fotokarte mit einer sehr attraktiven Frau. Auf der Karte steht:

> **GUTSCHEIN**
>
> für eine Botox-Behandlung bei
> Dr. Almaydin

Ich nehme den Gutschein, reiße ihn in viele kleine Fetzen und spüle sie im Klo runter.

Inhalt

1	Fett und alt	7
2	Arschgesicht	12
3	Whirlwoman	18
4	Hanni und Nanni	23
5	Wofür Möbel?	30
6	Tussentalk	37
7	Leere Kalorien	46
8	Matschauge	50
9	Taxi nach Klettenberg	56
10	Eva Braun	59
11	Die hohe Kunst der Stümperei	67
12	Dr. House	74
13	Aktive Vulkane	80
14	Aggressive Hirsche	85
15	Wahre Freundschaft	91
16	Weng Ar Hong	98
17	Unterschichten-TV	102
18	Graffiti-Queen	110
19	Montgomery Burns	115
20	Kurzurlaub	125
21	Süße Rache	128
22	Botox-Terror	132
23	Praxisverbot	139
24	Die Vorher / Nachher-Show	145
25	Die Wache	154
26	Arschloch auf zwölf Uhr	163
27	Funny Faces	173
28	Miss Interpool reloaded	182
29	Sugarbaby	192
30	Liebesring	198
31	Mojito Light	201
32	Froschgesicht	206
33	Paaaaaaty!	211

Susanne Fröhlich
Constanze Kleis
Runzel-Ich
Wer schön sein will …
Band 16813

Wie gut muss man aussehen, um beim Sex das Licht anlassen zu dürfen? Was ist das absolute Beauty-Existenzminimum? Für die Liebe? Für uns? Sind Selbstkonservierung und/oder Skalpell die besten Waffen im Kampf ums gute Aussehen oder sollten wir nicht einfach dem Beispiel unserer Schenkel folgen und uns in Sachen Aussehen endlich mal richtig locker machen? Fragen, die sich Frauen täglich stellen. Jetzt gibt es Antworten!

»Frech, munter und aufbauend.«
Frau von Heute

Fischer Taschenbuch Verlag

Nina Schmidt
Bis einer heult
Roman
Band 17429

Nüchtern betrachtet läuft alles ganz gut in der gemeinsamen Wohnung: Lukas pinkelt freiwillig im Sitzen, er denkt an Antonias Geburtstag und stellt benutzte Kaffeetassen in die Spülmaschine statt daneben. Doch häufen sich in letzter Zeit die Indizien, dass Antonias beste Freundin mit ihrer Theorie richtig liegt, wonach Männer sich hormonbedingt stets nach zwei Jahren entscheiden, ob sie mit ihrer Partnerin langfristig zusammen bleiben: Lukas spielt in letzter Zeit lieber mit der Playstation als mit Antonia, über »Kinder und so« will er irgendwann mal reden, Sex gibt's nur noch zweimal pro Pillenpackung. Drücken Kurzmitteilungen wie »bring toast mit« tatsächlich den gleichen Grad an Liebe aus wie »freu mich auf dich, meine süße!«? Ist es normal, dass einem der eigene Freund die Batterien aus dem Epilierer klaut, weil die in der TV-Fernbedienung leer sind? Noch bevor Antonia diese Fragen beantworten kann, zieht Lukas' Exfreundin in die Stadt, und Antonia muss so schnell wie möglich herausfinden, ob es für sie und Lukas eine Zukunft gibt oder nicht …

»Das Buch ist wie ein ›Zoch‹ durch
die Gemeinde Köln, bei dem man mit seiner besten
Freundin und viel Kölsch alle Absurditäten des Liebeslebens diskutiert. Ein großer Spaß, aber ohne Kater.«
Annette Frier

Fischer Taschenbuch Verlag